TRANZLATY

Language is for everyone

Язык для всех

Folk Tales of Bengal

Народные сказки Бенгалии

Part One
Часть первая

1 / 2

Lal Behari Day

English / Русский

Published by Tranzlaty
ISBN: 978-1-80572-934-1
Original text by Reverend Lal Behari Day
Folk Tales of Bengal
First published in 1912
www.tranzlaty.com

Folk Tales of Bengal
Народные сказки Бенгалии

Life's Secret
Секрет жизни
Phakir Chand
Пхакир Чанд
The Indignant Brahman
Возмущенный Брахман
The Story of the Rakshasas
История ракшасов
The Story of Swet and Bachanta
История Суэта и Баханты
The Evil Eye of Sani
Дурной глаз Сани
The Boy whom Seven Mothers Suckled
Мальчик, которого вскормили семь матерей
The Story of Prince Sobur
История принца Собура
The Origins of Opium
Происхождение опиума
Strike, but Listen First
Бей, но сначала выслушай

Life's Secret
Секрет жизни

Once upon a time there was a king.

Жил-был король.

This King had married two Queens.

Этот король был женат на двух королевах.

The two queens were called Duo and Suo.

Двух королев звали Дуо и Суо.

Both of the queens were childless.

Обе королевы были бездетными.

One day a Faquir came to the palace gate.

Однажды к воротам дворца подошел факир.

The Faquir had come to ask for alms.

Факир пришёл просить милостыню.

Queen Suo went to the door.

Королева Суо подошла к двери.

And she gave him a handful of rice.

И она дала ему горсть риса.

The mendicant asked her a question.

Нищий задал ей вопрос.

"Do you have any children?"

«У вас есть дети?»

The queen had no children.

У королевы не было детей.

"I wish had children, but I have none"

«Я хотел бы иметь детей, но у меня их нет»

The holy man refused to take alms from her.

Святой человек отказался принять от нее милостыню.

In these times there were different traditions.

В те времена существовали другие традиции.

And the people believed many different things.

И люди верили во многие разные вещи.

Don't take charity from the hands of a childless woman.

Не принимайте милостыню из рук бездетной женщины.

Such hands were ceremonially unclean.

Такие руки считались ритуально нечистыми.

The mendicant offered her a medicine.

Нищий предложил ей лекарство.

This medicine was to remove her barrenness.

Это лекарство должно было избавить ее от бесплодия.

She expressed her willingness to take the medicine.

Она выразила готовность принять лекарство.

The mendicant told her how to take the medicine.

Нищий объяснил ей, как принимать лекарство.

"This is the potion you must swallow"

«Это зелье, которое ты должен проглотить»

"Prepare the juice of a pomegranate flower"

«Приготовьте сок из цветка граната»

"Swallow the medicine with the juice"

«Глотай лекарство вместе с соком»

"If you do this, you will soon have a son"

«Если ты это сделаешь, у тебя скоро родится сын»

"Your son will be exceedingly handsome"

«Твой сын будет необычайно красив»

"His complexion will be beautiful"

«Цвет его лица будет прекрасным»

"He will have the colour of pomegranate flowers"

«Он будет цвета гранатовых цветов»

"And you shall call him Dalim Kumar"

«И назовешь его Далим Кумар»

"But he will also have enemies"

«Но у него также будут враги»

"They will try to take your son's life"

«Они попытаются лишить жизни вашего сына»

"But there is a secret to his life"

«Но в его жизни есть секрет»

"And I will tell you this secret"

«И я открою вам этот секрет»

"In front of your palace is a pond"

«Перед твоим дворцом находится пруд»

"In that pond there is a big Boal fish"

«В том пруду есть большая рыба-кабан».

"Your son's life is connected to that fish"

«Жизнь вашего сына связана с этой рыбой»
"In the heart of the fish is a small box"
«В сердце рыбы — маленькая коробочка»
"This small box is made of wood"
«Эта маленькая коробка сделана из дерева»
"In the box of wood is a necklace of gold"
«В деревянной шкатулке лежит золотое ожерелье».
"That necklace is the life of your son"
«Это ожерелье — жизнь твоего сына»
The mendicant gave her the medicine.
Нищий дал ей лекарство.
And they said their farewells.
И они попрощались.

Soon all in the palace whispered of an heir.
Вскоре все во дворце зашептались о наследнике.
Great was the joy of the King.
Велика была радость короля.
He had visions of an heir to the throne.
У него были видения о наследнике престола.
A never-ending succession of powerful monarchs.
Бесконечная череда могущественных монархов.
He dreamt of how they perpetuated his dynasty.
Он мечтал о том, как они увековечат его династию.
These ideas floated before his mind.
Эти идеи витали в его голове.
It made him the happiest he had ever been.
Это сделало его самым счастливым, каким он когда-либо был.
Many ceremonies were performed for the occasion.
По этому случаю было проведено множество церемоний.
The people of the kingdom played loud music.
Жители королевства громко слушали музыку.
The birth of a prince was a truly special event.
Рождение принца было поистине особенным событием.
Soon queen Suo gave birth to a son.
Вскоре королева Суо родила сына.

He was more beautiful than anyone had imagined.

Он был красивее, чем кто-либо мог себе представить.

The King saw his son's face.

Король увидел лицо своего сына.

And his heart leaped with joy.

И сердце его забилось от радости.

Soon the child ate his first rice.

Вскоре ребенок съел свой первый рис.

Mukhe bhaat was celebrated with great joy.

Мукхе бхат отмечался с большой радостью.

And the whole kingdom was filled with gladness.

И все царство наполнилось радостью.

Dalim Kumar grew up to be a fine boy.

Далим Кумар вырос хорошим мальчиком.

There was one activity he particularly liked.

Было одно занятие, которое ему особенно нравилось.

He loved playing with the pigeons.

Он любил играть с голубями.

However, the pigeons often flew to Queen Duo.

Однако голуби часто прилетали к королеве Дуо.

Nobody knows why they did this.

Никто не знает, почему они это сделали.

And they flew into her apartment.

И они влетели в ее квартиру.

So Dalim Kumar often met Queen Duo.

Так что Далим Кумар часто встречался с Queen Duo.

At first, she happily gave the pigeons back.

Сначала она с радостью отдала голубей обратно.

But later she wasn't as willing to return the pigeons.

Однако позже она уже не была столь охотно возвращала голубей.

She gave the pigeons up with some reluctance.

Она неохотно отказалась от голубей.

She felt she could use this to her advantage.

Она чувствовала, что может использовать это в своих интересах.

She naturally hated the child.
Естественно, она ненавидела ребенка.
Since Dalim's birth the king had neglected her.
С самого рождения Далим король пренебрегал ею.
And the King idolized the mother of Dalim.
А король боготворил мать Далим.
Somehow, she had heard of the mendicant.
Откуда-то она слышала о нищем монахе.
She heard he had given queen Suo a medicine.
Она слышала, что он дал королеве Суо лекарство.
She had also heard about what he had said.
Она также слышала о том, что он сказал.
There was a secret to the prince's life.
В жизни принца была тайна.
She had heard his life was bound to something.
Она слышала, что его жизнь с чем-то связана.
But she did not know what his life was bound to.
Но она не знала, с чем связана его жизнь.
She was determined to get the secret.
Она была полна решимости узнать секрет.

Of course, the pigeons came back to her.
Конечно, голуби вернулись к ней.
And the pigeons flew into her room again.
И голуби снова влетели к ней в комнату.
This time she refused to give the pigeons back.
На этот раз она отказалась отдавать голубей.
"I won't just give you your pigeon back"
«Я просто так не отдам тебе твоего голубя»
"First, you have to tell me something"
«Сначала ты мне кое-что скажешь»
"What do you want, aunty?" the boy asked.
«Чего ты хочешь, тётя?» — спросил мальчик.
"Oh, my darling, do not worry"
«О, моя дорогая, не волнуйся»
"It's just a small thing I want"
«Это всего лишь маленькая вещь, которую я хочу»

"I want to know where your life is hidden"
«Я хочу знать, где спрятана твоя жизнь»
The boy was very confused by this.
Мальчик был этим очень сбит с толку.
"What is that, aunty?"
«Что это, тётя?»
"Where can my life be, except in me?"
«Где может быть моя жизнь, как не во мне?»
"No, child, that is not what I meant"
«Нет, дитя мое, я не это имел в виду».
"A holy mendicant told your mother a secret"
«Святой нищий монах рассказал твоей матери секрет»
"Your life is bound up with something"
«Твоя жизнь связана с чем-то»
"I wish to know what that thing is"
«Я хочу знать, что это за штука »
The boy was confused by what she said.
Мальчик был сбит с толку ее словами.
"I never heard of any such thing"
«Я никогда не слышал ни о чем подобном»
But Queen Duo insisted it was true.
Но Queen Duo настаивала, что это правда.
"Promise to find out from your mother"
«Пообещай узнать у своей матери»
"Ask her where your life is hidden"
«Спроси ее, где спрятана твоя жизнь»
"Then I will let you have the pigeons"
«Тогда я отдам тебе голубей».
"Otherwise, I will keep the pigeons"
«Иначе я оставлю голубей себе».
The boy wanted his pigeons back.
Мальчик хотел вернуть своих голубей.
So he agreed to get the information.
Поэтому он согласился получить информацию.
But first she made him promise.
Но сначала она заставила его пообещать.
"Promise me you won't tell your mother"

«Пообещай мне, что не расскажешь своей матери»
And the boy promised not to tell her.
И мальчик пообещал ей ничего не рассказать.
"I promise I won't tell my mum"
«Я обещаю, что не расскажу маме»
Queen Duo freed the prince's pigeons.
Королева Дуо освободила голубей принца.
Dalim was overjoyed to have his birds again.
Далим был очень рад снова получить своих птиц.
And he forgot the entire conversation.
И он забыл весь разговор.

The next day Dalim was playing again.
На следующий день Далим снова играл.
You can imagine what happened again.
Можете себе представить, что произошло снова.
The pigeons flew to Queen Duo's apartment.
Голуби прилетели в квартиру королевы Дуо.
And they flew into her room again.
И они снова влетели в ее комнату.
Dalim went in to his stepmother's apartment.
Далим зашёл в квартиру мачехи.
And he asked her for the pigeons.
И он попросил у нее голубей.
Of course she asked him for the information.
Конечно, она попросила у него информацию.
Dalim could not tell her where his life was hidden.
Далим не мог рассказать ей, где спрятана его жизнь.
"I promise I will ask her today"
«Я обещаю, что спрошу ее сегодня».
"But please can I have my pigeons"
«Но, пожалуйста, можно мне моих голубей?»
She didn't give the pigeons back so quickly.
Она не вернула голубей так быстро.
But, in the end, he got his pigeons again.
Но в конце концов он снова получил своих голубей.

After playing, Dalim went to his mother.

Наигравшись, Далим пошёл к матери.

"Mamma, please tell me where my life is hidden"

«Мама, скажи мне, где спрятана моя жизнь»

"What do you mean, child?" asked the mother.

«Что ты имеешь в виду, дитя?» — спросила мать.

She was astonished at the question.

Она была удивлена этим вопросом.

Why would her child ask her this?

Почему ее ребенок спросил ее об этом?

"Yes, mamma," replied the child.

«Да, мама», — ответил ребенок.

"I have heard of a holy mendicant"

«Я слышал о святом нищем монахе»

"He told you something about my life"

«Он рассказал тебе кое-что о моей жизни»

"He said my life is hidden in something"

«Он сказал, что моя жизнь скрыта в чем-то»

"Tell me what that thing is"

«Скажи мне, что это за штука»

"My child, my darling, my treasure"

«Дитя мое, дорогая моя, сокровище мое»

"My golden moon," his mother pleaded.

«Моя золотая луна», — умоляла его мать.

"Do not ask such a question"

«Не задавай такой вопрос»

"Cover my enemies' mouths with ashes"

«Посыпь рты моих врагов пеплом»

"Let my Dalim live forever," she begged.

«Пусть моя Далим живет вечно», — умоляла она.

But the child insisted on knowing the secret.

Но ребенок настоял на том, чтобы узнать секрет.

He refused to eat or drink until he knew.

Он отказывался есть и пить, пока не узнал.

Queen Suo had no choice but to tell him.

У королевы Суо не было иного выбора, кроме как рассказать ему.

Eventually she told him the secret of his life.

В конце концов она рассказала ему тайну его жизни.

The next day Dalim was playing again.

На следующий день Далим снова играл.

You can imagine where the pigeons flew.

Можете себе представить, куда полетели голуби.

Dalim chased after the birds into the apartment.

Далим погнался за птицами в квартиру.

His stepmother told him many sweet words.

Его мачеха сказала ему много ласковых слов.

And finally, she got his secret from him.

И вот наконец она узнала от него его тайну.

She wasted no time to start her wicked plan.

Она не теряла времени и приступила к осуществлению своего коварного плана.

And she gave orders to her servants.

И она отдала приказы своим слугам.

"Get some dried stalk from the hemp plant"

«Возьмите немного сушеных стеблей конопли».

"Make sure the stalks are very brittle"

«Убедитесь, что стебли очень ломкие»

Brittle hemp stalks make a cracking sound.

Хрупкие стебли конопли издают треск.

The sound is similar to the cracking of joints.

Звук похож на хруст суставов.

And it sounds like the bones of old people.

А это похоже на кости стариков.

She put the brittle hemp stalks under her bed.

Она положила ломкие стебли конопли под кровать.

And then she lied on her bed.

И затем она легла на кровать.

She wanted to test the hemp stalks.

Она хотела проверить стебли конопли.

The stalks cracked just as much as she wanted.

Стебли треснули именно так, как ей хотелось.

She was satisfied with how her plan was going.

Она была удовлетворена тем, как реализуется ее план.

She gave more orders to her servants.

Она отдала еще больше приказов своим слугам.

"Tell the King I am very ill"

«Скажите королю, что я очень болен»

"He must come to see me immediately"

«Он должен немедленно прийти ко мне»

The king did not love this queen.

Король не любил эту королеву.

But he still had a duty to care for her.

Но он все равно был обязан заботиться о ней.

If she was ill, he had to look after her.

Если она болела, ему приходилось за ней ухаживать.

The King came to her bedroom.

Король пришёл к ней в спальню.

She rolled on the bed in pain.

Она каталась по кровати от боли.

The King heard the cracking of her bones.

Король услышал хруст ее костей.

He ordered his best physician to attend her.

Он приказал своему лучшему врачу осмотреть ее.

But the queen had thought of this.

Но королева подумала об этом.

She had already spoken with the physician.

Она уже поговорила с врачом.

"There is only one remedy," he told the king.

«Есть только одно средство», — сказал он королю.

"There's a pond in front of the palace"

«Перед дворцом есть пруд».

"In the pond there's a large Boal fish"

«В пруду водится большая рыба-кабан».

"The remedy is in that fish"

«Лекарство — в этой рыбе»

So the king let the physician catch the fish.

И король позволил лекарю поймать рыбу.

Meanwhile Dalim was busy playing.

Тем временем Далим был занят игрой.

He knew nothing of his aunt's illness.
Он ничего не знал о болезни своей тети.
The fish was taken out the water.
Рыбу вытащили из воды.
Dalim fell to the ground immediately.
тут же упал на землю .
He flopped around on the floor.
Он рухнул на пол.
And he could not breathe.
И он не мог дышать.
The guards immediately noticed.
Охранники это сразу заметили.
Dalim was taken to his mother's room.
Далима отвели в комнату его матери.
And the King was informed of his son.
И королю доложили о его сыне.
He couldn't believe his son's illness.
Он не мог поверить в болезнь своего сына.
The fish was taken to Queen Duo.
Рыбу отвезли в Queen Duo.
Queen Duo was being saved.
Queen Duo спасали.
At the same time Dalim was dying.
В это же время Далим умирала.
The fish was cut open.
Рыбу разрезали.
And they found the wooden box.
И они нашли деревянный ящик.
In the box lay a necklace of gold.
В шкатулке лежало золотое ожерелье.
Queen Duo put on the necklace.
Queen Duo надели ожерелье.
And Dalim died at the very same moment.
И Далим умерла в тот же момент.

News of the tragedy reached the king.
Известие о трагедии дошло до короля.

He was plunged into an ocean of grief.

Он погрузился в океан горя.

News of Queen Duo's recovery did not help.

Известие о выздоровлении Queen Duo не помогло.

He wept painful and bitter tears.

Он плакал горькими и мучительными слезами.

No one thought he would recover.

Никто не думал, что он поправится.

He could not bear to bury his son.

Он не мог вынести мысли о похоронах сына.

Nor did he allow his body to be burned.

Он также не позволил сжечь свое тело.

He could not accept that his son had died.

Он не мог смириться со смертью сына.

His death was so sudden and senseless.

Его смерть была настолько внезапной и бессмысленной.

He had the dead body moved to a garden-houses.

Он распорядился перенести тело в садовый домик.

This garden-house was in the suburbs.

Этот садовый домик находился в пригороде.

Here his son was laid in state.

Здесь состоялись прощания с его сыном.

All sorts of provisions were put there.

Там хранились всевозможные припасы.

Although everyone knew it was unnecessary.

Хотя все знали, что это не нужно.

The young boy did not need food anymore.

Мальчику больше не нужна была еда.

The house was kept locked day and night.

Дом держали запертым днем и ночью.

Dalim had had one very close friend.

У Далим был один очень близкий друг.

Only this friend was allowed to visit.

Только этому другу разрешили навестить его.

He was the son of the prime minister.

Он был сыном премьер-министра.

He was entrusted with the key of the house.

Ему доверили ключ от дома.
Once a day he could visit his dead friend.
Раз в день он мог навестить своего умершего друга.

Queen Suo retired after the loss of her son.
Королева Суо отошла от престола после потери сына.
Now the King spent the nights with Queen Duo.
Теперь король проводил ночи с королевой Дуо.
The Queen wanted to avoid suspicion.
Королева хотела избежать подозрений.
So she took the necklace off at night.
Поэтому она сняла ожерелье на ночь.
But Dalim's life was tied to the necklace.
Но жизнь Далим была связана с ожерельем.
And his death was not so simple.
И его смерть была не такой уж простой.
He was dead when the queen wore the necklace.
Он был мертв, когда королева носила ожерелье.
But when she took the necklace off, he returned to life.
Но когда она сняла ожерелье, он вернулся к жизни.
And so he returned to life every night.
И так он возвращался к жизни каждую ночь.
Every morning she put the necklace on again.
Каждое утро она снова надевала ожерелье.
And so, he died again every morning.
И вот он снова умирал каждое утро.
At night he ate whatever food he liked.
Ночью он ел то, что ему нравилось.
Because there was plenty of food for him.
Потому что еды для него было предостаточно.
He walked around in the premises.
Он ходил по помещению.
And he meditated on the strangeness of his life.
И он размышлял о странностях своей жизни.
Dalim's friend only visited him during the day.
Друг Далима навещал его только днем.
So he always saw him as a lifeless corpse.

Поэтому он всегда видел в нем безжизненный труп.

But his body never seemed to change.

Но его тело, казалось, никогда не менялось.

There was no sign of putrefaction.

Никаких признаков гниения не обнаружено.

The body was lifeless and pale.

Тело было безжизненным и бледным.

But there were no symptoms of death.

Но никаких симптомов смерти не было.

It all seemed too strange for him.

Все это казалось ему слишком странным.

So he decided to watch the corpse more closely.

Поэтому он решил повнимательнее осмотреть труп.

And he visited his friend at night.

И он навестил своего друга ночью.

He was astonished at what he saw that night.

Он был поражен тем, что увидел той ночью.

His dead friend was walking about in the garden.

Его мертвый друг ходил по саду.

At first, he thought Dalim might be a ghost.

Сначала он подумал, что Далим — призрак.

So he went to see if he could touch him.

Поэтому он пошел посмотреть, сможет ли он прикоснуться к нему.

And then he saw it was really his friend.

И тут он увидел, что это действительно его друг.

Dalim told his friend everything that had happened.

Далим рассказал другу обо всем, что произошло.

He told him all the circumstances of his death.

Он рассказал ему все обстоятельства его смерти.

And soon they solved the mystery.

И вскоре они разгадали тайну.

They understood why he revived only at night.

Они поняли, почему он оживал только ночью.

Every night the king came to see Queen Duo.

Каждый вечер король приходил повидаться с королевой Дуо.

When the King visited, she took off her necklace.

Когда король посетил ее, она сняла ожерелье.

The life of the prince depended on the necklace.

Жизнь принца зависела от ожерелья.

So the two friends worked on a plan.

Итак, двое друзей разработали план.

Night after night they consulted together.

Ночь за ночью они совещались вместе.

But they could not think of any feasible scheme.

Но они не смогли придумать никакой осуществимой схемы.

Eventually the Gods must have taken pity.

В конце концов боги, должно быть, сжалились.

And they decided to free Dalim.

И они решили освободить Далим.

But we must understand how the Gods work.

Но мы должны понять, как действуют Боги.

These things are planned long before.

Эти вещи планируются задолго до этого.

The sister of Bidhata-Purusha had had a daughter.

У сестры Бидхата-Пуруши была дочь.

Bidhata-Purusha was a great fortune teller.

Бидхата-Пуруша был великим предсказателем.

He had written something on the child's forehead.

Он что-то написал на лбу ребенка.

"This child will marry the dead bridegroom"

«Этот ребенок выйдет замуж за мертвого жениха»

Her mother was very saddened by this.

Ее мать была очень опечалена этим.

She did not want this destiny for her daughter.

Она не хотела такой судьбы для своей дочери.

But she could not argue with him.

Но она не могла с ним спорить.

He never changed what he had written.

Он никогда не менял написанного.

The child became exceedingly beautiful.

Ребенок стал необычайно красивым.

But the mother could not take any pleasure in this.

Но мать это не могло доставить никакого удовольствия.

Because she knew the destiny of her child.

Потому что она знала судьбу своего ребенка.

Eventually the girl came to marriageable age.

Наконец девушка достигла брачного возраста.

She had to find a way to avoid her fate.

Ей нужно было найти способ избежать своей участи.

So the mother fled the country with her child.

Поэтому мать вместе с ребенком бежала из страны.

Perhaps she could avoid her dreadful destiny.

Возможно, ей удастся избежать своей ужасной участи.

But what was written was written.

Но что написано, то написано.

And fate cannot be overruled like this.

И судьбу так не переиграешь.

Together they journeyed through the land.

Вместе они путешествовали по стране.

You can imagine how fate was working.

Можно представить, как повернулась судьба.

They wandered past Dalim's resting place.

Они прошли мимо места упокоения Далим.

The shade of the evening was approaching.

Приближалась вечерняя тень.

"Mother, I am thirsty," said her child.

«Мама, я хочу пить», — сказал ее ребенок.

"Sit at this gate," replied her mother.

«Сиди у этих ворот», — ответила ее мать.

"I will search for water in the village"

«Я буду искать воду в деревне»

The girl was curious about the garden.

Девочке было любопытно посмотреть на сад.

And in the garden she saw strange house.

И в саду она увидела странный дом.

She pushed the gate, which opened itself.

Она толкнула ворота, и они открылись сами собой.

When she went in, she saw a beautiful palace.

Войдя, она увидела прекрасный дворец.

But she had an uneasy feeling about the palace.

Но дворец ее тревожил.

However, the door had shut itself.

Однако дверь закрылась сама собой.

So she had no way of getting out.

Поэтому у нее не было возможности выбраться.

When night came the prince revived.

Когда наступила ночь, принц ожил.

As usual, he walked around in the garden.

Как обычно, он прогуливался по саду.

But this time he saw a female figure.

Но на этот раз он увидел женскую фигуру.

The figure was standing near the gate.

Фигура стояла возле ворот.

Soon he saw that it was a girl.

Вскоре он увидел, что это девочка.

And he saw she was of unsurpassed beauty.

И он увидел, что она была непревзойденной красоты.

"Who are you?" he asked her.

«Кто ты?» — спросил он ее.

She told Dalim everything that had happened.

Она рассказала Далиму обо всем, что произошло.

All the details of her little history.

Все подробности ее маленькой истории.

"My uncle is the divine Bidhata-Purusha"

«Мой дядя — божественный Бидхата-Пуруша»

"He wrote on my forehead at birth"

«Он написал на моем лбу при рождении»

"This child will marry the dead bridegroom"

«Этот ребенок выйдет замуж за мертвого жениха»

"My mother did not want that life for me"

«Моя мать не хотела для меня такой жизни»

"So we left our house and city"

«Итак, мы покинули наш дом и город»

"And we wandered through the country"
«И мы бродили по стране»
"We had come to the gate of your palace"
«Мы подошли к воротам вашего дворца»
"After our journey I was thirsty"
«После нашего путешествия мне захотелось пить»
"So my mother went to look for water"
«И вот моя мама пошла искать воду».
"And now I am standing here before you"
«И вот я стою здесь перед вами»
Dalim Kumar knew the meaning of the story.
Далим Кумар знал смысл этой истории.
"I am the dead bridegroom," he told the girl.
«Я — мертвый жених», — сказал он девушке.
"It is me who you will marry"
«Ты выйдешь за меня замуж»
"Come with me to the house," he asked of her.
«Пойдем со мной в дом», — попросил он ее.
But the girl wasn't so easily persuaded.
Но девушку не так-то легко было переубедить.
"You are standing and speaking to me"
«Ты стоишь и говоришь со мной»
"How can you be the dead bridegroom?"
«Как ты можешь быть мертвым женихом?»
The prince understood her objection.
Князь понял ее возражение.
"You will understand it afterwards"
«Потом поймёшь»
The girl followed the prince into the house.
Девушка последовала за принцем в дом.
She had been fasting the whole day.
Она постилась весь день.
So the prince gave her wonderful food.
И вот принц угостил ее чудесными блюдами.
Meanwhile, the girl's mother had come back.
Тем временем вернулась мать девочки.
She was standing at the gates of the garden.

Она стояла у ворот сада.

But her daughter was not there anymore.

Но ее дочери там уже не было.

She cried out for her daughter.

Она кричала, зовя свою дочь.

But she got no reply from her daughter.

Но ответа от дочери она не получила.

So she went looking for her in the village.

И она отправилась искать ее в деревню.

As usual, Dalim's friend came that night.

Как обычно, в тот вечер пришел друг Далима.

Dalim was still entertaining his guest.

Далим все еще развлекал своего гостя.

He was not expecting to see a stranger.

Он не ожидал увидеть незнакомца.

And the girl retold him her story.

И девушка рассказала ему свою историю.

You can imagine his surprise when she told him.

Представьте себе его удивление, когда она ему рассказала.

He was able to confirm Dalim's story.

Ему удалось подтвердить историю Далима.

Soon they had all accepted destiny.

Вскоре они все смирились со своей судьбой.

That night they fulfilled their fates.

В ту ночь они исполнили свою судьбу.

They decided to unite the couple in matrimony.

Они решили объединить пару узами брака.

It was going to be impossible to get a priest.

Найти священника будет невозможно.

So Dalim's friend performed the hymeneal rites.

Итак, подруга Далим совершила обряд гименея.

The friend of the bridegroom left the palace.

Друг жениха покинул дворец.

The newly-weds had the palace to themselves.

Дворец был в полном распоряжении молодоженов.

The happy couple did not sleep much that night.

В ту ночь счастливая пара почти не спала.

So it was long after sunrise that they woke up.

Поэтому они проснулись уже после восхода солнца.

Of course it was only the young wife that woke up.

Конечно, проснулась только молодая жена.

The prince had become a cold corpse again.

Принц снова превратился в холодный труп.

The queen had put on her necklace.

Королева надела ожерелье.

And life had departed from him again.

И жизнь снова покинула его.

You can imagine how the young wife felt.

Можете себе представить, что чувствовала молодая жена.

She shook her husband to try and wake him.

Она потрясла мужа, пытаясь разбудить его.

She kissed him on his cold lips.

Она поцеловала его в холодные губы.

But all her efforts were in vain.

Но все ее усилия были тщетны.

He was as lifeless as a marble statue.

Он был безжизненным, как мраморная статуя.

The young wife was stricken with horror.

Молодая жена была охвачена ужасом.

She smote her breast with her fists.

Она ударила себя кулаками в грудь.

She struck her forehead with her palms.

Она ударила себя ладонями по лбу.

And she tore her hair from her head.

И она рвала волосы на своей голове.

She ran through the garden like a mad woman.

Она бегала по саду как сумасшедшая.

Dalim's friend did not come during the day.

Подруга Далима не пришла в течение дня.

He did not want to see his friend this way.

Он не хотел видеть своего друга в таком состоянии.

The poor girl did not know what to do.

Бедная девочка не знала, что делать.

Time could not pass quickly enough.

Время не могло пройти достаточно быстро.

The day seemed as long as a year.

День казался таким же длинным, как год.

But the even longest day has its end.

Но даже самый длинный день имеет свой конец.

The shades of evening were descending.

Спускались вечерние тени.

Her dead husband was awakened into consciousness.

Ее умерший муж пришел в сознание.

He rose up from his bed again.

Он снова поднялся с кровати.

And he embraced his new wife.

И он обнял свою новую жену.

Again they ate, drank, and became merry.

Они снова поели, попили и повеселились.

His friend made his usual appearance.

Его друг, как обычно, появился.

And the whole night was spent celebrating.

И всю ночь мы праздновали.

They spent the next seven years this way.

Так они провели следующие семь лет.

During the day Dalim was lifeless.

Днем Далим был безжизнен.

But at night he came to life.

Но ночью он ожил.

And their life was quite usual.

И жизнь у них была вполне обычная.

The princess gave her husband two lovely boys.

Принцесса подарила мужу двух прекрасных мальчиков.

They were the exact image of their father.

Они были точной копией своего отца.

Of course the king and Queens did not know.

Конечно, король и королевы об этом не знали.

They did not know they were grandparents.

Они не знали, что они бабушка и дедушка.

And they did not know Dalim was alive.
И они не знали, что Далим жива.
To be precise I should say he was alive at night.
Если быть точным, то ночью он был жив.
They all thought he had long been dead.
Все думали, что он давно умер.
They assumed his corpse would now be gone.
Они предполагали, что его тело теперь исчезло.
But the heart of Dalim s wife was yearning.
Но сердце жены Далима тосковало.
She wanted nothing more than her mother-in-law.
Она не хотела ничего, кроме своей свекрови.
Over the years she had come up with a plan.
С течением лет у нее созрел план.
Perhaps she could see her mother-in-law.
Возможно, она сможет увидеть свою свекровь.
Maybe they could get hold of the necklace.
Может быть, им удастся заполучить ожерелье.
She asked for the consent of her husband.
Она попросила согласия мужа.
And he allowed her to disguise herself.
И он позволил ей замаскироваться.
She took on the appearance of a female barber.
Она приняла облик женщины-парикмахера.
Like every female barber, she needed equipment.
Как и каждой женщине-парикмахеру, ей требовалось
оборудование.
She took the following tools;
Она взяла следующие инструменты:
An iron instrument for preparing finger nails.
Железный инструмент для подготовки ногтей.
Another iron instrument for scraping the feet.
Еще один железный инструмент для скобления ног.
A piece of burnt jhama brick.
Кусок обожженного кирпича джхама.
For rubbing the soles of the feet.
Для растирания подошв ног.

And paint for the edges of the feet.

И прокрасьте края ножек.

She took all her tools with her.

Она взяла с собой все свои инструменты.

And she stood at the gate of the King's palace.

И она стояла у ворот королевского дворца.

I forgot something else she brought.

Я забыла еще кое-что из того, что она принесла.

She had come with her two sons.

Она приехала с двумя сыновьями.

She spoke with the guards.

Она поговорила с охранниками.

"I work as a barber"

«Я работаю парикмахером»

"I have come to offer my services"

«Я пришёл предложить свои услуги»

"I desire to see Queen Suo"

«Я желаю увидеть королеву Суо»

Queen Suo quickly gave her an interview.

Королева Суо быстро дала ей интервью.

The queen was quite fond of the two little boys.

Королева очень любила двух маленьких мальчиков.

They strangely reminded her of her own son.

Они странным образом напомнили ей ее собственного сына.

And she remembered her lost treasure.

И она вспомнила о своем потерянном сокровище.

Tears fell profusely from her eyes.

Слезы хлынули из ее глаз.

She had not the remotest idea who they were.

Она не имела ни малейшего представления, кто они.

Of course we know who they are.

Конечно, мы знаем, кто они.

The two little boys are her grandsons.

Двое маленьких мальчиков — ее внуки.

She spoke to the barber.

Она поговорила с парикмахером.

"My son died when he was young"
«Мой сын умер, когда был маленьким»
"I have given up these vanities"
«Я отказался от этих тщеславий»
"I stopped having my feet ceremoniously dyed"
«Я перестала церемонно красить ноги»
"But I would be glad to see your two fine boys"
«Но я был бы рад увидеть ваших двух замечательных мальчиков».
The barber agreed to let Queen Suo see her boys.
Парикмахер согласился разрешить королеве Суо увидеть своих сыновей.
But she had one question before she went.
Но прежде чем уйти, у нее был один вопрос.
"Are there other ladies in the palace?
«Есть ли во дворце другие дамы?
"Someone else I could provide my service to"
«Кто-то еще, кому я мог бы оказать свою услугу»
She was told there was another queen.
Ей сказали, что есть еще одна королева.
And she was also allowed to go to that queen.
И ей также разрешили пойти к этой королеве.
Queen Duo allowed her to prepare her nails.
Queen Duo позволила ей подготовить ногти.
And she was allowed to scrape her feet.
И ей разрешили царапать ноги.
She painted her feet with alakta.
Она накрасила свои ноги алактой.
And the queen was very pleased with her skill.
И королева была очень довольна ее мастерством.
She also enjoyed the sweetness of her disposition.
Она также наслаждалась мягкостью своего нрава.
So she booked to have more of her services.
Поэтому она заказала больше ее услуг.
The female barber had come for something else.
Женщина-парикмахер пришла за чем-то другим.
And she quickly noticed the necklace.

И она быстро заметила ожерелье.
The necklace was around the Queen's neck.
Ожерелье было на шее королевы.

The day of her second visit had come.
Настал день ее второго визита.
She gave her eldest son the instructions.
Она дала указания своему старшему сыну.
"We are going into the palace again"
«Мы снова идем во дворец»
"When in the palace you have to cry"
«Когда во дворце приходится плакать»
"Say you would like the queen's necklace"
«Скажи, что тебе хотелось бы ожерелье королевы»
"Don't stop crying until you have her necklace"
«Не переставай плакать, пока не получишь ее ожерелье»
The female barber went to queen Duo's apartment.
Женщина-парикмахер отправилась в апартаменты королевы Дуо.
Soon the elder boy started to cry.
Вскоре старший мальчик заплакал.
The boy acted his role well.
Мальчик хорошо сыграл свою роль.
Nothing would console the boy.
Ничто не могло утешить мальчика.
"What is wrong?" Queen Duo asked.
«Что случилось ?» — спросила королева Дуо.
They boy could hardly speak.
Мальчик едва мог говорить.
"Your necklace is so beautiful"
«Твое ожерелье такое красивое»
And he continued to sob.
И он продолжал рыдать.
"Can I please hold the necklace?"
«Можно мне, пожалуйста, подержать ожерелье?»
Queen Duo did not want to let him.
Королева Дуо не хотела его отпускать.

"I cannot part with my necklace"

«Я не могу расстаться со своим ожерельем»

"It is my most valuable jewel"

«Это моя самая ценная драгоценность»

But the boy did not stop crying.

Но мальчик не переставал плакать.

So she took the necklace off her neck.

И она сняла ожерелье с шеи.

And she put the necklace into the boy's hand.

И она вложила ожерелье в руку мальчика.

The boy quickly stopped crying.

Мальчик быстро перестал плакать.

And he held the necklace in his hand.

И он держал ожерелье в руке.

The female barber had finished her work.

Женщина-парикмахер закончила свою работу.

She was packing up her tools.

Она собирала свои инструменты.

And she was about to leave the palace.

И она собиралась покинуть дворец.

So the queen wanted the necklace back.

Поэтому королева захотела вернуть ожерелье.

But the boy would not let her have the necklace.

Но мальчик не отдал ей ожерелье.

His mother attempted to snatch the necklace from him.

Его мать попыталась вырвать у него ожерелье.

But he wept bitterly when she tried.

Но он горько заплакал, когда она попыталась.

And he cried as if his heart would break.

И он плакал так, словно его сердце разрывалось.

The female barber politely asked the queen;

Женщина-парикмахер вежливо спросила королеву:

"Please let the boy take the necklace home"

«Пожалуйста, позвольте мальчику забрать ожерелье домой».

"He will fall asleep after drinking his milk"

«Он заснет, выпив молока».

"And then I will bring your necklace back"

«А потом я верну тебе ожерелье»

She could see she had no choice.

Она поняла, что у нее нет выбора.

The boy would not allow her to take the necklace.

Мальчик не позволил ей взять ожерелье.

So she agreed to the proposal.

Поэтому она согласилась на предложение.

"Dalim must now be long dead," she thought.

«Далим, должно быть, давно умер», — подумала она.

And she had nothing to worry about.

И ей не о чем было беспокоиться.

The princess had the prized necklace.

У принцессы было заветное ожерелье.

The treasure bound to her husband's life.

Сокровище, связанное с жизнью ее мужа.

She rushed back to the garden-house.

Она поспешила обратно в садовый домик.

And she gave the necklace to Dalim.

И она отдала ожерелье Далиму.

Dalim had been alive all morning.

Далим была жива все утро.

It was the first time he saw the sun again.

Это был первый раз, когда он снова увидел солнце.

Their joy of his life knew no bounds.

Их радость от его жизни не знала границ.

Their friend advised them to go to the palace.

Их друг посоветовал им пойти во дворец.

"Go to the palace tomorrow"

«Завтра отправляйтесь во дворец»

"Present yourselves to the King and Queen"

«Представьтесь королю и королеве»

"Let them know you're alive and well"

«Сообщите им, что вы живы и здоровы»

The couple accepted their friend's advice.

Пара последовала совету друга.

And they prepared everything for their arrival.

И они всё приготовили к их приезду.

An elephant was brought for the prince.

Для принца привели слона.

A pair of ponies were brought for the boys.

Для мальчиков привезли пару пони.

And there was a grand chaturdala.

И была грандиозная чатурдала.

It was furnished with curtains of gold lace.

Комната была украшена занавесками из золотого кружева.

Word was sent to the king and Queen Suo.

Королю и королеве Суо было отправлено известие.

"Prince Dalim Kumar is alive and well"

«Принц Далим Кумар жив и здоров»

"And he is coming to visit you"

«И он идет к тебе в гости»

"Now he has a wife and two sons"

«Теперь у него жена и двое сыновей ».

The King and Queen Suo could hardly believe it.

Король и королева Суо едва могли в это поверить.

But they were assured that it was all true.

Но их заверили, что все это правда.

Queen Duo quickly realized her predicament.

Королева Дуо быстро осознала свое затруднительное положение.

And she became overwhelmed with grief.

И ее охватило горе.

A band of musicians followed the prince.

За принцем следовала группа музыкантов.

Prince Dalim Kumar approached the palace-gate.

Принц Далим Кумар подошел к воротам дворца.

The King and Queen Suo went to the gates.

Король и королева Суо направились к воротам.

And they welcomed their long-lost son.

И они приветствовали своего давно потерянного сына.

You can imagine how happy they were.

Можете себе представить, как они были счастливы.

Dalim told his parents of his death.

Далим рассказал родителям о его смерти.

He told them of the pond by the palace.

Он рассказал им о пруде возле дворца.

And he told them of the fish in the pond.

И он рассказал им о рыбе в пруду.

He told them of the wooden box in the fish.

Он рассказал им о деревянном ящике, находящемся внутри рыбы.

He told them of the necklace in the wooden box.

Он рассказал им об ожерелье в деревянной шкатулке.

And he told them the secret of his life.

И он поведал им тайну своей жизни.

He told them how he died each night.

Каждую ночь он рассказывал им, как он умирал.

Of course he also mentioned his new wife.

Конечно, он также упомянул свою новую жену.

The king was inflamed with rage at the news.

Услышав эту новость, король пришел в ярость.

He ordered Queen Duo into his presence.

Он приказал королеве Дуо явиться к нему.

A large hole was dug in the ground.

В земле вырыли большую яму.

The hole was as deep as the height of a man.

Яма была глубиной в рост человека.

Queen Duo was made to stand in the hole.

Королеву Дуо заставили стоять в яме.

Prickly thorns were heaped around her.

Вокруг нее были громоздки колючие шипы.

The thorns went up to the crown of her head.

Шипы достигли макушки ее головы.

And in this manner she was buried alive.

И таким образом ее похоронили заживо.

Phakir Chand
Пхакир Чанд

There was once a king, who had a son.
Жил-был король, и был у него сын.
The king's minister also had a son.
У министра короля тоже был сын.
The two sons loved each other dearly.
Двое сыновей очень любили друг друга.
And they did everything together.
И они все делали вместе.
The two sons sat and stood up together.
Двое сыновей одновременно сели и встали.
They walked together to the same places.
Они вместе ходили по одним и тем же местам.
They ate their meals together.
Они обедали вместе.
They slept and got up together.
Они засыпали и вставали вместе.
They spent years in each other's company.
Они провели годы в обществе друг друга.
One day they both felt a new desire.
Однажды они оба почувствовали новое желание.
They wanted to see foreign lands.
Они хотели увидеть чужие земли.
And so they set out on their journey.
И они отправились в путь.
One of them was the son of a king.
Один из них был сыном короля.
One of them was the son of his chief minister.
Один из них был сыном его главного министра.
So of course they were both quite rich.
Конечно, они оба были довольно богаты.
But they did not take any servants with them.
Но они не взяли с собой никаких слуг.
They went by themselves, on horseback.
Они отправились в путь одни, верхом.

The horses were beautiful to look at.

Лошади были прекрасны на вид.

They were Pakshirajes horses.

Это были лошади породы Пакширадже.

Such horses are known as the kings of birds.

Таких лошадей называют королями птиц.

The two sons rode together for many days.

Двое сыновей ехали вместе много дней.

They passed through extensive plains.

Они прошли через обширные равнины.

And the plains were covered with paddy.

А равнины были покрыты рисом.

And they passed through strange cities.

И они проходили через странные города.

And they passed through towns, and villages.

И они проходили через города и деревни.

They passed through treeless deserts.

Они прошли через безлесные пустыни.

And they passed through forests.

И они прошли через леса.

And the forests were dense with trees.

А леса были густыми от деревьев.

These forests were the abode of the tiger.

Эти леса были жилищем тигра.

And the bear also lived in these forests.

А еще в этих лесах жил медведь.

One evening they were overtaken by the night.

Однажды вечером их застигла ночь.

They had not seen any human habitations.

Они не видели никаких человеческих поселений.

But it was getting darker and darker.

Но становилось все темнее и темнее.

So they dismounted beneath a lofty tree.

Итак, они спешились под высоким деревом.

They tied their horses to the tree.

Они привязали своих лошадей к дереву.

And then they climbed up the tree.

И затем они забрались на дерево.
They covered the branches with thick foliage.
Они покрыли ветви густой листвой.
So that they could sit on the branches.
Чтобы они могли сидеть на ветвях.
The tree had grown near a large body of water.
Дерево росло возле большого водоема.
The water was as clear as the eye of a crow.
Вода была прозрачна, как глаз ворона.
The two friends made themselves comfortable.
Двое друзей расположились поудобнее.
Of course it wasn't very comfortable in a tree.
Конечно, на дереве было не очень комфортно.
But it wasn't uncomfortable in the tree either.
Но и на дереве не было дискомфорта.
They had decided to spend the night there.
Они решили провести там ночь.
They sometimes chatted together in whispers.
Иногда они разговаривали шепотом.
They felt whispering was better than talking.
Они считали, что шептать лучше, чем говорить.
Because the region seemed very strange to them.
Потому что этот регион показался им очень странным.
And soon they were falling into a doze.
И вскоре они задремали.
But their attention was suddenly jolted.
Но их внимание внезапно привлекло внимание.
From the water they heard a noise.
Из воды послышался шум.
It sounded like the rushing of water.
Это было похоже на шум воды.
In front of them was a terrible sight!
Перед ними открылось ужасное зрелище!
A huge serpent came from under the water.
Из-под воды вылез огромный змей.
The snake swam ashore and slithered around.
Змея выплыла на берег и заползла туда-сюда.

But something else attracted their attention.

Но их внимание привлекло нечто другое.

The crested hood of the serpent was shining.

Увенчанный гребнем капюшон змеи сиял.

The snake had a brilliant manikya embedded.

В змею была вмонтирована блестящая маникья.

The jewel shone like a thousand diamonds.

Драгоценность сияла, как тысяча бриллиантов.

The crystal lit up the water in the tank.

Кристалл осветил воду в баке.

The embankments and trees were irradiated.

Облучению подверглись насыпи и деревья.

The serpent doffed the jewel from its crest.

Змея сняла драгоценность со своего гребня.

And the serpent threw the jewel on the ground.

И змей бросил драгоценность на землю.

And then the serpent went in search of food.

И тогда змей отправился на поиски пищи.

They could not believe what they had seen.

Они не могли поверить увиденному.

They stayed in the safety of the tree.

Они остались в безопасности под деревом.

But they greatly admired the jewel.

Но они очень восхищались драгоценностью.

The ruby shed an ineffable luster.

Рубин излучал невыразимый блеск.

Everything had a magical glow around it.

Все вокруг было окутано магическим сиянием.

They had never seen anything like it.

Они никогда не видели ничего подобного.

Although, they had heard of this treasure.

Хотя они слышали об этом сокровище.

The jewel equaled the treasures of seven kings.

Драгоценность этого камня равнялась сокровищам семи королей.

But their admiration soon changed to fear.

Однако вскоре их восхищение сменилось страхом.

The serpent came to the foot of their tree.

Змея приблизилась к подножию их дерева.

The serpent had found their horses!

Змей нашел их лошадей!

The poor horses had been tied to the tree.

Бедных лошадей привязали к дереву.

The animals had no way of escaping.

У животных не было возможности спастись.

One by one the serpent ate their horses.

Одного за другим змея пожирала их лошадей.

But the serpent's appetite did not seem satisfied.

Но аппетит змеи, похоже, не был удовлетворен.

They feared they would be the next victims.

Они боялись, что станут следующими жертвами.

But their fears were soon relieved.

Но вскоре их опасения рассеялись.

The gigantic cobra had not seen them.

Гигантская кобра их не заметила.

And eventually the snake left again.

И в конце концов змея снова улетела.

The minister's son saw an opportunity.

Сын министра увидел в этом возможность.

This was his chance to take the gem.

Это был его шанс завладеть драгоценным камнем.

But there was one problem they had.

Но у них была одна проблема.

The jewel shone incredibly bright.

Драгоценность сияла невероятно ярко.

The serpent would know what had happened.

Змей узнает, что произошло.

But there was a way to overcome this problem.

Но был способ решить эту проблему.

And the minister's son knew the solution.

И сын министра знал решение.

He had to cover the stone with horse-dung.

Ему пришлось покрыть камень конским навозом.

And there was some horse-dung by the tree.

А возле дерева лежал конский навоз.

He quietly came down from the tree.

Он тихо спустился с дерева.

He picked up the horse-dung off the floor.

Он поднял с пола конский навоз.

And he threw the dung upon the precious stone.

И он бросил навоз на драгоценный камень.

And then he climbed up into the tree again.

И затем он снова забрался на дерево.

The serpent noticed something had happened.

Змей заметил, что что-то произошло.

The light of the jewel had vanished.

Свет драгоценного камня исчез.

The serpent rushed back with great fury.

Змей бросился назад с великой яростью.

The serpent returned to where it had left the stone.

Змея вернулась туда, где оставила камень.

The serpent let out a frightful hiss at the night.

Ночью змея издала страшное шипение.

The snake's groans and convulsions were terrible.

Стоны и судороги змеи были ужасны.

The snake went round and round the jewel.

Змея обвивала драгоценный камень.

But the stone was covered with horse-dung.

Но камень был покрыт конским навозом.

This way the serpent could not see its treasure.

Таким образом, змей не мог видеть свои сокровища.

Finally, the serpent breathed its last breath.

Наконец змей испустил последний вздох.

The two friends did not sleep much that night.

В ту ночь друзьям не удалось долго спаcть.

In the morning they came down from the tree.

Утром они спустились с дерева.

They went to where the crest-jewel was.

Они отправились туда, где находился драгоценный камень.

The mighty serpent was still laying there.

Огромный змей все еще лежал там.

But now the snake's body was perfectly lifeless.

Но теперь тело змеи было совершенно безжизненным.

The friend of the prince stepped over the dead snake.

Друг принца переступил через мертвую змею.

And he picked up the dung covered jewel.

И он поднял драгоценность, покрытую навозом.

Both of them went to the bank of the water.

Они оба пошли к берегу воды.

And they washed the precious stone.

И они вымыли драгоценный камень.

Finally, all the dung had been washed off.

Наконец, весь навоз был смыт.

And the jewel shone as brilliantly as before.

И драгоценный камень засиял так же ярко, как и прежде.

The jewel lit up the entire bed of the tank of water.

Драгоценный камень осветил все дно резервуара с водой.

Now they could see the innumerable fishes.

Теперь они могли видеть бесчисленное множество рыб.

But the light also revealed something else.

Но свет открыл и кое-что еще.

This astonished them more than all the fishes.

Это поразило их больше, чем всех рыб.

In the bottom of the water there was something.

На дне воды что-то было.

They could see there were lofty walls.

Они увидели высокие стены.

The walls were from a magnificent palace.

Стены были из великолепного дворца.

The prince's friend was feeling venturesome.

Друг принца был настроен рискованно.

He convinced the king's son to follow him.

Он убедил сына короля последовать за ним.

And then they wanted to swim to the palace below.

А потом они захотели доплыть до дворца внизу.

The prince's friend took the jewel in his hand.

Друг принца взял драгоценность в руки.
And they both dived into the waters.
И они оба нырнули в воду.
Soon they stood at the gate of the palace.
Вскоре они стояли у ворот дворца.
To their surprise the gate was open.
К их удивлению ворота были открыты.
They saw no being, human or superhuman.
Они не увидели ни одного существа, будь то человек или сверхчеловек.
So they decided to venture inside the gate.
Поэтому они решили проникнуть внутрь ворот.
Inside the walls there was a beautiful garden.
Внутри стен находился прекрасный сад.
In the middle of the garden was a house.
Посреди сада стоял дом.
No one had ever seen so many flowers.
Никто никогда не видел столько цветов.
There were roses of all imaginable varieties.
Там были розы всех мыслимых сортов.
There were endless numbers of yellow jessamine.
Там было бесконечное множество желтых жасминовых цветов.
And there were numerous white bell flowers.
И было много белых колокольчиков.
These flowers were the king of smells.
Эти цветы были королями запахов.
The most scented lily of the valley.
Самый ароматный ландыш.
There were the flowers from the champaka tree.
Там были цветы дерева чампака.
And a thousand other sweet-scented flowers.
И тысячи других благоухающих цветов.
Acres covered with the delicious jessamine.
Акры, покрытые восхитительным жасмином.
All the plants were gemmed with flowers.
Все растения были украшены цветами.

And all the flowers were in full bloom.

И все цветы были в полном цвету.

So the air was loaded with rich perfume.

Поэтому воздух был наполнен насыщенным ароматом.

A wilderness of sweet scents everywhere.

Повсюду дикая природа сладких ароматов.

They went through this paradise of perfumery.

Они прошлись по этому парфюмерному раю.

And eventually they reached the house.

И вот наконец они добрались до дома.

The house was surrounded by lofty trees.

Дом был окружен высокими деревьями.

Soon they stood at the door of the house.

Вскоре они стояли у дверей дома.

Now they could see it was a fairy palace.

Теперь они увидели, что это был сказочный дворец.

The walls were of burnished gold.

Стены были из полированного золота.

Here and there shone diamonds of dazzling hue.

Тут и там сияли бриллианты ослепительных оттенков.

But they did not see any beings.

Но они не увидели никаких существ.

So they went inside the palace.

И они вошли во дворец.

The palace was richly furnished.

Дворец был богато обставлен.

They went from room to room.

Они ходили из комнаты в комнату.

But they did not see anyone.

Но они никого не увидели.

It seemed to be a deserted house.

Дом казался заброшенным.

At last, however, they found a special room.

Однако в конце концов они нашли специальную комнату.

In this room there was a young lady.

В этой комнате находилась молодая леди.

She was sleeping on a golden bed.

Она спала на золотой кровати.

The young lady was of exquisite beauty.

Молодая леди была необыкновенной красоты.

Her complexion was a mixture of red and white.

Цвет ее лица представлял собой смесь красного и белого.

She seemed to be about sixteen years of age.

На вид ей было лет шестнадцать.

The two friends gazed upon her.

Двое друзей смотрели на нее.

They were enchanted by her beauty.

Они были очарованы ее красотой.

But they could not admire her for long.

Но любоваться ею долго не удалось.

Because the young lady opened her eyes.

Потому что молодая леди открыла глаза.

Her eyes seemed like the eyes of a gazelle.

Ее глаза были похожи на глаза газели.

On seeing the strangers she said;

Увидев незнакомцев, она сказала:

"How have you come here, ye unfortunate men?"

«Как вы сюда попали, несчастные?»

"Be gone, be gone! I beg of you two"

«Уходите, уходите! Умоляю вас обоих».

"This is the abode of a mighty serpent"

«Это жилище могучего змея »

"The serpent which has devoured my parents"

«Змей, пожравший моих родителей»

"And my brothers, and all my relatives"

«И братья мои, и все мои родственники»

"I am the only one that he has spared"

«Я единственный, кого он пощадил»

"Flee for your lives while you still can"

«Бегите, пока можете»

"Or else the serpent will eat you both"

«Иначе змей съест вас обоих»

The prince's friend told her what had happened.

Друг принца рассказал ей, что произошло.

"The serpent has breathed his last breath"
«Змей испустил последний вздох»
"The snake's body lies lifeless on the floor"
«Тело змеи безжизненно лежит на полу».
"We took the head-jewel of the serpent"
«Мы взяли главный драгоценный камень змея»
"The jewel's light showed us to the palace.
«Свет драгоценного камня указал нам дворец.
She thanked the strangers for their bravery.
Она поблагодарила незнакомцев за их храбрость.
"You have freed me from the infernal serpent"
«Ты освободил меня от адского змея»
"Please live with me in my palace"
«Пожалуйста, живи со мной в моем дворце»
"But please promise never to desert me"
«Но, пожалуйста, обещай никогда не покидать меня».
They gladly accepted the invitation.
Они с радостью приняли приглашение.
The king's son was smitten with the princess.
Сын короля был очарован принцессой.
He adored the charms of the peerless princess.
Он обожал прелести несравненной принцессы.
And he married her after a short time.
И вскоре он на ней женился.
There was no priest at the palace.
Священника во дворце не было.
So the hymeneal knot was tied by other means.
Поэтому гименейный узел был завязан другими
способами.
A simple exchange of garlands of flowers.
Простой обмен гирляндами цветов.
The king's son became inexpressibly happy.
Сын короля несказанно обрадовался.
He delighted in the company of the princess.
Ему нравилось общество принцессы.
The prince's friend also had a wife.
У друга принца тоже была жена.

Of course she was living in the upper world.

Конечно, она жила в верхнем мире.

But he participated in his friend's happiness.

Но он разделил счастье своего друга.

The time they spent together passed merrily.

Время, проведенное ими вместе, прошло весело.

But they could not live here forever.

Но они не могли жить здесь вечно.

The prince had to return to his kingdom.

Принцу пришлось вернуться в свое королевство.

But he knew the return would require some planning.

Но он знал, что возвращение потребует некоторого планирования.

The occasion would come with a lot of pomp.

Это событие должно было пройти с большой помпой.

There were going to be many ceremonies.

Планировалось провести множество церемоний.

Because there was a lot to be celebrated.

Потому что было что праздновать.

First the prince's friend was going to go.

Первым собирался пойти друг принца.

And then he was going to return with the attendants.

А затем он собирался вернуться вместе с сопровождающими.

Horses, and elephants for the happy pair.

Лошади и слоны для счастливой пары.

The prince accompanied his friend.

Принц сопровождал своего друга.

Together they went back to the surface.

Вместе они вернулись на поверхность.

And they saw the upper world again.

И они снова увидели верхний мир.

The two friends bid each other adieu.

Двое друзей попрощались друг с другом.

The prince returned to his lovely wife.

Принц вернулся к своей любимой жене.

Before leaving everything had been organized.

Перед отъездом все было организовано.
The prince's friend arranged his return.
Друг принца организовал его возвращение.
He said when he was going to go to the embankment.
Он сказал, когда он собирается пойти на набережную.
He was going to have the horses that they needed.
Он собирался предоставить им лошадей, которые им были нужны.
Elephants were going to be there too, and attendants.
Там также должны были присутствовать слоны и сопровождающие их лица.
They were going to wait upon the prince and princess.
Они собирались навестить принца и принцессу.
The snake-jewel gave them the rights to this.
Змеиная драгоценность дала им право на это.
The prince's friend went back to his country.
Друг принца вернулся в свою страну.
To prepare for the return of his friend.
Чтобы подготовиться к возвращению своего друга.

One day the prince was sleeping.
Однажды принц спал.
He had just had his midday meal.
Он только что пообедал.
The princess had never seen the upper regions.
Принцесса никогда не видела верхних сфер.
She felt the desire to see the upper world.
Она почувствовала желание увидеть высший мир.
For this she needed the snake-jewel.
Для этого ей понадобился змеиный драгоценный камень.
Only this could help her through the water.
Только это могло помочь ей выбраться из воды.
The jewel was shining its bright light in the room.
Драгоценный камень ярко светил в комнате.
She took the snake-jewel into her hand.
Она взяла в руку змеевидное украшение.
And then she left the palace and the garden.

И затем она покинула дворец и сад.
She successfully swam to the upper world.
Она успешно доплыла до верхнего мира.
No mortal had caught sight of her.
Ни один смертный ее не видел.
At the edge of the water were some steps.
У кромки воды было несколько ступенек.
The steps were for the convenience of bathers.
Ступени были сделаны для удобства купающихся.
And this is also where she sat.
И вот здесь она тоже сидела.
She scrubbed her body with the sand.
Она оттирала свое тело песком.
She washed her hair with the fresh water.
Она вымыла волосы пресной водой.
And she played with the water for fun.
И она играла с водой ради развлечения.
She walked about on the water's edge.
Она ходила по кромке воды.
And she admired all the scenery around.
И она любовалась окружающим пейзажем.
But finally she returned back to her palace.
Но в конце концов она вернулась обратно в свой дворец.
Her husband was still deep in sleep.
Ее муж все еще крепко спал.
But eventually he had slept enough.
Но в конце концов он выспался.
She did not tell him about her adventures.
Она не рассказала ему о своих приключениях.
The next day her husband fell asleep again.
На следующий день ее муж снова уснул.
And again she paid a visit to the upper world.
И снова она посетила верхний мир.
And she remained unnoticed by mortal man.
И она осталась незамеченной смертным человеком.
Her success was starting to give her courage.
Успех начал придавать ей смелости.

So she repeated her adventure a third time.

И она повторила свое приключение в третий раз.

The rajah's son was out hunting that day.

В тот день сын раджи был на охоте.

He had his tent not far from the water.

Его палатка стояла недалеко от воды.

His attendants were cooking his meal.

Его слуги готовили ему еду.

So, he wandered about along the water.

Итак, он побрел вдоль воды.

Nearby an old woman was gathering sticks.

Неподалеку старушка собирала хворост.

She was collecting dried branches of trees.

Она собирала сухие ветки деревьев.

She needed the sticks for kindling wood.

Ей нужны были палки для растопки.

This was when the princess came out the water.

В этот момент принцесса вышла из воды.

She gazed around and she saw a man.

Она огляделась и увидела мужчину.

And then she saw there was also a woman.

И тут она увидела, что там была еще и женщина.

The princess knew she didn't want to be seen.

Принцесса знала, что не хочет, чтобы ее видели.

So she went back down to her palace.

И она вернулась обратно в свой дворец.

But the rajah's son had caught a glimpse of her.

Но сын раджи мельком увидел ее.

And the old woman gathering sticks saw her too.

И старушка, собиравшая хворост, тоже ее увидела.

The rajah's son stood gazing on the waters.

Сын раджи стоял и смотрел на воду.

He had never seen such a beautiful woman.

Он никогда не видел такой красивой женщины.

She seemed to him to be a deva-kanyas Goddess.

Она показалась ему Богиней дэва-каньяс.

Heavenly goddesses he had read of in old books.

Небесные богини, о которых он читал в старых книгах.

They are said to visit the upper world.

Говорят, что они посещают верхний мир.

And the upper world is honored to have them.

И высший мир гордится тем, что они у него есть.

But it is said to happen only rarely.

Но говорят, что это случается крайне редко.

The way that angels only visit rarely.

Так как ангелы посещают нас лишь изредка.

He had seen the princess' unearthly beauty.

Он увидел неземную красоту принцессы.

She had made a deep impression on his heart.

Она произвела глубокое впечатление на его сердце.

Although he had seen her only for a moment.

Хотя он видел ее всего лишь мгновение.

But her beauty distracted his mind.

Но ее красота отвлекла его.

He stood there like a statue, for hours.

Он простоял там несколько часов, как статуя.

All he could do was gaze into the waters.

Все, что он мог делать, это смотреть в воду.

In the hope of seeing the lovely figure again.

В надежде снова увидеть прекрасную фигуру.

But all his time was spent in vain.

Но все его время было потрачено впустую.

The princess did not appear again.

Принцесса больше не появлялась.

The rajah's son became mad with love.

Сын раджи обезумел от любви.

He kept muttering, "now here, now gone!"

Он все время бормотал: «То есть, то нет!»

He refused to leave the water's edge.

Он отказался покидать кромку воды.

His attendants had to forcibly remove him.

Его сопровождающим пришлось силой вывести его.

They took him to his father's palace.

Его отвезли во дворец отца.

But he was in a state of hopeless insanity.

Но он был в состоянии безнадежного безумия.

He couldn't be made to speak to anyone.

Его невозможно было заставить ни с кем поговорить.

And he spent his days sobbing heavily.

И он проводил дни в рыданиях.

No others words came out of his mouth.

Никаких других слов не вырвалось из его уст.

"Now here, now gone!"

«То есть здесь, то есть там!»

"Now here, now gone!"

«То есть здесь, то есть там!»

You can imagine the rajah's grief.

Можете себе представить горе раджи.

"What could have deranged my son's mind?"

«Что могло помутить рассудок моего сына?»

"'Now here, now gone,' what does it mean?"

«То есть, то нет», что это значит?»

He could not unravel the words' meaning.

Он не мог разгадать значение этих слов.

His attendants couldn't decipher the words either.

Его сопровождающие также не смогли разобрать слова.

The land's best physicians were consulted.

Были привлечены лучшие врачи страны.

But their consultation had no effect.

Однако их консультации не возымели никакого эффекта.

The sons of æsculapius were not able to help.

Сыновья Эскулапа не смогли помочь.

No one could ascertain the cause of the madness.

Никто не мог установить причину безумия.

Without knowing the cause there was no cure.

Не зная причины, невозможно вылечить болезнь.

The physicians tried to ask the prince.

Врачи попытались расспросить принца.

But all he said was, "now here, now gone!"

Но все, что он сказал, было: «То есть, то его нет!»

The rajah was distracted with grief.

Раджа был обезумел от горя.

Day and night he worried for his son.

Днем и ночью он беспокоился за сына.

He wished for his son's intellects to return.

Он желал, чтобы к его сыну вернулся интеллект.

A proclamation was made in the capital.

В столице было сделано заявление.

Town criers were sent into the city.

В город были отправлены глашатаи.

And they beat their drums for attention.

И они бьют в барабаны, чтобы привлечь внимание.

"The rajah's son has lost his mental faculties"

«Сын раджи потерял умственные способности».

"The rajah seeks a cure for his son"

«Раджа ищет лекарство для своего сына»

"A reward is offered for the cure"

«За лечение обещана награда»

"The hand of the rajah's daughter"

«Рука дочери раджи»

"Her hand comes with half his kingdom"

«Ее рука идет с половиной его королевства»

The drum was beaten around the city.

По всему городу раздался барабанный бой.

But no one felt they could touch the drum.

Но никто не чувствовал себя вправе прикоснуться к барабану.

No one knew the cause of his madness.

Никто не знал причину его безумия.

At last an old woman came forward.

Наконец вперед вышла старушка.

And she stepped up to touch the drum.

И она подошла и потрогала барабан.

"I will discover the cause of his madness"

«Я открою причину его безумия»

"And I will cure him from his disease"

«И Я исцелю его от болезни его»

She had seen what happened to the boy.

Она видела, что случилось с мальчиком.
She was at the water's edge that day.
В тот день она была у кромки воды.
It was her who was gathering up sticks.
Это она собирала хворост.
This woman had a crack-brained son.
У этой женщины был ненормальный сын.
Her son was named of Phakir-Chand.
Ее сына звали Пхакир-Чанд.
So she was called Phakir's mother.
Поэтому ее называли матерью Пакира.
The woman was brought before the rajah.
Женщину привели к радже.
And the following conversation took place.
И состоялся следующий разговор.
"You are the woman that touched the drum"
«Ты женщина, которая прикоснулась к барабану»
"You know the cause of my son's madness?"
«Вы знаете причину безумия моего сына?»
"Yes, oh incarnation of justice!"
«Да, о воплощение справедливости!»
"I know the cause of your son's madness"
«Я знаю причину безумия вашего сына»
"But I will not say the cause of his madness"
«Но я не скажу причину его безумия».
"First I will cure your son of his madness"
«Сначала я излечу твоего сына от безумия»
"How can I believe you are able to?"
«Как я могу поверить, что ты на это способен?»
"The best physicians of the land have failed"
«Лучшие врачи страны потерпели неудачу»
"You need not now believe, my king"
«Теперь тебе не нужно верить, мой король»
"Wait till I have performed the cure"
«Подождите, пока я вылечу вас»
"Many an old woman knows many secrets"
«Многие старухи знают много секретов»

"Secrets wise men are unacquainted with"
«Тайны, о которых не знают мудрецы»
"Very well, let me see what you can do"
«Хорошо, давайте посмотрим, что вы можете сделать».
"In what time will you perform the cure?"
«В какое время вы проведете лечение?»
"It is impossible to fix the time"
«Невозможно установить время»
"Ff course I will begin work immediately"
«Конечно, я немедленно приступлю к работе».
"But I need your lordship's assistance"
«Но мне нужна помощь вашей светлости»
"What help do you require from me?"
«Какая помощь вам от меня нужна?»
"Your lordship will please order a hut"
«Ваша светлость, пожалуйста, закажите хижину»
"Have the hut raised on the embankment of the water"
«Поставьте хижину на берегу воды»
"Where your son first caught the disease"
«Где ваш сын впервые заразился?»
"I mean to live in that hut for a few days"
«Я собираюсь пожить в этой хижине несколько дней».
"And please order some of your servants"
«И, пожалуйста, прикажите некоторым из ваших слуг»
"They have to be in attendance at a distance"
«Они должны присутствовать на расстоянии»
"Tell them to be about a hundred yards away"
«Скажите им, чтобы они были примерно в ста ярдах от вас»
"That way I can call them over when we need them"
«Таким образом, я смогу позвать их, когда они нам понадобятся».
The king had listened attentively.
Король внимательно слушал.
"I will order that to be immediately done"
«Я прикажу, чтобы это было немедленно сделано»
"Do you want anything else?"

«Хочешь что-нибудь еще?»
"Those are all the preparations I need"
«Это все приготовления, которые мне нужны»
"But let me remind you of the agreement"
«Но позвольте мне напомнить вам о соглашении»
"You promised the hand of your daughter"
«Ты обещал руку своей дочери»
"And you promised half your kingdom"
«А ты обещал полцарства»
"But I can't marry your daughter"
«Но я не могу жениться на твоей дочери»
"Because your daughter has to marry a man"
«Потому что твоя дочь должна выйти замуж за мужчину»
"But I also have a son of marriageable age"
«Но у меня также есть сын, достигший брачного возраста»
"Allow my son to marry your daughter"
«Позвольте моему сыну жениться на вашей дочери»
"Allow him to have half of your kingdom"
«Позволь ему взять половину твоего королевства»
The king was agreed with the terms.
Король согласился с условиями.
"If you find a cure, he marries my daughter"
«Если вы найдете лекарство, он женится на моей дочери»
"And half of my kingdom shall be his"
«И половина моего царства будет ему»
A temporary hut was quickly erected.
Быстро соорудили временную хижину.
The hut was built on the embankment of the water.
Хижина была построена на берегу воды.
And Phakir's mother took up her abode.
И мать Пакира поселилась там.
An outpost was also erected at some distance.
На некотором расстоянии также был возведен форпост.
Because the woman might require some attendance.
Потому что женщине может потребоваться некоторый уход.
Strict orders were given by Phakir's mother.

Мать Пакира отдала строгие приказы.

No one was allowed to go near the water.

Никому не разрешалось приближаться к воде.

Only she was allowed to stay by the water.

Только ей разрешили оставаться у воды.

But let us leave Phakir's mother at the water.

Но оставим мать Пакира у воды.

Let us hasten down the subterranean palace.

Поспешим спуститься в подземный дворец.

To see what the prince and the princess are doing.

Чтобы посмотреть, что делают принц и принцесса.

The princess did want to go up again.

Принцесса действительно хотела снова подняться наверх.

But she now knew that it would be dangerous.

Но теперь она знала, что это будет опасно.

And she had given up the idea of a fourth visit.

И она отказалась от идеи четвертого визита.

But women generally have greater curiosity.

Но женщины, как правило, более любопытны.

And the princess was no exception to the rule.

И принцесса не была исключением из правила.

One day her husband was asleep.

Однажды ее муж спал.

He always slept after his noonday meal.

После полуденного приема пищи он всегда спал.

She took the snake-jewel in her hand.

Она взяла в руку змеевидное украшение.

And she rushed out of the palace.

И она поспешила вон из дворца.

And she came up to the upper world.

И она поднялась в верхний мир.

There was an upheaval in the waters.

В водах произошло волнение.

And Phakir's mother was on high alert.

А мать Пакира была в состоянии повышенной готовности.

She was hiding in the hut.

Она пряталась в хижине.

And she was looking through the chinks.

И она смотрела в щели.

The princess saw no human being nearby.

Принцесса не увидела поблизости ни одного человека.

So she came to the bank of the water.

И вот она пришла на берег воды.

Phakir's mother showed herself outside the hut.

Мать Пакира показалась из хижины.

And she addressed the princess politely.

И она обратилась к принцессе вежливо.

"Come, my child, thou queen of beauty"

«Приди, дитя мое, королева красоты»

"Come to me, and I will help you to bathe"

«Иди ко мне, и я помогу тебе искупаться»

So saying, she approached the princess.

С этими словами она подошла к принцессе.

The princess saw she was just an old woman.

Принцесса увидела, что перед ней всего лишь старуха.

So she made no resistance to her offer.

Поэтому она не сопротивлялась ее предложению.

The old woman was washing the princess' hair.

Старушка мыла волосы принцессе.

And she noticed the bright jewel in her hand.

И она заметила яркий драгоценный камень в своей руке.

"Out the jewel here till you are bathed"

«Вытащи драгоценность отсюда, пока тебя не искупаешь»

Now the jewel was in the hands of Phakir's mother.

Теперь драгоценность оказалась в руках матери Пакира.

She wrapped the jewel up in a cloth.

Она завернула драгоценность в ткань.

And she wrapped the cloth around her waist.

И она обернула ткань вокруг талии.

Now the princess was unable to escape.

Теперь принцесса не могла сбежать.

And Phakir's mother gave the signal.

И мать Пакира подала сигнал.

The attendants rushed to the water.

Слуги бросились к воде.

And they took the princess captive.

И они взяли принцессу в плен.

The news soon reached the city.

Новость вскоре достигла города.

"Phakir's mother had captured a water-nymph"

«Мать Пакира поймала водяную нимфу»

And the people rejoiced at the news.

И люди обрадовались этой новости.

All came to see the "daughter of the immortals"

Все пришли посмотреть на «дочь бессмертных».

She was brought to the palace.

Ее привезли во дворец.

And she was brought to the rajah's son.

И ее привели к сыну раджи.

The rajah's son was still of impaired intellect.

Сын раджи все еще был умственно отсталым.

But that cloud on his brain soon dissipated.

Но вскоре это облако в его мозгу рассеялось.

"I have found you! I have found you!"

«Я нашёл тебя! Я нашёл тебя!»

His eyes had been vacant and lusterless.

Глаза его были пустыми и тусклыми.

But now his eyes had the fire of intelligence.

Но теперь в его глазах горел огонь интеллекта.

He had almost lost the use of his tongue.

Он почти утратил способность пользоваться языком.

"Now here, now gone!" was all he had been able to say.

«То есть, то есть нет!» — вот все, что он смог сказать.

But this sense too was restored.

Но и это чувство восстановилось.

The joy of the rajah knew no bounds.

Радости раджи не было предела.

There was great festivity in the city.

В городе царило большое веселье.

The people praised Phakir-Chand's mother.

Люди восхваляли мать Пхакир-Чанда.
And everyone soon expected the marriage.
И вскоре все стали ожидать свадьбы.
The rajah's son was to wed the water-nymph.
Сын раджи должен был жениться на водяной нимфе.
The princess, however, had made a promise.
Однако принцесса дала обещание.
She told Phakir's mother of her promise.
Она рассказала матери Пакира о своем обещании.
"I won't as much as look at another man"
«Я даже не посмотрю на другого мужчину»
"For one year my vows shall last"
«Мои обеты будут длиться один год»
"The marriage cannot happen in that time"
«Брак не может состояться в это время»
The rajah's son was somewhat disappointed.
Сын раджи был несколько разочарован.
But he readily agreed to the delay.
Но он охотно согласился на отсрочку.
"Delay enhances the sweetness of the pleasure"
«Отсрочка усиливает сладость удовольствия»
Of course the princess spent her time in sorrow.
Конечно, принцесса проводила время в печали.
She spent her days and nights sighing.
Она проводила дни и ночи, вздыхая.
And she lamented her idle curiosity.
И она посетовала на свое праздное любопытство.
The curiosity that led her to the upper world.
Любопытство, которое привело ее в высший мир.
The curiosity that separated her from her husband.
Любопытство, которое разлучило ее с мужем.
She thought of her unfortunate husband.
Она подумала о своем несчастном муже.
She had left him all alone below the waters.
Она оставила его совсем одного под водой.
And she wept bitter tears each day.
И каждый день она плакала горькими слезами.

She wished that she could run away.

Ей хотелось убежать.

But that would have been impossible.

Но это было бы невозможно.

Because she was immured within walls.

Потому что она была замурована в стенах.

And there were walls within the walls.

И были стены внутри стен.

And what use was getting out the palace?

И какой смысл выходить из дворца?

She couldn't get to her husband anyway.

Она все равно не могла добраться до мужа.

She didn't have the serpent jewel.

У нее не было драгоценного камня в виде змеи.

The ladies of the palace tried to comfort her.

Дамы дворца пытались ее утешить.

And Phakir's mother tried to divert her mind.

А мать Пакира пыталась отвлечь ее.

But their efforts were in vain.

Но их усилия оказались тщетными.

She took pleasure in nothing.

Она не получала удовольствия ни от чего.

She hardly spoke to anyone.

Она почти ни с кем не разговаривала.

She wept throughout the day.

Она проплакала весь день.

And she wept through the night.

И она проплакала всю ночь.

The year of her vow was drawing to a close.

Год ее обета подходил к концу.

But she was still disconsolate.

Но она все еще была безутешна.

The marriage, however, had to be celebrated.

Однако свадьбу пришлось отпраздновать.

The rajah consulted the astrologers.

Раджа обратился за советом к астрологам.

The day and the hour had been decided.

День и час были определены.

The nuptial knot was to be tied.

Брачный узел должен был быть завязан.

Great preparations were made.

Была проведена большая подготовка.

The confectioners were busy day and night.

Кондитеры трудились день и ночь.

They prepared all sorts of sweetmeats.

Они готовили всевозможные сладости.

Milkmen supplied the palace with tanks of curds.

Молочники поставляли во дворец цистерны с творогом.

Great quantities of gunpowder were manufactured.

Производилось огромное количество пороха.

There were going to be grand fireworks.

Планировался грандиозный фейерверк.

Stages were erected everywhere.

Повсюду возводились сцены.

And musicians were selected to play music.

И были выбраны музыканты, которые играли музыку.

All the city assumed an air of mirth.

Весь город ощутил веселье.

All looked forward to the festivities.

Все с нетерпением ждали праздника.

We must return our attention to the minister's son.

Нам следует снова обратить внимание на сына министра.

He had left his friend in the subterranean palace.

Он оставил своего друга в подземном дворце.

And he had gone to his country.

И он уехал в свою страну.

He was bringing horses and elephants.

Он привел лошадей и слонов.

And he had with him many attendants.

И с ним было много слуг.

For the return of the king's son.

За возвращение сына короля.

And for the return of his lovely princess.

И за возвращение его прекрасной принцессы.

So that the ceremony had due pomp.

Чтобы церемония прошла с должной пышностью.

The preparations took him many months.

Подготовка заняла у него много месяцев.

But eventually all was prepared.

Но в конце концов все было готово.

And the minister's son started on his journey.

И сын министра отправился в путь.

He was accompanied by a long train of elephants.

Его сопровождал длинный кортеж слонов.

And behind the elephants were horses.

А за слонами шли лошади.

And all the horses had their own attendants.

И у каждой лошади был свой проводник.

He reached the water ahead of schedule.

Он добрался до воды раньше запланированного срока.

So he had two or three days to spare.

Поэтому у него оставалось два-три дня в запасе.

Tents were pitched in the mango slopes.

Палатки были разбиты на склонах манговых деревьев.

So the men and cattle had accommodation.

Таким образом, у людей и скота было жилье.

The minister's son kept his eyes on the water.

Сын министра не отрывал глаз от воды.

The sun of the appointed day sank below the horizon.

Солнце назначенного дня село за горизонт.

But there was no sign of the prince.

Но принца не было видно.

Nor did the princess come to the surface.

Принцесса также не всплыла на поверхность.

He waited two or three days longer.

Он подождал еще два-три дня.

Still the prince did not make his appearance.

Принц все еще не появился.

What could have happened to his friend?

Что могло случиться с его другом?

And where was his beautiful wife?

А где была его красавица-жена?

Had another serpent beaten them to death?

Неужели их забила до смерти другая змея?

Possibly the mate of the one that had died.

Возможно, это был приятель погибшего.

Had they somehow lost the serpent-jewel?

Неужели они каким-то образом потеряли драгоценность в виде змеи?

Or had they perhaps visited the upper world?

Или, может быть, они посетили верхний мир?

And had they been captured in the upper world?

И были ли они схвачены в верхнем мире?

Such were the reflections of the prince's friend.

Таковы были размышления друга принца.

The prince's friend was overwhelmed with grief.

Друг принца был охвачен горем.

The waters were quite close to the city.

Воды находились довольно близко к городу.

And often the sound of music could be heard.

И часто можно было услышать звуки музыки.

He asked passers-by what that music meant.

Он спрашивал прохожих, что означает эта музыка.

He was told about the rajah's son.

Ему рассказали о сыне раджи.

And he was told of a wonderful young lady.

И ему рассказали о чудесной молодой девушке.

And he was told they were going to marry.

И ему сказали, что они собираются пожениться.

And he was told more about the wonderful lady.

И ему рассказали больше об этой чудесной женщине.

She had come out of the waters he was waiting by.

Она вышла из воды, возле которой он ее ждал.

The marriage ceremony was in two days.

Церемония бракосочетания должна была состояться через два дня.

The minister's son made the connection.

Сын министра установил связь.

The wonderful young lady was the wife of his friend.

Прекрасная молодая леди была женой его друга.

He resolved, therefore, to go into the city.

Поэтому он решил отправиться в город.

And he was going to find out all he could.

И он собирался узнать все, что только можно.

If he could, he would rescue the princess.

Если бы он мог, он бы спас принцессу.

He told the attendants to go home.

Он велел обслуживающему персоналу идти домой.

And he told them to take the elephants.

И он велел им забрать слонов.

And he told them to take the horses.

И он велел им взять лошадей.

And he himself went to the city.

А сам пошел в город.

And he took up his abode in the house of a Brahman.

И он поселился в доме брахмана.

First, he rested from his journey.

Сначала он отдохнул от своего путешествия.

Then the prince's friend had his dinner.

Затем друг принца пообедал.

And then he spoke to the Brahman.

И затем он обратился к брахману.

"Throughout the city there are musicians and bands"

«По всему городу есть музыканты и группы»

"What is the cause of all the celebrations?

«В чем причина всех этих торжеств?

The Brahman was rather surprised.

Брахман был весьма удивлен.

"From what part of the world have you come?"

«Из какой части света вы приехали?»

"What rock have you been living under?"

«Под каким камнем ты жил?»

"Have you not heard the wonderful news?"

«Разве вы не слышали чудесную новость?»
"A young lady of heavenly beauty"
«Юная леди небесной красоты»
"She rose out of the waters"
«Она поднялась из воды»
"And she is going to the son of our rajah"
«И она идет к сыну нашего раджи»
The prince's friend wanted to know more.
Друг принца захотел узнать больше.
The information could be useful.
Информация может быть полезна.
"I have not heard of this news"
«Я не слышал об этой новости»
"I have come from a distant country"
«Я приехал из далекой страны»
"The story has not reached us yet"
«Эта история до нас еще не дошла»
"Will you kindly tell me the particulars?"
«Будьте любезны рассказать мне подробности?»
The Brahman was happy to relay the story.
Брахман с радостью рассказал эту историю.
"The rajah's son went out hunting"
«Сын раджи отправился на охоту»
"It must have been about this time last year"
«Должно быть, это было примерно в это же время в прошлом году».
"They pitched their tents by the waters in the suburbs"
«Они разбили свои палатки у воды в пригородах»
"One day, the rajah's son was walking near the water"
«Однажды сын раджи прогуливался возле воды».
"On this day, he saw a young woman"
«В этот день он увидел молодую женщину»
"I have to mention she was of uncommon beauty"
«Должен отметить, что она была необыкновенной красоты»
"She had risen from the depth of the waters"
«Она поднялась из глубины вод»

"She gazed about for a minute or two"
«Она минуту или две огляделась вокруг»
"And then the beautiful lady disappeared"
«А потом прекрасная дама исчезла»
"The rajah's son, however, had seen her"
«Сын раджи, однако, увидел ее».
"He had been struck by her heavenly beauty"
«Он был поражен ее небесной красотой».
"And so he became desperately enamored by her"
«И вот он отчаянно влюбился в нее»
"Indeed, she had affected him greatly"
«Действительно, она оказала на него большое влияние»
"And his mental faculties gave way to passion"
«И его умственные способности уступили место страсти»
"He was carried home as a mad man"
«Его несли домой как сумасшедшего»
"He spoke no words except a few"
«Он не произнес ни слова, кроме нескольких слов»
"'now here, now gone!' was all he said"
«То здесь, то там!» — вот всё, что он сказал.
"The rajah sent for all the best physicians"
«Раджа послал за всеми лучшими врачами»
"They tried to restore his son to reason"
«Они пытались вернуть его сына к здравому смыслу»
"But the physicians were powerless"
«Но врачи оказались бессильны»
"At last the rajah made a proclamation"
«Наконец раджа сделал прокламацию»
"And he had the drum beat around the kingdom"
«И он бил в барабан по всему королевству».
"There was a reward for anyone who cured his son"
«Каждому, кто вылечит его сына, полагалась награда»
"They would become the rajah's son-in-law"
«Они стали бы зятьями раджи»
"And they would get half the kingdom"
« И они получат полцарства»
"An old woman answered the call of the drum"

«Старуха ответила на зов барабана»
"All knew her as Phakir's mother"
«Все знали ее как мать Пакира»
"She said she could cure the rajah's son"
«Она сказала, что может вылечить сына раджи»
"She had a hut built outside the town"
«Она построила хижину за городом».
"In the suburbs, next to the waters"
«В пригороде, у воды»
"An in the hut she took her abode"
«И в хижине она поселилась»
"She also had some huts erected close by"
«Она также приказала построить поблизости несколько хижин».
"And in those huts attendants waited"
«А в тех хижинах сидели служители»
"In case she might need their help"
«На случай, если ей понадобится их помощь»
"It seems the goddess rose from the waters"
«Кажется, богиня вышла из вод»
"Phakir's mother and the attendants seized her"
«Мать Пакира и ее слуги схватили ее»
"And they carried her in a palki to the palace"
«И ее отнесли в палки во дворец».
"The rajah's son saw the water-nymph"
«Сын раджи увидел русалку»
"And he was soon restored to his senses"
«И он вскоре пришел в себя».
"They would have married there and then"
«Они бы поженились там же»
"But the water goddess had made a vow"
«Но богиня воды дала обет»
"She wouldn't look at a man for one year"
«Она целый год не смотрела на мужчину»
"The year of the vow is now over"
«Год обета уже закончился»
"The music is from the rajah's palace"

«Музыка из дворца раджи»

"This, in brief, is the story"

«Вот вкратце история»

The prince's friend could put the story together.

Друг принца смог собрать всю историю воедино.

"a truly wonderful story!"

«Поистине замечательная история!»

"So where is Phakir's mother?"

«Так где же мать Пакира?»

"And where is Phakir-Chand himself?"

«А где сам Пхакир-Чанд?»

"Has he received the hand of the rajah's daughter?"

«Получил ли он руку дочери раджи?»

"And has he received half the kingdom?"

«И он получил полцарства?»

The Brahman could also answer these questions.

Брахман также мог бы ответить на эти вопросы.

"No, they have not married yet"

«Нет, они еще не поженились»

"And he doesn't yet have half the kingdom"

«И у него ещё нет половины королевства»

"And, I should say, he is a dimwitted lad"

«И, я должен сказать, он недалекий парень».

"In fact, no one knows where the lad is"

«На самом деле никто не знает, где этот парень».

"He has been away from home for more than a year"

«Он отсутствовал дома больше года»

"That is his manner," he explained.

«Такова его манера», — пояснил он.

"He stays away for a long time"

«Он долгое время отсутствует»

"And then suddenly he comes home"

«И тут он внезапно возвращается домой»

"And then suddenly he leaves again"

«А потом он вдруг снова уходит»

"I believe his mother expects him to come soon"

«Я думаю, его мать ожидает, что он скоро родится».

This was very useful information.

Это была очень полезная информация.

"What is he like?" he asked.

«Какой он?» — спросил он.

"And what does he do when he returns home?"

«И что он делает, когда возвращается домой?»

These questions the Brahman could also answer.

На эти вопросы Брахман также мог ответить.

"Well, he is about your height"

«Ну, он примерно твоего роста».

"Though he is somewhat younger than you"

«Хотя он несколько моложе тебя»

"He wears a small piece of cloth round his waist"

«Он носит небольшой кусок ткани вокруг талии».

"And he rubs his body with ashes"

«И он натирает свое тело пеплом»

"He carries the branch of a tree in his hand"

«Он несет ветку дерева в своей руке»

"And there is a tune to which he dances"

«И есть мелодия, под которую он танцует»

"He comes to the door of the hut of his mother"

«Он подходит к двери хижины своей матери»

"And he sings 'dhoop! dhoop! dhoop!'"

«И он поет: «хуп! фуп! фуп!»»

"His articulation is very indistinct"

«Его артикуляция очень невнятная»

"'Come, stay with your mother,' she says"

« Иди, оставайся с матерью», — говорит она.

"And he always gives the same answer"

«И он всегда дает один и тот же ответ»

"'No, I won't remain,' he says unintelligibly"

«Нет, я не останусь», — невнятно говорит он.

"You should hear him when he wants to say yes"

«Вы бы послушали его, когда он хочет сказать «да»»

"To answer in the affirmative he says 'hoom'"

«Чтобы ответить утвердительно, он говорит «хум»»

A flood of light entered the prince's friend.

Поток света озарил друга принца.

He now saw very well how matters stood.

Теперь он очень хорошо видел, как обстоят дела.

The princess must have taken the snake-jewel.

Принцесса, должно быть, забрала драгоценность в виде змеи.

And she must have left the palace alone.

И она, должно быть, покинула дворец одна.

And she was captured without the king's son.

И ее захватили без царского сына.

Phakir's mother must have the snake-jewel.

У матери Пакира наверняка есть драгоценность в виде змеи.

His friend was still below the water.

Его друг все еще был под водой.

The prince had no means of escape.

У принца не было возможности спастись.

He could imagine his friends desolate state.

Он мог представить себе отчаянное состояние своего друга.

And he could imagine how hopeless he must be.

И он мог себе представить, насколько он должен быть безнадёжен.

The prince's friend was filled with grief.

Друг принца был полон горя.

But that was not cause to give up hope.

Но это не повод терять надежду.

Perhaps he could rescue his friend.

Возможно, он сможет спасти своего друга.

"I must get the jewel from the old woman"

«Я должен забрать драгоценность у старухи»

"Can I not do it by personating Phakir-Chand?"

«Могу ли я сделать это, выдавая себя за Пхакира-Чанда?»

"His mother is expecting him soon"

«Его мать скоро его ждет»

"Maybe I can rescue the princess the same way"

«Может быть, я смогу спасти принцессу таким же образом»

He resolved to act the role of Phakir-Chand.

Он решил сыграть роль Пхакира-Чанда.

In the morning he left the Brahman's house.

Утром он покинул дом брахмана.

And he went to the outskirts of the city.

И он пошел на окраину города.

He divested himself of his usual clothing.

Он снял с себя обычную одежду.

Around his waist he put a narrow piece of cloth.

Вокруг талии он повязал узкий кусок ткани.

The cloth scarcely reached his knees.

Ткань едва доходила ему до колен.

And he rubbed his body well with ashes.

И он хорошенько натер свое тело пеплом.

And finally he broke some twigs off a tree.

И наконец он сломал несколько веток на дереве.

And thus he was ready to play his role.

И поэтому он был готов сыграть свою роль.

He went to the door of the hut of Phakir's mother.

Он подошел к двери хижины матери Пакира.

And he commenced the operation by dancing.

И он начал операцию с танца.

He danced in a most violent manner.

Он танцевал самым яростным образом.

And he sung to the tune of "dhoop! dhoop! dhoop!"

И он пел на мелодию «дуп! фуп! фуп!»

The dancing attracted the notice of the old woman.

Танцы привлекли внимание старушки.

The critical moment had come.

Наступил критический момент.

The old woman looked to her door.

Старушка посмотрела на свою дверь.

"Phakir-Chand, my son, have you come?"

«Пхакир-Чанд, сын мой, ты пришёл?»

"My darling; the gods have become propitious to us"

«Моя дорогая, боги стали к нам благосклонны»

Her supposed son uttered the monosyllable, "hoom"

Ее предполагаемый сын произнес односложное слово
«хум».

And he danced more violently than before.

И он танцевал еще яростнее, чем прежде.

And he waved the twig in his hand.

И он помахал веточкой в своей руке.

"This time you must not go away"

«На этот раз ты не должен уходить»

"You must remain with me"

«Ты должен остаться со мной»

"No, I won't remain," said the prince's friend.

«Нет, я не останусь», — сказал друг принца.

"Remain with me," the mother tried again.

«Оставайся со мной», — снова попыталась мать.

"I'll get you married to the rajah's daughter"

«Я женю тебя на дочери раджи»

"Will you marry, Phakir-Chand?"

«Ты выйдешь замуж, Пхакир-Чанд?»

The minister's son replied—"hoom, hoom"

Сын министра ответил: «Хум, хум».

And he danced even more like a madman.

И он танцевал еще более безумно.

"Will you come with me to the rajah's house?"

«Ты пойдешь со мной в дом раджи?»

"I'll show you a princess of uncommon beauty"

«Я покажу вам принцессу необыкновенной красоты»

"She rose from the waters"

«Она поднялась из вод»

"Hoom, hoom," was the answer from his lips.

«Хум, хум», — раздался ответ из его уст.

And his feet stomped violently to "dhoop! dhoop!"

И его ноги яростно топали: «дуп! дуп!»

"Do you wish to see a jewel, Phakir?"

«Хочешь увидеть драгоценность, Пхакир?»

"The crest jewel of the serpent"

«Главная драгоценность змеи»

"The treasure of seven kings"

«Сокровище семи королей»
"Hoom, hoom," was the reply.
«Хум, хум», — был ответ.
The old woman went back into the hut.
Старушка вернулась в избу.
And she brought out the snake-jewel.
И она вынула змеевидное украшение.
She put the jewel into the hand of her supposed son.
Она вложила драгоценный камень в руку своего
предполагаемого сына.
The minister's son took the snake-jewel.
Сын министра забрал драгоценность в виде змеи.
He wrapped the jewel up in the piece of cloth.
Он завернул драгоценность в кусок ткани.
And he wrapped the cloth around his waist.
И он обернул ткань вокруг талии.
Phakir's mother was delighted beyond measure.
Мать Пакира была безмерно рада.
Her son had come at just the right time.
Ее сын появился как раз вовремя.
She went to the rajah's house.
Она пошла в дом раджи.
She announced the news of Phakir's appearance.
Она объявила новость о появлении Пакира.
And also in order to show Phakir the princess.
И еще для того, чтобы показать Пакиру принцессу.
They were given access to the rajah's palace.
Им был предоставлен доступ во дворец раджи.
And all parts of the palace were open to them.
И все части дворца были открыты для них.
The old woman had saved the rajah's son.
Старуха спасла сына раджи.
So she was the most important person in the kingdom.
Поэтому она была самым важным человеком в
королевстве.
She took her supposed son around the palace.
Она водила своего предполагаемого сына по дворцу.

And she took him to the princess' room.

И она отвела его в комнату принцессы.

Phakir's mother introduced her son to the princess.

Мать Пакира познакомила сына с принцессой.

You can imagine the princess was not best impressed.

Нетрудно представить, что принцесса была не очень впечатлена.

She did not appreciate the company of a madman.

Она не одобряла общество сумасшедшего.

A madman, half naked, and covered in ash.

Безумец, полуголый и покрытый пеплом.

And he kept dancing in a wild manner.

И он продолжал танцевать как безумный.

The three had spent the day together.

Все трое провели день вместе.

It was soon going to be sunset.

Скоро должен был наступить закат.

The woman asked her son to come with her.

Женщина попросила сына пойти с ней.

But the supposed Phakir-Chand refused to comply.

Однако предполагаемый Пхакир-Чанд отказался подчиниться.

He said he would stay there that night.

Он сказал, что останется там на ночь.

His mother tried to persuade him to come with her.

Его мать пыталась уговорить его поехать с ней.

But he persisted in his determination.

Но он был полон решимости.

He said he would remain with the princess.

Он сказал, что останется с принцессой.

Phakir's mother went home without him.

Мать Пакира пошла домой без него.

And she told the guards to look after her son.

И она велела охранникам присматривать за ее сыном.

Eventually all the palace retired to rest.

В конце концов весь дворец удалился на покой.

The supposed Phakir spoke to the princess again.

Предполагаемый Пакир снова заговорил с принцессой.

But this time he spoke in his own voice.

Но на этот раз он говорил своим голосом.

"Princess! do you not recognize me?"

«Принцесса! Вы меня не узнаете?»

"I am the prince's friend"

«Я друг принца»

"I am the friend of your princely husband"

«Я друг твоего благородного мужа»

The princess was astonished for a moment.

Принцесса на мгновение замерла в изумлении.

"Who? the prince's friend?"

«Кто? Друг принца?»

"Oh, my husband's best friend"

« О, лучший друг моего мужа»

"Please rescue me from this terrible captivity"

«Пожалуйста, спасите меня из этого ужасного плена»

"This is worse than death"

«Это хуже смерти»

"All of this is my own fault"

«Во всем этом виновата я сама»

"Rescue me, oh please, thou best of friends!"

«Спаси меня, пожалуйста, лучший из друзей!»

She then burst into tears.

Затем она разрыдалась.

The prince's friend spoke again.

Друг принца снова заговорил.

"Do not be disconsolate"

«Не унывайте»

"I will try my best to rescue you"

«Я сделаю все возможное, чтобы спасти тебя»

"I will try to have you out of here tonight"

«Я постараюсь вытащить тебя отсюда сегодня вечером»

"But you must do whatever I tell you"

«Но ты должен делать все, что я тебе скажу».

The princess trusted the prince's friend.

Принцесса доверилась другу принца.
"I will do anything you tell me"
«Я сделаю все, что ты мне скажешь»
After this the supposed Phakir left the room.
После этого предполагаемый Пакир покинул комнату.
He passed through the courtyard of the palace.
Он прошел через двор дворца.
Some of the guards challenged him.
Некоторые из охранников бросили ему вызов.
"Hoom hoom!" he replied.
«Хум-хум!» — ответил он.
"I'm just going out for a minute"
«Я просто выйду на минутку»
"And then I will come back again"
«И тогда я вернусь снова»
They understood that it was the madcap Phakir.
Они поняли, что это был сумасброд Факир.
True to his word he did come back shortly.
Верный своему слову, он вскоре вернулся.
And again he went to the princess.
И он снова пошел к принцессе.
An hour afterwards he again went out.
Через час он снова вышел.
And again he was challenged by the guards.
И снова его остановили охранники.
He made the same reply as at the first time.
Он ответил то же, что и в первый раз.
The guards began to talk among themselves.
Охранники начали переговариваться между собой.
"This Phakir surely has no sense"
«У этого Пакира точно нет никакого смысла»
"He will go out and come in all night"
«Он будет выходить и приходить всю ночь»
"Let us leave him to do what he likes"
«Давайте предоставим ему возможность делать то, что ему нравится»
"There's no use guarding him all night"

«Нет смысла охранять его всю ночь»
The minister's son had worn down the guards.
Сын министра измотал охрану.
And he was looking for a way to escape.
И он искал способ сбежать.
He kept going in and out until three at night.
Он продолжал входить и выходить до трех часов ночи.
This time there were no guards there.
На этот раз охраны там не было.
Because all the guards had fallen asleep.
Потому что все охранники уснули.
He was overjoyed at the auspicious circumstance.
Он был вне себя от радости от столь благоприятного обстоятельства.
Then he went back to the princess.
Затем он вернулся к принцессе.
"Now, princess, is the time for escape"
«Теперь, принцесса, время бежать»
"The guards are all asleep"
«Все охранники спят»
"You must mount on my back"
«Ты должен сесть мне на спину»
"Tie the locks of your hair round my neck"
«Обвяжи пряди своих волос вокруг моей шеи»
"And keep tight hold of me"
«И держи меня крепко»
The princess did what she was asked of.
Принцесса сделала то, о чем ее просили.
He passed unchallenged through the courtyard.
Он беспрепятственно прошел через двор.
And he had a lovely burden on his back.
И на его спине лежала прекрасная ноша.
Eventually he got to the gate of the palace.
Наконец он добрался до ворот дворца.
And he went through without being challenged.
И он прошел без всяких проблем.
Then they went to the outskirts of the city.

Затем они отправились на окраину города.
Eventually he reached the outer suburbs.

В конце концов он добрался до пригородов.
They reached the water from which the princess had risen.

Они достигли воды, из которой вышла принцесса.
The princess rejoiced at her escape.

Принцесса обрадовалась своему спасению.
But she was still trembling with fear.

Но она все еще дрожала от страха.
The prince's friend untied the snake-jewel.

Друг принца развязал змею-драгоценность.
And together they ascended into the water.

И вместе они сошли в воду.
And soon they found back to the subterranean palace.

И вскоре они вернулись в подземный дворец.
You can imagine how happy the prince was.

Можете себе представить, как обрадовался принц.
He had nearly died of grief.

Он чуть не умер от горя.
And you can imagine the princess' happiness too.

И вы можете себе представить радость принцессы.
All the three of them were mad with joy.

Все трое были вне себя от радости.
For three days they remained in the palace.

Три дня они оставались во дворце.
And they retold the prince the whole story.

И они пересказали принцу всю историю.
They told of how the princess was seized.

Они рассказали о том, как схватили принцессу.
They told him of her captivity in the palace.

Они рассказали ему о ее пленении во дворце.
They described the marriage that was planned.

Они описали запланированный брак.
They told him of the old woman.

Они рассказали ему о старухе.
And they told him all about her Phakir-Chand.

И они рассказали ему все о ее Пхакир-Чанде.

They told him how he had impersonated him.

Они рассказали ему, как он выдавал себя за него.

And they told him how he freed the princess.

И они рассказали ему, как он освободил принцессу.

I don't need to tell you how grateful they were.

Мне нет нужды говорить вам, как они были благодарны.

The prince's friend truly was a good friend.

Друг принца действительно был хорошим другом.

They thanked him in the warmest terms.

Они выразили ему самую теплую благодарность.

And they vowed to always follow his counsel.

И они поклялись всегда следовать его советам.

They were all resolved to return home.

Все они были полны решимости вернуться домой.

They wanted to return to their native country.

Они хотели вернуться на родину.

The king's son, the minister's son, and the princess.

Сын короля, сын министра и принцесса.

They left the subterranean palace together.

Они вместе покинули подземный дворец.

They lighted the passage with the snake-jewel.

Они осветили проход змеевидным камнем.

And they made their way to the upper world.

И они направились в верхний мир.

They had neither elephants nor horses waiting for them.

Ни слоны, ни лошади их не ждали.

So they had no choice but to travel on foot.

Поэтому у них не было другого выбора, кроме как идти пешком.

The two friends had been bred in the lap of luxury.

Двое друзей выросли в роскоши.

Both of them found walking troublesome.

Им обоим было трудно ходить.

But the princess found it infinitely more troublesome.

Но принцессу это гораздо больше беспокоило.

She was used to even finer treatment.

Она привыкла к еще более любезному обращению.

The stones of the road were too rough for her.

Камни дороги оказались для нее слишком грубыми.

And the rough stones wounded her tender feet.

И грубые камни ранили ее нежные ноги.

Eventually her feet became very sore.

В конце концов ее ноги стали сильно болеть.

At times the king's son carried her on his shoulders.

Иногда сын короля носил ее на плечах.

The load he was carrying was of course lovely.

Груз, который он нес, был, конечно, прекрасен.

But although lovely, she was heavy to carry.

Но хотя она была прекрасна, нести ее было тяжело.

And she could not be carried a great distance.

И ее нельзя было нести на большие расстояния.

And therefore she too had to walk often.

И поэтому ей тоже приходилось часто ходить пешком.

One evening they arrived beneath a tree.

Однажды вечером они пришли под дерево.

There were no visible signs of human habitations.

Видимых признаков человеческого жилья не обнаружено.

So they decided to make the tree their sleeping place.

Поэтому они решили сделать дерево своим спальным местом.

The prince's friend offered to keep guard.

Друг принца вызвался охранять его.

"Both of you can go to sleep"

«Вы оба можете идти спать».

"I will keep watch over you both tonight"

«Я присмотрю за вами обоими сегодня ночью»

"In order to prevent any danger"

«Чтобы предотвратить любую опасность»

The royal couple soon dozed off.

Вскоре королевская чета задремала.

And they were locked in the arms of sleep.

И они были заключены в объятиях сна.

The faithful friend of the prince did not sleep.

Верный друг князя не спал.

He stayed awake and watched for danger.

Он бодрствовал и высматривал опасность.

It so happened they camped under a special tree.

Случилось так, что они разбили лагерь под особым деревом.

In the tree swung the nest of two birds.

На дереве качалось гнездо двух птиц.

The immortal birds Bihangama and Bihangami.

Бессмертные птицы Бихангама и Бихангами.

These birds were endowed with human speech.

Эти птицы были наделены человеческой речью.

And they could also see into the future.

И они также могли заглядывать в будущее.

The minister's son listened to the bird's conversation.

Сын министра подслушал разговор птиц.

He was more than a little astonished at what he heard!

Он был более чем ошеломлен услышанным!

Bihangama: "The prince's friend risked his own life"

Бихангама: «Друг принца рисковал своей жизнью»

"He did everything for the safety of his friend"

«Он сделал все для безопасности своего друга»

"But more dangers will befall the king's son"

«Но сыну короля предстоит пережить еще больше опасностей»

"And he will find it difficult to save the prince"

«И ему будет трудно спасти принца»

Bihangami: "Why is that?"

Бихангами: «Почему это?»

Bihangama: "Many dangers await the king's son"

Бихангама: «Много опасностей ждет сына короля»

"The prince's father will hear of his son's approach"

«Отец принца услышит о приближении своего сына»

"He will send for him an elephant and some horses"

«Он пришлет за ним слона и лошадей».

"And he will arrange attendants to meet him"

«И он организует встречу с сопровождающими».

"The king's son will ride the elephant"
«Сын короля будет ездить на слоне»
"But he will fall from the back of the elephant"
«Но он упадет со спины слона»
"And he will die from his fall from the elephant"
«И он умрёт от падения со слона».
Bihangami: "But suppose someone prevented this?"
Бихангами: «Но предположим, кто-то предотвратил это?»
"Suppose the king's son is not going to ride on the elephant"
«Предположим, сын короля не собирается ездить на слоне».
"What might happen if he rides on a horse instead?"
«Что может произойти, если он вместо этого поедет верхом на лошади?»
"Will he not in that case be saved?"
«Разве в таком случае он не будет спасен?»
Bihangama: "Yes, in that case he would escape that fate"
Бихангама: «Да, в таком случае он избежал бы этой участи».
"But then a fresh danger would await him"
«Но затем его поджидала новая опасность»
"When the king's son is in sight of his father's palace"
«Когда сын короля приближается к дворцу своего отца»
"When he is in the act of passing through the lion-gate"
«Когда он проходит через львиные ворота»
"In that moment the lion-gate will fall upon him"
«В тот момент львиные ворота упадут на него»
"And the stones will crush him to death"
«И камни раздавят его насмерть»
Bihangami: "But suppose someone gets there first"
Бихангами: «Но предположим, кто-то доберется туда первым»
"Suppose someone destroys the lion-gate"
«Предположим, кто-то разрушит львиные ворота»
"If that happens the king's son couldn't go through the lion-gate"

«Если это произойдет, сын короля не сможет пройти через Львиные ворота».
"Will not the king's son in that case be saved?"
«Разве в таком случае сын царя не будет спасен?»
Bihangama: "Yes, in that case he would escape his fate"
Бихангама: «Да, в таком случае он избежал бы своей участи»
"But then a fresh danger would await him"
«Но затем его поджидала новая опасность»
"When the king's son reaches the palace"
«Когда сын короля прибудет во дворец»
"When he sits at a feast prepared for him"
«Когда он сядет на пир, приготовленный для него»
"The head of a fish will be cooked for him"
«Ему отварят голову рыбы».
"He will put into his mouth the head of the fish"
«Он положит себе в рот голову рыбы».
"But the head of the fish will stick in his throat"
«Но голова рыбы застрянет у него в горле»
"And he will choke to death on the head of the fish"
«И он задохнется насмерть от головы рыбы».
Bihangami: "But suppose someone snatches the fish"
Бихангами: «Но предположим, кто-то выхватит рыбу».
"Suppose someone takes the head of the fish from his plate"
«Предположим, кто-то берёт голову рыбы из своей тарелки»
"Suppose he can't put the fish's head in his mouth"
«Предположим, он не может засунуть голову рыбы себе в рот»
"Will not the king's son in that case be saved?"
«Разве в таком случае сын царя не будет спасен?»
Bihangama: "Yes, in that case he will escape his fate"
Бихангама: «Да, в таком случае он избежит своей участи».
"But a fresh danger would await him"
«Но его поджидала новая опасность»
"When the prince and princess retire after dinner"
«Когда принц и принцесса уходят спать после ужина»

"When they go into their sleeping apartment"
«Когда они идут в свою спальную квартиру»
"They will lie together in bed"
«Они будут лежать вместе в постели »
"A terrible cobra will come into the room"
«В комнату войдет страшная кобра»
"And the cobra will bite the king's son to death"
«И кобра укусит сына короля насмерть».
Bihangami: "But suppose someone was in the room"
Бихангами: «Но предположим, что кто-то был в комнате»
"Suppose this person was waiting for the snake"
«Предположим, этот человек ждал змею».
"And suppose that this person cuts the snake into pieces"
«И предположим, что этот человек разрезает змею на
куски»
"Will not the king's son in that case be saved?"
«Разве в таком случае сын царя не будет спасен?»
Bihangama: "Yes, in that case he will escape his fate"
Бихангама: «Да, в таком случае он избежит своей участи».
"In that case the life of the king's son will be saved"
«В таком случае жизнь сына короля будет спасена».
"But he who saves him can't repeat these words"
«Но тот, кто его спасёт, не сможет повторить эти слова».
"If he tells his secret he will be turned into marble"
«Если он расскажет свой секрет, он превратится в
мрамор».
Bihangami: "Can the statue be returned to life?"
Бихангами: «Можно ли вернуть статую к жизни?»
Bihangama: "Yes, the marble statue can be restored to life"
Бихангама: «Да, мраморную статую можно вернуть к
жизни»
"The princess will give birth to a child"
«Принцесса родит ребенка»
"They must wash the statue with the blood of the infant"
«Они должны омыть статую кровью младенца»
The prophetical birds had spoken until that point.
До этого момента пророческие птицы говорили.

But then they were interrupted by the craw of crows.
Но затем их прервал карканье ворон.
The eastern sky tinted in a reddish hue.
Небо на востоке окрасилось в красноватый оттенок.
And the travelers beneath the tree bestirred themselves.
И путники под деревом заволновались.
The prophetic conversation came to an end.
Пророческая беседа подошла к концу.
But the prince's friend had heard everything.
Но друг принца все слышал.

The next morning they continued their journey.
На следующее утро они продолжили свой путь.
The prince, the princess, and the prince's friend.
Принц, принцесса и друг принца.
Soon they met the king's procession.
Вскоре они встретили королевскую процессию.
There was an elephant, a horse, and a palki.
Там были слон, лошадь и палки.
And there was a large number of attendants.
И было много прихожан.
These animals and men had been sent by the king.
Эти животные и люди были посланы королем.
The king heard his son was with his friend.
Король услышал, что его сын находится у его друга.
And he had heard that his son had married.
И он услышал, что его сын женился.
And he heard they were not far from the capital.
И он услышал, что они недалеко от столицы.
The elephant had been richly caparisoned.
Слон был богато украшен.
The elephant was intended for the prince.
Слон предназначался для принца.
The framework of the palki was of silver.
Каркас палки был из серебра.
The palki was meant for the princess.
Палки предназначались для принцессы.

And the horse was for the prince's friend.

А конь был для друга принца .

The prince was about to mount on the elephant.

Принц собирался сесть на слона.

But then his friend spoke to him.

Но затем с ним заговорил его друг.

"Allow me to ride on the elephant, please"

«Позвольте мне покататься на слоне, пожалуйста»

"And you can ride back on horseback"

«И ты можешь вернуться обратно верхом»

The prince was not a little surprised.

Принц был немало удивлен.

The proposal had been made in a very cold manner.

Предложение было сделано в очень холодной форме.

Maybe his friend felt a little too entitled.

Возможно, его друг чувствовал себя слишком уж вправе что-то делать.

And the king's son was slightly annoyed.

И сын короля был немного раздражен.

But he remembered what his friend had done for him.

Но он помнил, что сделал для него его друг.

And he remembered how he saved the princess.

И он вспомнил, как спас принцессу.

So he mounted the horse without objecting.

Поэтому он без возражений сел на лошадь.

But his mind became somewhat alienated from him.

Но его разум стал как-то отчуждён от него.

The procession towards the capital started again.

Шествие по направлению к столице возобновилось.

After some time they came in sight of the palace.

Через некоторое время они увидели дворец.

The lion-gate had been gaily adorned.

Львиные ворота были ярко украшены.

There was a grand reception for the prince.

В честь принца был устроен пышный прием.

And the princess was equally anticipated.

И принцессу тоже ждали с нетерпением.

But the prince's friend seemed to have an objection.

Однако друг принца, похоже, имел возражение.

"I want the lion-gate to be broken down"

«Я хочу, чтобы львиные ворота были сломаны»

The prince was astounded at the proposal.

Принц был поражен этим предложением.

The request was very out of the ordinary.

Просьба была весьма необычной.

And he had given no reason for his demand.

И он не объяснил свое требование никак.

But he remembered all his friend had done for him.

Но он помнил все, что сделал для него его друг.

And he remembered how he saved the princess.

И он вспомнил, как спас принцессу.

So he complied with the wish of his friend.

Поэтому он выполнил желание своего друга.

And the beautiful lion-gate was torn down.

И прекрасные львиные ворота были снесены.

But his mind became even more estranged from him.

Но его разум еще больше отдалился от него.

The procession now went into the palace.

Процессия направилась во дворец.

The king gave a warm reception to his son.

Король оказал своему сыну теплый прием.

He welcomed his daughter-in-law equally warmly.

Он так же тепло приветствовал свою невестку.

And he was very pleased to see the prince's friend.

И он был очень рад видеть друга принца.

The story of their adventures was related.

Рассказывалась история их приключений.

The king expressed great astonishment at the tale.

Король выразил великое изумление, услышав эту историю.

And his courtiers were equally impressed.

И его придворные были столь же впечатлены.

All praised the minister's son's devotion.

Все высоко оценили преданность сына министра.

And the ladies of the palace praised the princess.

И придворные дамы восхваляли принцессу.

The connoisseurs of beauty praised the princess.

Ценители красоты превозносили принцессу.

Her complexion was a mixture of milk and vermilion.

Цвет ее лица напоминал смесь молока и киновари.

Her neck was like that of a swan.

Шея у нее была как у лебедя.

Her eyes were like those of a gazelle.

Глаза у нее были как у газели.

Her lips were as red as the berry bimba.

Ее губы были такими же красными, как ягода бимба.

Her cheeks were as lovely as they could be.

Ее щеки были настолько прекрасны, насколько это вообще возможно.

And her nose was straight and high.

И нос у нее был прямой и высокий.

Her hair reached down to her ankles.

Волосы у нее доходили до щиколоток.

Her walk was as graceful as that of a young elephant.

Ее походка была грациозной, как у молодого слона.

The princess whom destiny had brought to them.

Принцесса, которую им подарила судьба.

They sat around her wanting to know everything.

Они сидели вокруг нее и хотели все знать.

And they put to her a thousand questions.

И они задали ей тысячу вопросов.

They asked her about her parents.

Они спросили ее о родителях.

They asked her about the subterranean palace.

Они спросили ее о подземном дворце.

And they asked her all about the serpent.

И они стали расспрашивать ее о змее.

The serpent which had killed all her relatives.

Змей, убивший всех ее родственников.

Soon it was time for the new arrivals to dine.

Вскоре пришло время обедать вновь прибывшим.

The dinner was served up in dishes of gold.

Обед подавали на золотых блюдах.

All sorts of delicacies were on the table.

На столе были всевозможные деликатесы.

The most conspicuous dish was the head of a rohita fish.

Самым заметным блюдом стала голова рыбы рохита.

The large fish's head was placed in a golden cup.

Голову большой рыбы поместили в золотую чашу.

And the cup was placed near the prince's plate.

И чашу поставили возле тарелки князя.

All were eating and retelling the adventure.

Все ели и пересказывали свои приключения.

And suddenly the prince's friend snatched the head.

И вдруг друг принца схватил голову.

He took the fish's head from the prince's plate.

Он взял голову рыбы с тарелки принца.

"Let me, prince, eat this rohita's head"

«Позволь мне, принц, съесть голову этой рохиты»

The king's son was quite indignant.

Сын короля был весьма возмущен.

But he remembered all his friend had done for him.

Но он помнил все, что сделал для него его друг.

And he remembered how he saved the princess.

И он вспомнил, как спас принцессу.

And so he made no objection to the request.

И поэтому он не возражал против этой просьбы.

But he could not hide his terrible rage.

Но он не мог скрыть свою страшную ярость.

Of course the prince's friend noticed this.

Конечно, друг принца это заметил.

But there was nothing else he could have done.

Но он ничего другого сделать не мог.

His conduct, however strange, was necessary.

Его поведение, каким бы странным оно ни было, было необходимо.

It was for the safety of his friend's life.

Это было ради безопасности жизни его друга.

Nor could he tell his friend the reason.

Он также не мог объяснить своему другу причину.

Else he would be transformed into a marble statue.

В противном случае он превратился бы в мраморную статую.

Soon the dinner was going to be over.

Ужин скоро должен был закончиться.

The prince's friend had one more request.

У друга принца была еще одна просьба.

The two friends had spent every night together.

Двое друзей проводили каждую ночь вместе.

But tonight he wanted to go to his own house.

Но сегодня вечером он хотел пойти к себе домой.

The prince was also shocked at his strange conduct.

Принц также был потрясен его странным поведением.

But he remembered all his friend had done for him.

Но он помнил все, что сделал для него его друг.

And he remembered how he saved the princess.

И он вспомнил, как спас принцессу.

And he also agreed to this request of his friend.

И он также согласился на эту просьбу своего друга.

The prince's friend, however, had other plans.

Однако у друга принца были другие планы.

He had no intentions of going to his own house.

Он не собирался идти к себе домой.

He was resolved to avert the last peril.

Он был полон решимости предотвратить последнюю опасность.

The last thing to threaten the life of his friend.

Последнее, что могло угрожать жизни его друга.

Accordingly, he took a sword into his hand.

И он взял в руки меч.

And he stealthily entered the royal room.

И он тайком вошел в королевскую комнату.

The room of the prince and the princess.

Комната принца и принцессы.

He ensconced himself under the bedstead.

Он устроился под кроватью.

The bed was furnished with mattresses of down.

Кровать была обставлена пуховыми матрасами.

The mosquito curtains were of the richest silk.

Противомоскитные сетки были из самого дорогого шелка.

And all the bedding was laced with gold.

И все постельное белье было расшито золотом.

Soon the prince and princess came into the bedroom.

Вскоре в спальню вошли принц и принцесса.

They undressed themselves and went to bed.

Они разделись и легли спать.

And soon the royal couple were asleep.

И вскоре королевская чета уснула.

At midnight he heard the slithering of a snake.

В полночь он услышал шуршание змеи.

The sound was coming from a water passage.

Звук доносился из водного прохода.

A snake of gigantic size entered the room.

В комнату ворвалась гигантская змея.

The serpent climbed up the frame of the bed.

Змея взобралась по каркасу кровати.

The minister's son rushed out with the sword.

Сын министра выскочил с мечом.

And he killed the serpent with one blow.

И он убил змея одним ударом.

And then he cut the snake into smaller pieces.

А затем он разрезал змею на более мелкие части.

He put the pieces in the dish for holding betel-leaves.

Он положил кусочки в блюдо для хранения листьев бетеля.

But as he did this, he spilled a drop of blood.

Но когда он это сделал, он пролил каплю крови.

The drop of blood fell on the breast of the princess.

Капля крови упала на грудь принцессы.

Because the mosquito curtains had not been let down.

Потому что москитные сетки не были опущены.

He worried for the health of the princess.

Он беспокоился о здоровье принцессы.

The blood might be of some sort of poison.

Кровь могла оказаться ядовитой.

So he resolved to lick up the blood.

Поэтому он решил слизать кровь.

But he could not look at the naked princess.

Но он не мог смотреть на обнаженную принцессу.

It would have been a great sin.

Это было бы большим грехом.

So he blindfolded himself with seven-fold cloth.

Поэтому он завязал себе глаза тканью, сложенной в семь раз.

And he licked off the drop of blood.

И он слизал каплю крови.

But just at this time the princess awoke.

Но как раз в это время принцесса проснулась.

Her scream roused her husband from his sleep.

Ее крик разбудил ее мужа.

And he could not believe what he was seeing.

И он не мог поверить своим глазам.

The prince fell into a great rage.

Принц впал в ярость.

And he was prepared to kill his friend.

И он был готов убить своего друга.

But he gave his friend a chance to speak.

Но он дал своему другу возможность высказаться.

"Please, my friend, restrain your anger"

«Пожалуйста, мой друг, сдержи свой гнев»

"I have done this only to save your life"

«Я сделал это только для того, чтобы спасти твою жизнь»

The prince was more confused than before.

Принц был еще более смущен, чем прежде.

"I do not understand what you mean"

«Я не понимаю, что вы имеете в виду»

"From the time we came out of the subterranean palace"

«С того момента, как мы вышли из подземного дворца»

"You have been behaving in a most extraordinary way"

«Вы вели себя крайне необычно»
"First, you insisted on riding my elephant"
«Сначала ты настоял на том, чтобы покататься на моем слоне»
"The elephant my father had sent for me"
«Слон, которого послал за мной мой отец»
"I thought it was vain of you to ask"
«Я думал, что это было тщетно с твоей стороны спрашивать»
"But I remembered what you had done for me"
«Но я вспомнил, что ты для меня сделал»
"And I decided to let the matter pass"
«И я решил оставить это дело как есть»
"And instead I rode back on horseback"
«И вместо этого я поехал обратно верхом»
"Secondly, you insisted on destroying the lion-gate"
«Во-вторых, вы настояли на разрушении львиных ворот»
"The lion-gate my father had adorned for me"
«Львиные ворота, которые мой отец украсил для меня»
"I thought it was strange of you to ask"
«Я подумал, что это странно с твоей стороны»
"But I remembered what you had done for me"
«Но я вспомнил, что ты для меня сделал»
"And I decided to let the matter pass"
«И я решил оставить это дело как есть»
"And I had the lion-gate destroyed"
«И я приказал разрушить львиные ворота»
"Thirdly, at dinner you behaved most shamefully"
«В-третьих, за обедом вы вели себя крайне постыдно».
"You snatched the rohita's head from my plate"
«Ты выхватил голову рохиты из моей тарелки»
"And you insisted on eating the fish head"
«И ты настоял на том, чтобы съесть рыбью голову»
"I thought you felt too entitled"
«Я думал, ты считаешь себя слишком уж вправе»
"But I remembered what you had done for me"
«Но я вспомнил, что ты для меня сделал»

"So I decided to let the matter pass"

«Поэтому я решил оставить это дело как есть».

"You then pretended that you were going home"

«Затем вы сделали вид, что идете домой»

"And I was very glad you were going home"

«И я был очень рад, что ты едешь домой».

"Because you had made yourself very disagreeable"

«Потому что ты сделал себя очень неприятным»

"And now you are actually in my bedroom"

«И теперь ты действительно в моей спальне»

"You are bending over the naked bosom of my wife"

«Ты склоняешься над обнажённой грудью моей жены»

"You must have had some evil plan"

«Должно быть, у тебя был какой-то коварный план»

"And now you pretend you are saving my life"

«А теперь ты притворяешься, что спасаешь мне жизнь»

"But I don't believe you want to save my life"

«Но я не верю, что ты хочешь спасти мне жизнь»

"I believe you want to destroy my wife's chastity"

«Я считаю, что вы хотите лишить целомудрия мою жену».

The prince's friend knew how things looked.

Друг принца знал, как обстоят дела.

"Oh, do not harbor such thoughts in your mind"

«О, не питай таких мыслей в своем уме»

"Please do not think badly against me"

«Пожалуйста, не думайте обо мне плохо»

"The gods know what I have done"

«Боги знают, что я сделал»

"They know I did it to save your life"

«Они знают, что я сделал это, чтобы спасти твою жизнь»

"You would see the reasonableness of my conduct"

«Вы бы увидели разумность моего поведения»

"But I don't have liberty to state my reasons"

«Но я не имею права излагать свои причины».

The prince asked him to explain himself.

Князь потребовал от него объяснений.

"And why are you not at liberty?"

«А почему ты не на свободе?»
"Who has put a seal upon your mouth?"
«Кто запечатал уста твои?»
And the prince's friend answered.
И друг принца ответил.
"Destiny has put a seal upon my mouth"
«Судьба наложила печать на мои уста»
"If I told you, I would be transformed into marble"
«Если бы я тебе сказал, я бы превратился в мрамор»
The prince grew angrier with his friend.
Принц еще больше рассердился на своего друга.
"You should be transformed into a marble statue!"
«Тебя следует превратить в мраморную статую!»
"You must take me to be a simpleton"
«Вы, должно быть, принимаете меня за простака»
"You can't expect me to believe this nonsense"
«Вы не можете ожидать, что я поверю в эту чушь »
The minister's son made one last request.
Сын министра обратился с последней просьбой.
"Do you wish me then, friend, for me to tell you?
«Хочешь ли ты, друг, чтобы я рассказал тебе?
"You would make your friend turn into stone?"
«Ты хочешь превратить своего друга в камень?»
The prince wanted to hear the reason.
Принц хотел услышать причину.
He did not care about the consequences.
Его не волновали последствия.
"Tell me, or else you are a dead man"
«Скажи мне, иначе ты труп»
The prince's friend wanted to clear his name.
Друг принца хотел очистить свое имя.
He wanted no foul accusations brought against him.
Он не хотел, чтобы против него выдвигались какие-либо
гнусные обвинения.
And he deemed it his duty to reveal the secret.
И он счел своим долгом раскрыть тайну.
Even if this would put his life at risk.

Даже если это подвергнет его жизнь риску.

He again warned the prince not to ask him.

Он снова предупредил принца, чтобы тот не задавал ему вопросов.

But the prince remained inexorable.

Но принц остался непреклонен.

The prince's friend then told him his secret.

Тогда друг принца поведал ему свою тайну.

"While sleeping under a lofty tree one night"

«Однажды ночью, когда я спал под высоким деревом»

"I overheard a conversation between two birds.

«Я услышал разговор двух птиц.

"The prophesizing birds Bihangama and Bihangami"

«Пророческие птицы Бихангама и Бихангами»

"Bihangama predicted all the dangers in your life"

«Бихангама предсказал все опасности в твоей жизни»

"First the bird predicted your father would send an elephant"

«Сначала птица предсказала, что твой отец пошлёт слона»

"The bird said you would fall from the elephant"

«Птица сказала, что ты упадешь со слона».

"And the bird said you would die from the fall"

«И птица сказала, что ты умрешь от падения».

At this point the minister's son's legs turned to stone.

В этот момент ноги сына министра превратились в камень.

"See? my legs have already turned to stone"

«Видишь? Мои ноги уже превратились в камень».

"Go on with your story," said the prince.

«Продолжай свой рассказ», — сказал принц.

And the prince's friend continued the story.

И друг принца продолжил рассказ.

"The bird said the lion-gate would be gaily decorated"

«Птица сказала, что львиные ворота будут ярко украшены».

"And the bird said the lion-gate would collapse on you"

«И птица сказала, что львиные ворота рухнут на тебя».

"If the lion-gate had fallen on you, you would have died"

«Если бы львиные ворота упали на тебя, ты бы умер».
At this point the minister's son's torso turned to stone.
В этот момент туловище сына министра превратилось в камень.
But the prince insisted the minister's son continues.
Однако принц настоял на том, чтобы сын министра продолжил.
"Go on with your story," said the prince.
«Продолжай свой рассказ», — сказал принц.
"The bird said there would be the head of a fish"
«Птица сказала, что будет голова рыбы».
"And the bird predicted you would choke on the fish"
«И птица предсказала, что ты подавишься рыбой».
Now his head was the only thing not of stone.
Теперь его голова была единственным предметом, который не был сделан из камня.
"See? my whole body has turned to stone"
«Видишь? Всё моё тело превратилось в камень».
"If I continue, I will become a man of stone"
«Если я продолжу, я превращусь в каменного человека»
"Do you wish me to tell the rest"
«Хотите, я расскажу остальное?»
"Go on with your story," said the prince.
«Продолжай свой рассказ», — сказал принц.
"Very well, I will go on to the end"
«Хорошо, я пойду до конца»
"But you may repent after I tell you"
«Но вы можете покаяться после того, как я скажу вам»
"And you may wish to restore me to life"
«И ты, возможно, захочешь вернуть меня к жизни»
"I will tell you how to reverse the spell"
«Я расскажу тебе, как снять заклинание»
"In a few months the princess will bear a child"
«Через несколько месяцев принцесса родит ребенка»
"Wait for the birth of the child"
«Ждите рождения ребенка»
"Besmear my statue with the infant's blood"

«Окропи мою статую кровью младенца»

"Only then will I be restored back to life"

«Только тогда я вернусь к жизни»

The last word left his lips, and he turned to stone.

Последнее слово сорвалось с его губ, и он превратился в камень.

The princess jumped out of bed.

Принцесса вскочила с кровати.

She opened the vessel for betel-leaves and spices.

Она открыла сосуд для листьев бетеля и специй.

And she saw the pieces of a serpent.

И она увидела части змеи.

The prince and the princess were now convinced.

Принц и принцесса теперь были убеждены.

They saw the good faith of their departed friend.

Они увидели добрую волю своего покойного друга.

They saw the benevolence of his actions.

Они увидели благотворность его действий.

They went to the marble statue.

Они подошли к мраморной статуе.

But the statue of their friend was lifeless.

Но статуя их друга была безжизненной.

They let out a loud cry of lamentation.

Они издали громкий крик скорби.

But their cries were to no purpose.

Но их крики были напрасны.

Because the statue was not moved by tears.

Потому что статую не трогали слезы.

The prince and princess knew what they had to do.

Принц и принцесса знали, что им нужно делать.

They concealed the marble figure in a safe place.

Они спрятали мраморную фигуру в надежном месте.

And they waited for the birth of their child.

И они ждали рождения своего ребенка.

In process of time the hour came.

Со временем этот час настал.

The princess's travail had arrived.

Настало время родов принцессы.

The princess bore a beautiful boy.

Принцесса родила прекрасного мальчика.

The child was the perfect image of his mother.

Ребенок был идеальной копией своей матери.

The beauty of their child was striking.

Красота их ребенка была поразительной.

And they were in awe of him.

И они были в восторге от него.

They would have spared his life.

Они сохранили бы ему жизнь.

But they remembered their best friend.

Но они помнили своего лучшего друга.

They remembered all he had done for them.

Они помнили все, что он для них сделал.

But now he was a lifeless stone.

Но теперь он превратился в безжизненный камень.

And they remembered the vows they had made.

И они вспомнили данные ими обеты.

And they cut the child into two.

И они разрезали ребенка на две части.

They besmeared the statue with the child's blood.

Они окропили статую кровью ребенка.

And their friend became animated back to life.

И их друг ожил.

They were glad to see him alive again.

Они были рады снова увидеть его живым.

But the prince's friend was overwhelmed with grief.

Но друг принца был охвачен горем.

Because he saw the new-born in a pool of blood.

Потому что он увидел новорожденного в луже крови.

So he picked up the dead infant.

И он поднял мертвого младенца.

He carefully wrapped the child in a towel.

Он осторожно завернул ребенка в полотенце.

And he resolved to get the child restored to life.

И он решил вернуть ребенка к жизни.

He consulted all the physicians of the country.

Он проконсультировался со всеми врачами страны.

They all told him the same thing.

Все они сказали ему одно и то же.

A cure can be found for any illness.

От любой болезни можно найти лекарство.

But life requires the spark of life.

Но для жизни нужна искра жизни.

When the spark is gone, it is beyond their jurisdiction.

Когда искра гаснет, это выходит за рамки их юрисдикции.

And so they had to go on with their lives.

И поэтому им пришлось продолжать жить своей жизнью.

Eventually the prince's friend returned to his wife.

В конце концов друг принца вернулся к своей жене.

She was a devoted worshipper of the goddess kali.

Она была преданной поклонницей богини Кали.

She was the only one who could return life.

Она была единственной, кто мог вернуть жизнь.

His wife was living in a distant town.

Его жена жила в далеком городе.

So he set out on a journey to the town.

И он отправился в путь в город.

His wife still lived in her father's house.

Его жена все еще жила в доме своего отца.

Adjoining the house there was a garden.

К дому примыкал сад.

And in the garden there was a tree.

А в саду было дерево.

The child had been stored in that tree.

Ребёнок был спрятан в этом дереве.

His wife was overjoyed to see her husband.

Его жена была очень рада видеть мужа.

She had not seen him for a long time.

Она не видела его долгое время.

But she was surprised when she saw him.

Но она была удивлена, когда увидела его.

Her husband was very melancholy that day.

В тот день ее муж был очень печален.

He spoke very little to his wife.

Он очень мало разговаривал со своей женой.

And his wife knew that he was not himself.

И его жена знала, что он не в себе.

He was brooding over something in his mind.

Он о чем-то размышлял.

She asked the reason for his melancholy.

Она спросила о причине его меланхолии.

But he kept quiet, and wouldn't tell her.

Но он промолчал и не сказал ей.

One night they were lying together in bed.

Однажды ночью они лежали вместе в постели.

The wife got up and left the marital bed.

Жена встала и покинула супружеское ложе.

She opened the door and went into the garden.

Она открыла дверь и вышла в сад.

Her husband had not been able to sleep well.

Ее муж не мог нормально спать.

Therefore he awoke from the movement of his wife.

Поэтому он проснулся от движения своей жены.

He heard her leave in the dead of the night.

Он слышал, как она ушла глубокой ночью.

And he was determined to follow her.

И он был полон решимости последовать за ней.

But he was also determined not to be noticed.

Но он также был полон решимости остаться незамеченным.

She went to a temple of the goddess kali.

Она отправилась в храм богини Кали.

The temple was at no great distance from her house.

Храм находился недалеко от ее дома.

She worshipped the goddess with flowers.

Она поклонялась богине, даря ей цветы.

And she worshiped the goddess with sandal-wood perfume.

И она поклонялась богине, воскуривая сандаловое благовоние.

"Oh mother kali! have mercy upon me"

«О, мать Кали! помилуй меня»

"Deliver me out of all my troubles"

«Избавь меня от всех моих скорбей»

The goddess replied to the woman.

Богиня ответила женщине.

"Why, what further grievance have you?

«Да какие у тебя еще претензии?

"You long prayed for the return of your husband"

«Вы долго молились о возвращении мужа»

"And your prayers have been answered"

«И ваши молитвы были услышаны»

"Your husband has returned to you"

«Твой муж вернулся к тебе»

"So then, what ails thee now?"

«Так что же тебя сейчас беспокоит?»

The woman answered the goddess.

Женщина ответила богине.

"True, oh mother, my husband has come to me"

«Правда, о матушка, муж ко мне пришёл»

"But he has come to me in a melancholy mood"

«Но он пришел ко мне в меланхолическом настроении».

"He hardly speaks to me when I speak to him"

«Он почти не разговаривает со мной, когда я с ним разговариваю»

"He takes no delight in me when he is with me"

«Он не радуется мне, когда он со мной»

"All he does is sit melancholy in a corner"

«Он только и делает, что сидит в углу и меланхоличен»

The goddess replied to her devotee.

Богиня ответила своему поклоннику.

"Ask your husband why he feels melancholy"

«Спроси мужа, почему он в меланхолии»

"When he tells you, let me know the reason"

«Когда он тебе расскажет, дай мне знать причину»

The minister's son overheard the conversation.
Сын министра подслушал разговор.
But he stayed unnoticed by the goddess.
Но богиня не обратила на него внимания.
And his wife did not notice him either.
И жена его тоже не замечала.
He quietly slunk away before his wife.
Он тихонько ускользнул от своей жены.
And he returned back to bed before her.
И он вернулся обратно в постель раньше нее.
The following day the wife asked her husband.
На следующий день жена спросила мужа.
"My dear husband, why are you in a melancholy mood?"
«Мой дорогой муж, почему у тебя грустное настроение?»
Her husband retold the whole story.
Ее муж пересказал всю историю.
He told her about the jewel serpent.
Он рассказал ей о драгоценной змее.
He told her about the subterranean palace.
Он рассказал ей о подземном дворце.
He told her about the princess being captured.
Он рассказал ей о пленении принцессы.
He told her how he freed the princess.
Он рассказал ей, как освободил принцессу.
And he told her about Bihangama and Bihangami.
И он рассказал ей о Бихангаме и Бихангами.
He told her how he had turned to stone.
Он рассказал ей, как превратился в камень.
And he told her how he was returned back to life.
И он рассказал ей, как его вернули к жизни.
So he told her also about the killing of the child.
Поэтому он рассказал ей также об убийстве ребенка.
That night his wife left the bed again.
В ту ночь его жена снова встала с постели.
And she returned to the goddess kali's temple.
И она вернулась в храм богини Кали.
And she told the goddess of her husband's melancholy.

И она рассказала богине о меланхолии своего мужа.
The goddess listened intently to what was said.
Богиня внимательно слушала то, что говорилось.
"Bring the child here and I will restore it to life"
«Приведите сюда ребенка, и я верну его к жизни»
The next night she left the marital bed again.
На следующую ночь она снова покинула супружеское ложе.
She went to the tree in the garden.
Она подошла к дереву в саду.
And she took the child from the tree.
И она сняла ребенка с дерева.
And she took the child to the goddess kali.
И она отнесла ребенка богине Кали.
And the goddess kali returned the child back to life.
И богиня Кали вернула ребенка к жизни.
The prince's friend was entranced with joy.
Друг принца был в восторге.
He picked up the reanimated child.
Он поднял ожившего ребенка.
And he ran as fast as he could to his friend.
И он побежал со всех ног к своему другу.
And he gave him his child, alive and well.
И он отдал ему своего ребенка, живого и здорового.
They all rejoiced with exceedingly great joy.
И все возрадовались радостью весьма великою.
And they lived together happily till the day of their death.
И они жили вместе счастливо до дня своей смерти.

The Indignant Brahman
Возмущенный Брахман

There was once a poor Brahman.

Жил-был бедный брахман.

This poor Brahman had a wife.

У этого бедного брахмана была жена.

And he also had four children.

И у него также было четверо детей.

He was a very poor man.

Он был очень бедным человеком.

And he had no resources in the world.

И у него не было никаких ресурсов в мире.

He lived from the charity of others.

Он жил за счет благотворительности других.

During marriages he earned well.

Во время браков он хорошо зарабатывал.

And he earned well during funerals.

И он хорошо зарабатывал на похоронах.

But his parishioners did not marry daily.

Но его прихожане не женились каждый день.

And they did not die every day either.

И умирали они не каждый день.

It was difficult to make the two ends meet.

Было трудно свести концы с концами.

His wife often rebuked him.

Жена часто его упрекала.

"Why can you not support me?"

«Почему вы не можете меня поддержать?»

"Our children run around naked"

«Наши дети бегают голыми»

"And they suffer from hunger"

«И они страдают от голода»

Though poor, he was a good man.

Хоть он и был беден, но был хорошим человеком.

And he was diligent in his devotions.

И он был усерден в своих молитвах.

Every day he said his prayers.

Каждый день он молился.

He prayed at the same time each day.

Он молился в одно и то же время каждый день.

His tutelary deity was the Goddess Durga.

Его покровительницей была богиня Дурга.

She is the consort of Shiva.

Она — супруга Шивы.

She is the creative energy of the universe.

Она — творческая энергия вселенной.

Every day he wrote the name of Durga.

Каждый день он писал имя Дурги.

He wrote the name in red ink.

Он написал имя красными чернилами.

At least one hundred and eight times.

По крайней мере сто восемь раз.

He did not drink or eat till he did this.

Пока он этого не сделал, он не пил и не ел.

throughout the day he uttered prayers.

В течение всего дня он произносил молитвы.

"O Durga! have mercy upon me"

«О Дурга! Помилуй меня»

He prayed whenever he felt anxious.

Он молился всякий раз, когда чувствовал беспокойство.

And he often felt anxious.

И он часто чувствовал тревогу.

Because he lived in poverty.

Потому что он жил в бедности.

He prayed when his worries were too much.

Он молился, когда его тревоги становились слишком сильными.

And there were many things he worried about.

И его беспокоило многое.

He worried about his wife and children.

Он беспокоился о своей жене и детях.

And he worried about supporting them.

И он беспокоился об их поддержке.

One day he was very sad.
Однажды он был очень печален.
On this day he went to a forest.
В этот день он пошел в лес.
The forest was far outside the village.
Лес находился далеко за деревней.
He let out all his grief.
Он дал волю своему горю.
And he wept bitter tears.
И он заплакал горькими слезами.
"O Durga! O Mother Bhagavati!"
"О Дурга! О Мать Бхагавати!"
"Please put an end to my misery?"
«Пожалуйста, положи конец моим страданиям?»
"I wish I were alone in the world"
«Я хотел бы быть один в этом мире»
"Then my poverty wouldn't worry me"
«Тогда моя бедность не беспокоила бы меня».
"But thou hast given me a wife"
«Но Ты дал мне жену»
"And my wife has given me children"
«И моя жена подарила мне детей»
"O Mother, I beg of you"
«О, Мать, умоляю тебя»
"Give me the means to support them"
«Дайте мне средства, чтобы поддержать их»
Shiva and his wife Durga happened to be there.
Там случайно оказались Шива и его жена Дурга.
They were taking their morning walk.
Они совершали утреннюю прогулку.
The Goddess Durga saw the Brahman at a distance.
Богиня Дурга увидела Брахмана на расстоянии.
"O Lord of Kailas, do you see that Brahman?"
«О, Владыка Кайласа, видишь ли ты этого Брахмана?»
"He is always taking my name on his lips"
«Он постоянно повторяет мое имя»

"He prays I deliver him from his troubles"
«Он молится, чтобы я избавил его от бед».
"Can we not do something for the poor Brahman?"
«Неужели мы не можем сделать что-нибудь для бедного брахмана?»
"He is oppressed with many cares"
«Он обременён многими заботами»
"And he deeply cares for his growing family"
«И он очень заботится о своей растущей семье».
"We should make his life more comfortable"
«Мы должны сделать его жизнь более комфортной»
"Because the poor man never has enough to eat"
«Потому что бедняк никогда не имеет достаточно еды»
"And his family doesn't have enough to eat either"
«И его семье тоже нечего есть».
"Let us give him a pot"
«Давайте дадим ему горшок»
"A pot with an infinite supply of murukku"
«Горшок с бесконечным запасом мурукку»
The divine consort was right.
Божественный супруг был прав.
The Lord of Kailas agreed to the proposal.
Владыка Кайласа согласился на это предложение.
On the spot he created a magical pot.
Тут же он создал волшебный горшок.
Durga went to the poor Brahman.
Дурга пошла к бедному брахману.
"O Brahman! My loyal devotee"
«О Брахман! Мой преданный преданный»
"I have often thought of your pitiable case"
«Я часто думал о вашем плачевном положении»
"Your repeated prayers have moved my compassion"
«Ваши многократные молитвы тронули мое сострадание».
"Here is a pot for you"
«Вот тебе горшок»
"You must turn the pot upside down"
«Ты должен перевернуть горшок вверх дном»

"And then you must shake the pot"

«А потом надо встряхнуть горшок»

"The finest murukku will pour out"

«Льётся лучший мурукку»

"The murukku will keep pouring out forever"

«Мурукку будет литься вечно»

"Until you put the pot upright again"

«Пока ты снова не поставишь горшок вертикально»

"You can eat as much murukku as you like"

«Вы можете съесть столько мурукку, сколько захотите»

"Your wife and children will hunger no more"

«Твоя жена и дети больше не будут голодать»

"And you can sell the murukku if you like"

«И ты можешь продать мурукку, если хочешь»

The Brahman was delighted beyond measure.

Брахман был безмерно рад.

He had received a truly valuable treasure.

Он получил поистине ценное сокровище.

He made his deepest obeisance to the goddess.

Он выразил глубочайшее почтение богине.

And he expressed his eternal gratefulness.

И он выразил свою вечную благодарность.

The Brahman had started walking home.

Брахман направился домой.

But first he had to test his magical pot.

Но сначала ему нужно было испытать свой волшебный горшок.

He wanted to see if the pot really worked.

Он хотел проверить, действительно ли горшок работает.

He turned the pot upside down.

Он перевернул горшок вверх дном.

And he shook the pot, as instructed.

И он потряс горшок, как ему было велено.

Lo and behold! The pot really did work.

И о чудо! Горшок действительно сработал.

The finest murukku fell to the ground.

Лучший мурукку упал на землю.

He tied the sweetmeat in his sheet.

Он завязал конфету в простыню.

And he walked on, towards his village.

И он пошел дальше, в сторону своей деревни.

By noon the Brahman had gotten hungry.

К полудню брахман проголодался.

But he could not eat without his ablutions.

Но он не мог есть, не совершив омовения.

First, he had to say his prayers.

Сначала он должен был помолиться.

There was an inn on his way.

По пути ему попалась гостиница.

Close to the inn there was a water tank.

Рядом с гостиницей находился резервуар с водой.

So, he intended to halt there.

Поэтому он намеревался остановиться там.

In order to bathe and say his prayers.

Чтобы искупаться и помолиться.

After this he could eat all the murukku.

После этого он мог съесть всех мурукку.

The Brahman sat at the innkeeper's shop.

Брахман сидел в лавке хозяина гостиницы.

The shopkeeper was smoking tobacco.

Хозяин магазина курил табак.

He put the pot near the shopkeeper.

Он поставил горшок возле продавца.

And he asked him to look after the pot.

И он попросил его присмотреть за горшком.

"Please take special care of this pot"

«Пожалуйста, будьте особенно осторожны с этим горшком»

"I must bathe and say my prayers"

«Я должен искупаться и помолиться»

"Please look after this pot for me"

«Пожалуйста, присмотри за этим горшком для меня»

"Make sure nothing happens to this pot"

«Убедитесь, что с этим горшком ничего не случится»
He thought it was a strange request.
Он посчитал эту просьбу странной.
But he agreed to look after the pot.
Но он согласился присмотреть за горшком.
And the Brahman gave him the pot.
И брахман дал ему горшок.
He besmeared his body with mustard oil.
Он намазал свое тело горчичным маслом.
And he went to do his ablutions.
И он пошел совершать омовение.
The innkeeper grew curious about the pot.
Хозяин гостиницы заинтересовался горшком.
"This pot must have something valuable in it"
«В этом горшке наверняка есть что-то ценное».
"Why else would he be so careful?"
«Иначе зачем бы ему быть таким осторожным?»
His curiosity had been excited.
Его любопытство было возбуждено.
So, he opened the pot.
Итак, он открыл горшок.
To his surprise the pot was empty.
К его удивлению горшок оказался пуст.
"What can be the meaning of this?"
«Что это может значить?»
"Why does he care so much for an empty pot?"
«Почему его так волнует пустой горшок?»
He began to examine the pot more carefully.
Он стал более внимательно осматривать горшок.
During his inspection he turned the pot upside down.
Во время осмотра он перевернул горшок вверх дном.
And then the finest murukku fell out from the pot.
И тут из горшка выпал самый лучший мурукку.
And the murukku didn't stop falling out.
А мурукку не перестали выпадать.
The innkeeper called his wife and children.
Хозяин гостиницы позвал жену и детей.

He wanted them to witness what had happened.

Он хотел, чтобы они стали свидетелями произошедшего.

An unexpected stroke of good fortune!

Неожиданный удар судьбы!

The pot gave copious showers of sugared paddy.

Из котла хлынул обильный дождь из засахаренного риса.

He filled all his pots and jars.

Он наполнил все свои горшки и кувшины.

He knew he had to have this pot.

Он знал, что ему нужен этот горшок.

So, he replaced the pot with another one.

Поэтому он заменил горшок на другой.

He had a pot of the same size and color.

У него был горшок такого же размера и цвета.

The Brahman had finished his ablutions.

Брахман завершил омовение.

He had performed all of his devotions.

Он совершил все свои обряды поклонения.

He came back to the shop in wet clothes.

Он вернулся в магазин в мокрой одежде.

He was still reciting holy texts of the Vedas.

Он все еще декламировал священные тексты Вед.

He put back on his dry clothes.

Он снова надел сухую одежду.

In red ink he wrote the name of Durga.

Красными чернилами он написал имя Дурги.

He wrote her name one hundred and eight times.

Он написал ее имя сто восемь раз.

After doing this he broke his fast.

Сделав это, он прервал пост.

And he ate the murukku he had in his sheet.

И он съел мурукку, которая была у него на простыне.

He was refreshed from the meal.

После еды он почувствовал себя отдохнувшим.

Now he could resume his journey home.

Теперь он мог продолжить свой путь домой.

So he called to the innkeeper.
И он позвал хозяина гостиницы.
"Please could I get my pot back"
«Пожалуйста, верните мне мой горшок»
The innkeeper gave him back his pot.
Хозяин гостиницы вернул ему горшок.
"There, sir, here is your pot"
«Вот, сэр, вот ваш горшок»
"The pot is exactly where you had put it"
«Горшок стоит именно там, где ты его поставил»
"Your pot is just as you left it"
«Твой горшок точно такой же, каким ты его оставил»
"I made sure no one has touched your pot"
«Я убедился, что никто не трогал твой горшок».
The Brahman didn't suspect a thing.
Брахман ничего не заподозрил.
He picked up the pot.
Он поднял горшок.
And he proceeded on his journey home.
И он продолжил свой путь домой.

On his journey he had to think.
Во время своего путешествия ему приходилось думать.
He congratulated his good fortune.
Он поздравил его с удачей.
"My wife will be most pleasantly surprised!"
«Моя жена будет приятно удивлена!»
"The children will devour the murukku!"
«Дети сожрут мурукку!»
"I shall soon become rich"
«Я скоро разбогатею»
"I will be able to lift my head up high"
«Я смогу высоко поднять голову»
The pains of travelling had been reduced.
Трудности путешествия стали менее заметны.
Now his problems were much more pleasant.
Теперь его проблемы стали гораздо приятнее.

Only anticipation made the journey difficult.

Только ожидание осложняло путешествие.

He finally reached his home again.

Наконец он снова добрался до своего дома.

He called to his wife and children.

Он позвал жену и детей.

"Look at what I have brought"

«Посмотрите, что я принес»

"This pot is an unfailing source of wealth".

«Этот горшок — неиссякаемый источник богатства».

"We will never have to struggle again"

«Нам больше никогда не придется бороться»

"I will turn the pot upside down"

«Я переверну горшок вверх дном»

"And then you will see something.

«И тогда вы что-то увидите.

"Something you've never seen before"

«Такого вы еще не видели»

"A stream of the finest murukku will flow"

«Потечет поток лучших мурукку»

You can imagine what his wife was thinking.

Можете себе представить, о чем подумала его жена.

"My husband has gone mad," she thought.

«Мой муж сошел с ума», — подумала она.

She was soon confirmed in her opinion.

Вскоре она утвердилась в своем мнении.

Nothing fell from the pot, as promised.

Как и было обещано, из горшка ничего не упало.

He turned the pot upside down again and again.

Он снова и снова переворачивал горшок вверх дном.

The Brahman was overwhelmed with grief.

Брахман был охвачен горем.

He realized that he had been tricked.

Он понял, что его обманули.

The innkeeper must have swapped the pot.

Должно быть, хозяин гостиницы подменил горшок.

He must have stolen Durga's pot.

Должно быть, он украл горшок Дурги.
And he must have replaced the pot with a normal one.
И он, должно быть, заменил горшок на обычный.
He went back to the innkeeper the next day.
На следующий день он снова пошел к хозяину гостиницы.
And he accused him of having changed his pot.
И он обвинил его в том, что он подменил ему горшок.
At first the innkeeper acted surprised.
Сначала хозяин гостиницы удивился.
Then he pretended to be angry at the accusation.
Затем он сделал вид, что рассердился на обвинение.
Finally, he chased him out of his shop.
В конце концов он выгнал его из магазина.

He had no way of getting the pot back.
У него не было возможности вернуть горшок обратно.
The Brahman knew what he had to do.
Брахман знал, что ему нужно делать.
He went to see the goddess Durga again.
Он снова отправился увидеть богиню Дургу.
Siva and Durga honored him with their presence.
Шива и Дурга почтили его своим присутствием.
Durga spoke to the poor Brahman.
Дурга обратилась к бедному брахману.
"So, you have lost the pot I gave you"
«Итак, ты потерял горшок, который я тебе дал».
"I take pity on your situation"
«Мне жаль твою ситуацию»
"Here is another magical pot"
«Вот еще один волшебный горшок»
"Take this pot, and make good use of it"
«Возьми этот горшок и используй его с пользой»
The Brahman was elated with joy.
Брахман был вне себя от радости.
He made obeisance to the divine couple.
Он выразил почтение божественной паре.
And he took the pot with him.

И он забрал горшок с собой.

Again he had to see if the pot worked.

Ему снова пришлось проверить, работает ли горшок.

He turned the pot upside down.

Он перевернул горшок вверх дном.

And he shook the pot as before.

И он потряс горшок, как и прежде.

And he waited for the murukku to fall out.

И он ждал, когда мурукку выпадет.

But no, horror of horrors!

Но нет, о ужас!

Murukku did not fall from the pot.

Мурукку не упал из горшка.

Instead of murukku, demons jumped out.

Вместо мурукку выскочили демоны.

They began to beat the astonished Brahman.

Они начали избивать изумленного брахмана.

The Brahman received punches and kicks.

Брахман получал удары кулаками и ногами.

But he kept his presence of mind.

Но он сохранил присутствие духа.

He turned the pot the right way up.

Он перевернул горшок правильной стороной.

And he covered the pot up again.

И он снова накрыл горшок крышкой.

Fortunately his quick thinking worked.

К счастью, его быстрая реакция сработала.

The demons disappeared as soon as he did this.

Как только он это сделал, демоны исчезли.

The Brahman tried to understand what this meant.

Брахман пытался понять, что это значит.

It must be to punish the innkeeper!

Должно быть, это наказание для трактирщика!

So he went to the innkeeper again.

И он снова пошел к хозяину гостиницы.

He gave him the new pot.

Он дал ему новый горшок.

He begged of him to look after the pot.

Он умолял его присмотреть за горшком.

Just like he had done before.

Точно так же, как он делал раньше.

He went for his ablutions and prayers.

Он отправился совершить омовение и помолиться.

The innkeeper was delighted.

Хозяин гостиницы был в восторге.

He had been given a second godsend.

Ему была дарована вторая удача.

He agreed to take the greatest care of the pot.

Он согласился проявить максимальную заботу о горшке.

He waited for the Brahman to go.

Он ждал, пока брахман уйдет.

And he called his wife and children.

И он позвал жену и детей.

"This is another pot from the Brahman"

«Это еще один горшок от Брахмана»

"This time I hope it is not murukku"

«На этот раз я надеюсь, что это не мурукку»

"I hope this pot is full of sandesa"

«Надеюсь, этот горшок полон сандесы»

"Come, be ready with the baskets"

«Идите, будьте готовы с корзинами»

"I will turn the pot upside down"

«Я переверну горшок вверх дном»

"And then I will shake the pot"

«А потом я потрясу горшок»

And he did what he said he would do.

И он сделал то, что обещал.

But the room did not fill with food.

Но комната не наполнилась едой.

This time the room filled with demons.

На этот раз комната наполнилась демонами.

The demons caught hold of the innkeeper.

Демоны схватили хозяина гостиницы.

And the demons also caught his family.

И демоны также схватили его семью.

And the demons beat them mercilessly.

И демоны их беспощадно избивали.

They would have completely destroyed the shop.

Они бы полностью уничтожили магазин.

But the victims ran to the Brahman.

Но жертвы побежали к Брахману.

The Brahman had returned from his ablutions.

Брахман вернулся после омовения.

The Brahman showed mercy to them.

Брахман проявил к ним милосердие.

And he accepted their request.

И он принял их просьбу.

But there was one condition to his help.

Но его помощь была обусловлена одним условием.

"I will only help if I get my pot back"

«Я помогу только если получу обратно свою травку»

The innkeeper didn't have much choice.

У хозяина гостиницы не было особого выбора.

He had to accept the Brahman's conditions.

Ему пришлось принять условия Брахмана.

The Brahman put the pot upright again.

Брахман снова поставил горшок вертикально.

And he put the lid on the pot.

И он закрыл горшок крышкой.

He took his pot back from the innkeeper.

Он забрал свой горшок у хозяина гостиницы.

And he returned back to his village.

И он вернулся обратно в свою деревню.

Now the Brahman had two magical pots.

У брахмана было два волшебных горшка.

The Brahman shut the door of his house.

Брахман закрыл дверь своего дома.

And he called his family again.

И он снова позвонил своей семье.

He turned the murukku-pot upside down.

Он перевернул горшок мурукку вверх дном.

And he shook the murukku-pot as before.
И он потряс горшок-мурукку, как и прежде.
This time the magic pot worked.
На этот раз волшебный горшок сработал.
An endless stream of the finest murukku.
Бесконечный поток лучших мурукку.
The family devoured the sweetmeat.
Вся семья съела сладость.
They ate to their hearts' content.
Они наелись досыта.
All the pots and pans were filled.
Все кастрюли и сковородки были наполнены.

The next day the Brahman became confectioner.
На следующий день брахман стал кондитером.
He opened a shop in his house.
Он открыл магазин у себя дома.
And he sold the best murukku.
И он продал лучшую мурукку.
The whole village came to the Brahman's house.
Вся деревня пришла в дом брахмана.
They all wanted to buy the wonderful murukku.
Все они хотели купить чудесный мурукку.
They had never seen such murukku in their life.
Такого мурукку они еще никогда в жизни не видели.
It was the most delicious murukku they ever had.
Это был самый вкусный мурукку, который они когда-либо
пробовали.
No one had ever made anything like this dessert.
Никто никогда не готовил ничего подобного этому
десерту.
The reputation of the Brahman's murukku spread.
Слава о мурукку брахмана распространилась.
Soon people from outside the city came.
Вскоре стали приезжать люди из других городов.
Cartloads of the sweetmeat were sold every day.
Каждый день продавались телеги с сладостями.

The Brahman quickly became very rich.

Брахман быстро разбогател.

He built a large brick house.

Он построил большой кирпичный дом.

And he lived like a nobleman of the land.

И жил он, как знатный человек своей земли.

Once, however, his luck almost changed.

Однако однажды удача ему чуть не изменила.

His children had taken the wrong pot.

Его дети взяли не тот горшок.

A large number of demons came out.

Вышло большое количество демонов.

And they caught hold of the Brahman's wife.

И они схватили жену брахмана.

And they also caught his children.

И они также поймали его детей.

They were striking them mercilessly.

Они безжалостно их избивали.

Fortunately the Brahman came back into the house.

К счастью, брахман вернулся в дом.

He turned the pot back to its proper position.

Он вернул горшок на место.

He wanted to prevent a similar catastrophe.

Он хотел предотвратить подобную катастрофу.

So the Brahman had a private room built.

Поэтому брахман построил себе отдельную комнату.

And he put the pot in a secret place.

И он поставил горшок в потайном месте.

Mortals, however, do not have the luck of Gods.

Однако смертным не так повезло, как богам.

Uninterrupted prosperity is not their fortune.

Постоянное процветание не является их уделом.

The demon-pot had been put out of the way.

Демонический горшок был убран с дороги.

But why might accident not befall the murukku pot?

Но почему с горшком мурукку не может случиться несчастный случай?

One day the Brahman and his wife were absent.

Однажды брахман и его жена отсутствовали.

The children decided to shake the pot.

Дети решили потрясти горшок.

Each of them wanted to do the honors.

Каждый из них хотел оказать почести.

So there was a fight to get the pot.

Поэтому за горшок пришлось бороться.

In the struggle the pot fell to the ground.

В ходе борьбы горшок упал на землю.

Like any other earthen pot, it broke.

Как и любой другой глиняный горшок, он разбился.

Eventually the Braham came back home again.

В конце концов «Брахам» вернулся домой.

You can imagine how the news grieved him.

Можете себе представить, как его огорчила эта новость.

Of course the children were well cudgeled.

Конечно, детей хорошенько поколотили.

But anger could not replace the pot.

Но гнев не мог заменить горшок.

After some days he went to the forest again.

Через несколько дней он снова пошел в лес.

He offered many a prayer for Durga's favor.

Он вознес множество молитв о благосклонности Дурги.

At last Siva and Durga appeared to him.

Наконец ему явились Шива и Дурга.

They listened to how the pot had been broken.

Они слушали, как разбился горшок.

Durga decided to give him another pot.

Дурга решила дать ему еще один горшок.

But this pot was accompanied with a caution.

Но этот горшок сопровождался предостережением.

"Brahman, take care of this pot"

«Брахман, позаботься об этом горшке»

"Do not break or lose this pot again"

«Не разбивайте и не теряйте этот горшок снова»

"Next time I will not give you another pot"

«В следующий раз я не дам тебе еще одну кастрюлю»

The Brahman made obeisance to the Gods.

Брахман выразил почтение богам.

And he went straight back to his house.

И он пошел прямиком обратно к себе домой.

This time he did not halt at the innkeeper's.

На этот раз он не стал останавливаться у трактирщика.

He shut the door of his house.

Он закрыл дверь своего дома.

He called his family to him.

Он позвал к себе свою семью.

And he turned the pot upside down.

И он перевернул горшок вверх дном.

And then he began to shake the pot.

И тогда он начал трясти горшок.

They were only expecting murukku.

Они ожидали только мурукку.

But this time it was not murukku.

Но на этот раз это был не мурукку.

A stream of beautiful sandesa poured out.

Хлынул поток прекрасной сандесы.

It was the finest sandesa you can imagine.

Это была лучшая сандеса, какую только можно себе представить.

It truly was the food of Gods.

Это действительно была пища Богов.

The Brahman set up another shop.

Брахман открыл еще одну лавку.

Now he was selling sandesa.

Теперь он продавал сандесу.

The fame of his shop soon drew large crowds.

Слава о его магазине вскоре привлекла большие толпы.

People came from all over the country.

Люди приезжали со всей страны.

At all festivals and marriage feasts.

На всех праздниках и свадебных пирах.

And at all funeral celebrations in the area.

И на всех похоронных торжествах в этом районе.

No one bought any other sandesa.

Никто больше не покупал сандесу.

All day long the pot produced sandesa.

Весь день горшок производил сандешу.

Gigantic jars were filled with sweet.

Гигантские банки были наполнены сладостями.

And the jars were sent all over the country.

И банки были разосланы по всей стране.

The Brahman's wealth made the Zemindar jealous.

Богатство брахмана вызвало зависть у Земиндара.

In these days all villages had a Zemindar.

В те времена в каждой деревне был свой заминдар.

He had heard strange things about the sandesa.

Он слышал странные вещи о сандесе.

He heard the dessert came from a magic pot.

Он слышал, что десерт был приготовлен из волшебного горшочка.

So he devised a plan to get this pot.

Поэтому он придумал план, как заполучить этот горшок.

His son was going to get married.

Его сын собирался жениться.

To celebrate there was a great feast.

В честь этого события был устроен большой пир.

Many hundreds of people were invited.

Были приглашены сотни людей.

Mountain-loads of sandesa were required.

Требовались горы сандесы.

The Zemindar made a proposal to the Brahman.

Земиндар сделал предложение брахману.

"Bring the magical pot to my house"

«Принеси волшебный горшок ко мне домой»

At first the Brahman refused to bring the pot.

Сначала брахман отказался принести горшок.

But the Zemindar insisted.

Но Земиндар настоял.

"I will have hundreds of guests"

«У меня будут сотни гостей»

"I will need mountains of sandesa"

«Мне понадобятся горы сандесы»

"More sandesa than you can carry"

«Больше сандесы, чем ты можешь унести»

"Bring the vessel to my house"

«Принесите сосуд в мой дом»

"It will be easier for you and me"

«Так будет легче и тебе, и мне»

Eventually the Brahman agreed.

В конце концов брахман согласился.

Himalayas of sandesa were shaken out.

Гималаи сандеши были потрясены.

But the Zemindar got hold of the pot.

Но горшок достался Земиндару.

The Zemindar insulted the Brahman.

Земиндар оскорбил брахмана.

And he chased him out of his house.

И он выгнал его из дома.

The Brahman didn't give vent to anger.

Брахман не дал волю гневу.

Instead, he quietly went back to his house.

Вместо этого он тихо вернулся к себе домой.

He went to the private room.

Он пошел в отдельную комнату.

And he took out the demon-pot.

И он вынул демонический горшок.

He came back to the Zemindar's house.

Он вернулся в дом Земиндара.

And he went to the door of the Zemindar.

И он направился к дверям Заминдара.

He turned the pot upside down.

Он перевернул горшок вверх дном.

And then shook the magical pot.

И затем потряс волшебный горшок.

A hundred demons fell out of the pot.

Из горшка выпало сто демонов.
The chaos was impossible to describe.
Хаос было невозможно описать.
The unearthly visitors flooded the party.
На вечеринку хлынули неземные гости.
They caught hundreds of the guests.
Они поймали сотни гостей.
And the demons beat them mercilessly.
И демоны их беспощадно избивали.
The women were dragged by their hair.
Женщин тащили за волосы.
The Zemindar was chased from room to room.
Земиндара гоняли из комнаты в комнату.
The demons' mischief was getting out of hand.
Проделки демонов вышли из-под контроля.
Someone had to put an end to their mischief.
Кто-то должен был положить конец их бесчинствам.
Else all the men would have been killed.
В противном случае все мужчины были бы убиты.
And the house would have been torn to the ground.
И дом был бы разрушен до основания.
The Zemindar fell at the feet of the Brahman.
Земиндар упал к ногам брахмана.
And he begged to be shown mercy.
И он умолял о пощаде.
The Brahman showed him great mercy.
Брахман проявил к нему великую милость.
And he put the demons back in the pot.
И он поместил демонов обратно в котел.
The Zemindar never disturbed the Brahman again.
Земиндар больше никогда не беспокоил брахмана.
Nor was he disturbed by anyone else.
И его никто не беспокоил.
And he lived for many happy years.
И он прожил много счастливых лет.

The Story of the Rakshasas
История ракшасов

There was once a poor dimwitted Brahman.
Жил-был бедный и недалекий брахман.
This dimwitted man had a wife, but no children.
У этого недалека была жена, но не было детей.
But him not having children was probably for the best.
Но то, что у него не было детей, вероятно, было к лучшему.
Because he was barely able to meet his own needs.
Потому что он едва мог удовлетворить свои собственные потребности.
And he could hardly supply enough for his wife.
И он едва мог обеспечить свою жену продовольствием.
But his dimwittedness was not even his biggest problem.
Но его недалекость была даже не самой большой его проблемой.
This dimwitted man was also a rather lazy man!
Этот недалекий человек был еще и довольно ленивым человеком!
He was averse to making any long journeys.
Он был против дальних путешествий.
Had he travelled further he might have had enough.
Если бы он проехал дальше, возможно, ему бы уже было достаточно.
He could have got presents from rich men.
Он мог получить подарки от богатых людей.
This would have enabled them to live comfortably.
Это позволило бы им жить комфортно.
There was a great king in a neighbouring country.
В соседней стране жил великий царь.
The mother of the great king had just died.
Мать великого короля только что умерла.
So this king was celebrating the funeral obsequies.
Итак, этот король праздновал погребальные церемонии.
And the funeral was celebrated with great pomp.

И похороны были отпразднованы с большой помпой.

Brahmans and beggars were coming from faraway lands.

Из дальних стран приходили брахманы и нищие.

They all came expecting to receive rich presents.

Все они пришли, ожидая получить богатые подарки.

The Brahman's wife requested him to also go.

Жена брахмана попросила его тоже пойти.

"Seize this opportunity and get us a little money"

«Воспользуйтесь этой возможностью и получите немного денег»

But his constitutional indolence stood in the way.

Но ему помешала его природная лень.

The woman, however, gave her husband no rest.

Однако женщина не давала мужу покоя.

Finally she extorted from him the promise.

Наконец она вырвала у него обещание.

He promised his wife that he would go.

Он пообещал жене, что поедет.

The good woman, accordingly, cut down a plantain tree.

Добрая женщина, соответственно, срубила банановое дерево.

And she burnt the plantain tree to ashes.

И она сожгла банановое дерево дотла.

With the ashes she cleaned the clothes of her husband.

Пеплом она очистила одежду мужа.

And she made his clothes as white as any cleaner could.

И она отстирала его одежду так же чисто, как и любая химчистка.

Her husband was going to the palace of a great king.

Ее муж направлялся во дворец великого короля.

The king could not be approached by men in rags.

К королю не могли приблизиться люди в лохмотьях.

Besides, Brahman are bound to appear neat and clean.

Кроме того, брахманы обязаны выглядеть опрятными и чистыми.

At last, one morning the Brahman left his house.

Наконец, однажды утром брахман покинул свой дом.

And he made his way to the palace of the great king.

И он направился во дворец великого царя.

I have already mentioned he was a dimwitted man.

Я уже упоминал, что он был недалеким человеком.

He did not inquire which road he should take.

Он не стал спрашивать, какую дорогу ему выбрать.

Instead, he walked on and on without directions.

Вместо этого он продолжал идти вперед без каких-либо указаний.

And he followed wherever his nose pointed him.

И он следовал туда, куда ему указывал нос.

I don't need to say he was not on the right road.

Мне не нужно говорить, что он был на неправильном пути.

The regions he wandered became less and less inhabited.

Места, по которым он странствовал, становились все менее и менее заселенными.

Soon he met no human being for many miles.

Вскоре на протяжении многих миль он не встретил ни одного человека.

But there were many other things he saw there.

Но он увидел там и многое другое.

Things he had never seen in all his life.

То, чего он никогда в жизни не видел.

He saw hillocks of cowries on the roadside.

Он увидел на обочине дороги холмики каури.

Cowries were shells used as money in those times.

Каури — ракушки, использовавшиеся в то время в качестве денег.

He kept going and saw hillocks of jewels.

Он продолжил идти и увидел горы драгоценностей.

Next, he saw hillocks of four-anna pieces.

Затем он увидел кучки монет достоинством в четыре анн.

Further along were hillocks of eight-anna pieces.

Дальше располагались холмики из восьмианных монет.

And further yet were hillocks of rupees.

А еще дальше виднелись холмики рупий.

But the Brahman's surprise did not end there.

Но на этом удивление брахмана не закончилось.

Next there was a hill of burnished gold-mohurs.

Далее шел холм отполированных до блеска золотых мухов.

The burnished gold-mohurs were shining brightly.

Отполированные до блеска золотые мохуры ярко сияли.

Because the gold-mohurs had been freshly minted.

Потому что золотые мухуры были только что отчеканены.

Close to the hill of gold-mohurs was a large house.

Неподалеку от холма золотых мухов стоял большой дом.

The house looked like the palace of a powerful king.

Дом выглядел как дворец могущественного короля.

At the door stood a lady of exquisite beauty.

В дверях стояла дама изысканной красоты.

The lady, seeing the Brahman, said;

Дама, увидев брахмана, сказала:

"Come to me, my beloved husband"

«Приди ко мне, мой любимый муж»

"You married me when I was young"

«Ты женился на мне, когда я был молодым»

"But you never came back after our marriage"

«Но ты так и не вернулся после нашей свадьбы»

"Though I have been daily expecting you"

«Хотя я ждал тебя каждый день»

"Blessed be this day," said the lady.

«Благословен этот день», — сказала дама.

"On this day I see the face of my husband"

«В этот день я вижу лицо своего мужа»

"Come, my sweet, come in," she asked of him.

«Войди, мой сладкий, войди», — попросила она его.

"You must be fatigued from your long journey"

«Вы, должно быть, устали от долгого путешествия».

"Wash your feet and rest, and eat and drink"

«Омой ноги и отдохни, ешь и пей».

"And after that we shall make ourselves merry"

«А после этого мы повеселимся»

The Brahman was astonished beyond measure.

Брахман был изумлен сверх всякой меры.

He had no recollection marrying twice.

Он не помнил, чтобы был женат дважды.

He remembered marrying the wife he left at home.

Он вспомнил, как женился на жене, которую оставил дома.

But he did not remember marrying this lady.

Но он не помнил, как женился на этой женщине.

But he remembered that he was a Kulin Brahman.

Но он помнил, что он — брахман племени Кулин.

Perhaps his father got him married as a child.

Возможно, отец женил его, когда он был ребенком.

But what he thought did not matter much.

Но то, что он думал, не имело большого значения.

The woman was certain he was her husband.

Женщина была уверена, что это ее муж.

And he had no reason to say he was not her husband.

И у него не было оснований утверждать, что он не ее муж.

Because her beauty was more than he could fathom.

Потому что ее красота была выше его понимания.

As beautiful as the Goddesses of Indra's heaven.

Прекрасны, как богини рая Индры.

And he was sure that she was wealthy too.

И он был уверен, что она тоже богата.

These thoughts went through the Brahman's mind.

Эти мысли приходили в голову брахмана.

But the lady interrupted his flow of thought.

Но дама прервала ход его мыслей.

"Are you doubting whether I am your wife?"

«Ты сомневаешься, являюсь ли я твоей женой?»

"Have you lost all memories of that happy event?

«Вы потеряли все воспоминания об этом счастливом событии?

"All the pomp and circumstance of our nuptials"

«Вся пышность и торжественность нашей свадьбы»

"Come in, beloved; this is your house"

«Войди, возлюбленный; это твой дом»

"Because whatever is mine is thine also"

«Ибо всё моё — твоё также»

The fair lady easily persuaded the Brahman.

Прекрасная дама легко убедила брахмана.

And he succumbed to her loving entreaties.

И он поддался ее любовным мольбам.

And he went into the house of the lady.

И он вошел в дом госпожи.

The house was not an ordinary one.

Дом был не совсем обычным.

The house was in fact a magnificent palace.

Дом на самом деле был великолепным дворцом.

All the apartments were large and lofty.

Все квартиры были большими и высокими.

Every room in the palace was richly furnished.

Каждая комната во дворце была богато обставлена.

But one thing surprised the Brahman very much.

Но одна вещь очень удивила брахмана.

There was no other person in all the house.

Во всем доме не было больше ни одного человека.

The only one there was the lady herself.

Единственной, кто там был, была сама дама.

He could not account for the strange phenomenon.

Он не мог объяснить это странное явление.

They meet anyone on their walks either.

Они также встречают кого угодно во время прогулок.

The fact was that the lady was not a human being.

Дело в том, что эта дама не была человеком.

What the lady really was was a Rakshasi.

На самом деле эта женщина была ракшаси.

She had eaten up the king and queen.

Она съела короля и королеву.

And she had eaten all the members of the royal family.

И она съела всех членов королевской семьи.

And gradually she had eaten their servants too.

И постепенно она съела и их слуг.

This was why there were no humans far and wide.

Вот почему повсюду не было людей.

The Rakshasi and the Brahman now lived together.

Ракшаси и Брахман теперь жили вместе.

After a week the former said to the latter;

Через неделю первый сказал второму:

"I am very anxious to see my sister"

«Я очень хочу увидеть свою сестру»

"As you know, my sister is your other wife"

«Как ты знаешь, моя сестра — твоя вторая жена ».

"You must go and fetch my sister; your other wife"

«Ты должен пойти и привести мою сестру, твою другую жену».

"Then we shall all live together happily"

«Тогда мы все будем жить вместе счастливо».

"You must go to get her early tomorrow"

«Тебе нужно завтра пораньше пойти за ней».

"I will give you clothes and jewels for her"

«Я дам тебе одежду и драгоценности для нее»

Next morning the Brahman set out for his home.

На следующее утро брахман отправился домой.

He was furnished with fine clothes.

Он был одет в красивую одежду.

And he wore around his wrists costly ornaments.

И на запястьях своих он носил дорогие украшения.

The poor woman was in great distress.

Бедная женщина была в большом горе.

The funeral ceremony of the king's mother was over.

Похороны матери короля закончились.

All the Brahmans and Pandits had returned.

Все брахманы и пандиты вернулись.

And they were loaded with donations.

И они были полны пожертвований.

But her husband had not returned.

Но ее муж не вернулся.

No one could give any news of him.

Никто не мог сообщить о нем никаких новостей.

Because no one had seen him there.

Потому что его там никто не видел.

The woman therefore could only come to one conclusion.

Поэтому женщина могла прийти только к одному выводу.

He must have been murdered on the road by highwaymen.

Его, должно быть, убили на дороге разбойники.

She was in this terrible suspense.

Она находилась в ужасном напряжении.

But then one day she heard some rumors.

Но однажды до нее дошли слухи.

People in her village were talking about her husband.

Люди в ее деревне говорили о ее муже.

They said they saw him coming back.

Они сказали, что видели, как он возвращался.

And they said he was dressed in fine clothes.

И они сказали, что он был одет в красивую одежду.

And they said he had fine jewels for his wife.

И они сказали, что у него есть прекрасные драгоценности для его жены.

And sure enough the Brahman soon appeared.

И действительно, Брахман вскоре появился.

And he was carrying fine jewels for his wife.

И он вез прекрасные драгоценности для своей жены.

On seeing his wife the Brahman thus accosted her;

Увидев свою жену, брахман обратился к ней следующим образом:

"Come with me, my dearest wife"

«Пойдем со мной, моя дорогая жена»

"I have found my first wife"

«Я нашел свою первую жену»

"She lives in a stately palace"

«Она живет в величественном дворце»

"Near her palace are hillocks of rupees"

«Возле ее дворца — холмы рупий».

"And there is a large hill of gold-mohurs"

«И есть большой холм золотых мухов»

"Why should you pine away in wretchedness?"

«Зачем вам томиться в нищете?»

"Why would you stay in this horrible place?"

«Зачем тебе оставаться в этом ужасном месте?»

"Come with me to the house of my first wife"

«Пойдем со мной в дом моей первой жены»

"There we shall all live together happily"

«Там мы все будем жить счастливо».

At first, she thought her half-witted man had gone mad.

Сначала она подумала, что ее слабоумный муж сошел с ума.

She could not imagine the hillocks of rupees.

Она не могла себе представить горки рупий.

And she could not imagine a hill of gold-mohurs.

И она не могла представить себе гору золотых мухов.

But then she saw how he was beautifully dressed.

Но потом она увидела, как красиво он одет.

Beautiful clothes of exquisite silks and satins.

Прекрасные наряды из изысканных шелка и атласа.

Ornaments set with diamonds and precious stones.

Украшения с бриллиантами и драгоценными камнями.

Clothes fit for the queen of the land.

Одежда, достойная королевы этой страны.

Clothes only princesses were in the habit of putting on.

Одежду, которую имели обыкновение носить только принцессы.

She concluded in her mind that something was amiss:

Она пришла к выводу, что что-то не так:

Her stupid husband must have been tricked.

Ее глупого мужа, должно быть, обманули.

He must have fallen into the meshes of a Rakshasi.

Должно быть, он попал в сети ракшасов.

The Brahman, however, insisted his wife went with him.

Однако брахман настоял на том, чтобы его жена пошла с ним.

"Feel free to stay here and pine away in poverty"

«Можете спокойно остаться здесь и чахнуть в нищете»

"As for me, I will return to the palace of my first wife"
«Что касается меня, я вернусь во дворец моей первой жены».
The good woman did her best to stop her husband.
Добрая женщина сделала все возможное, чтобы остановить мужа.
But in the end she resolved to go with him.
Но в конце концов она решила пойти с ним.
Perhaps she could judge the matter better at the palace.
Возможно, во дворце она сможет лучше оценить этот вопрос.

They set out accordingly the next morning.
На следующее утро они отправились в путь.
They went the same road the Brahman had travelled.
Они пошли той же дорогой, по которой путешествовал брахман.
The woman was not a little surprised by what she saw.
Женщина была немало удивлена увиденным.
She saw the hillocks of cowries and of jewels.
Она увидела холмики каури и драгоценностей.
And she saw hillocks of eight-anna pieces.
И она увидела горки из восьмианных монет.
And she saw the hillocks of rupees too.
И она тоже увидела горки рупий.
And last of all she saw a lofty hill of gold-mohurs.
И наконец она увидела высокий холм золотых мухов.
She saw also an exceedingly beautiful lady.
Она также увидела чрезвычайно красивую женщину.
The lady of the palace was hastening towards her.
Хозяйка дворца спешила к ней.
The lady fell on the neck of the Brahman woman.
Женщина упала на шею брахманки.
And she wept tears of joy, and said:
И она заплакала от радости и сказала:
"Welcome, beloved sister!"
«Добро пожаловать, любимая сестра!»

"This is the happiest day of my life!"
«Это самый счастливый день в моей жизни!»
"I see the face of my dearest sister again!"
«Я снова вижу лицо моей дорогой сестры!»
The husband and his two wives entered the palace.
Муж и его две жены вошли во дворец.
Now he was lodged in a stately mansion.
Теперь его поселили в величественном особняке.
The most delectable food appeared, as if by enchantment.
Словно по волшебству, появилась восхитительнейшая еда.
He was caressed and endeared by his two wives.
Обе его жены ласкали и любили его.
Both wives did their best to make him happy.
Обе жены делали все возможное, чтобы сделать его
счастливым.
Both wives did their best to make him comfortable.
Обе жены делали все возможное, чтобы ему было
комфортно.
His two wives were competing for his love.
Две его жены боролись за его любовь.
The Brahman had a jolly time of it.
Брахман весело проводил время.
He was steeped in an ocean of enjoyment.
Он был погружен в океан наслаждения.
The Brahman lived in this state of Elysian pleasure.
Брахман жил в этом состоянии элисейского наслаждения.
Some fifteen or sixteen years he spent this way.
Так он провёл около пятнадцати или шестнадцати лет.
**During this time his two wives presented him with two
sons.**
За это время его две жены подарили ему двух сыновей.
The Rakshasi's son was the elder.
Сын Ракшаси был старшим.
He looked more like a god than a human being.
Он был больше похож на бога, чем на человека.
He was named Sahasra-Dal.
Его назвали Сахасра-Дал.

His name meant the thousand-branched.

Его имя означало «тысячеветвый».

The son of the Brahman woman was a year younger.

Сын женщины-брахмана был на год моложе.

He was named Champa-Dal

Его назвали Чампа-Дал.

His name meant the branch of a champaka tree.

Его имя означало ветвь дерева чампака.

The two brothers loved each other dearly.

Два брата очень любили друг друга.

They were both sent to the same school.

Их обоих отправили в одну и ту же школу.

The school was several miles distant from the palace.

Школа находилась в нескольких милях от дворца.

Every day they rode their two little ponies to school.

Каждый день они ездили в школу на своих двух маленьких пони.

The Brahman woman had always been suspicious.

Женщина-брахманка всегда была подозрительной.

A thousand little circumstances gave her clues.

Подсказки ей дали тысячи мелких обстоятельств.

She knew her sister-in-law was not a human being.

Она знала, что ее невестка не человек.

She was sure her sister-in-law was a Rakshasi.

Она была уверена, что ее невестка — ракшаси.

But her suspicion had not yet ripened into certainty.

Но ее подозрения еще не переросли в уверенность.

Because the Rakshasi exercised great self-restraint.

Потому что Ракшаси проявили большую сдержанность.

She never did anything which human beings did not do.

Она никогда не делала ничего, чего не делают люди.

But she couldn't hide her demonic nature forever.

Но она не могла вечно скрывать свою демоническую сущность.

Her demonic nature was eventually going to reveal itself.

Ее демоническая природа в конце концов должна была проявиться.

The Brahman had little to keep him busy.

У брахмана было мало занятий.

In order to pass his time he went hunting.

Чтобы скоротать время, он отправился на охоту.

The first day he returned with an antelope.

В первый день он вернулся с антилопой.

The antelope was laid in the courtyard of the palace.

Антилопу положили во дворе дворца.

The Rakshasi saw the antelope with great interest.

Ракшаси с большим интересом разглядели антилопу.

At the sight of the raw meat her mouth began to water.

При виде сырого мяса у нее потекли слюнки.

The antelope was never taken to the kitchen.

Антилопу никогда не брали на кухню.

Instead, the Rakshasi took the antelope to another room.

Вместо этого Ракшаси отвел антилопу в другую комнату.

In this room she began devouring the antelope.

В этой комнате она начала пожирать антилопу.

The Brahman woman saw everything from a secret room.

Женщина-брахманка видела все из потайной комнаты.

Her Rakshasi sister tore a leg off the antelope.

Ее сестра-ракшаси оторвала ногу антилопе.

She saw how she opened her tremendous jaw.

Она увидела, как открылась ее огромная челюсть.

And in one mouthful she swallowed up the leg.

И она одним глотком проглотила ножку.

The other limbs were devoured in the same manner.

Остальные конечности были съедены таким же образом.

And opening her jaw even further, she swallowed the body.

И, еще шире раскрыв пасть, она проглотила тело.

Only a little bit of the meat was kept for the kitchen.

Лишь немного мяса оставляли для кухни.

On the second day the Brahman caught another antelope.

На второй день брахман поймал еще одну антилопу.

On the third day the Brahman caught another antelope.

На третий день брахман поймал еще одну антилопу.

The Rakshasi was unable to restrain her appetite.

Ракшаси не смогла сдержать свой аппетит.

The raw flesh brought out her demonic nature.

Сырая плоть выявила ее демоническую сущность.

And she devoured each antelope like the last.

И она пожирала каждую антилопу, как последнюю.

On the third day the Brahman woman expressed her surprise.

На третий день женщина-брахманка выразила свое удивление.

"Nearly three whole antelopes have disappeared"

«Почти три антилопы исчезли целиком»

"All that is left is a little bit of meat"

«Осталось только немного мяса»

The Rakshasi did not appreciate the accusation.

Ракшаси не оценили обвинение.

"Do I eat raw flesh?" she asked fiercely.

«Я ем сырое мясо?» — яростно спросила она.

"Perhaps you do eat raw flesh," replied the Brahman woman.

«Возможно, ты ешь сырое мясо», — ответила женщина-брахманка.

"I have nothing to prove the contrary"

«Мне нечего доказывать обратное»

The Rakshasi knew she had been discovered.

Ракшаси поняла, что ее обнаружили.

Her eyes became even fiercer than before.

Ее взгляд стал еще более свирепым, чем прежде.

And she vowed to get her revenge.

И она поклялась отомстить.

The Brahman woman concluded her fate was sealed.

Женщина-брахманка решила, что ее судьба предрешена.

She thought her husband would meet the same fate.

Она думала, что ее мужа ждет та же участь.

She did not expect her son to be spared either.

Она не ожидала, что и ее сын будет пощажен.

That night she hardly slept at all.

В ту ночь она почти не спала.

The Rakshasi had prevented her from seeing her husband.

Ракшаси не позволили ей увидеться с мужем.

Early next morning Champa-Dal went to school.

Рано утром следующего дня Чампа-Дал пошёл в школу.

Before he went to school she gave her son a golden bottle.

Перед тем, как он пошел в школу, она подарила сыну золотую бутылочку.

In the golden bottle was her own breast milk.

В золотой бутылочке было ее собственное грудное молоко.

"Carefully watch the colour of the milk"

«Внимательно следите за цветом молока»

"If the milk turns red, your father has been killed"

«Если молоко покраснело, твоего отца убили».

"If the milk turns redder, then I have been killed"

«Если молоко станет краснее, значит, меня убили»

"If the milk turns red you must gallop away"

«Если молоко покраснеет, надо бежать галопом»

"Gallop as fast as your horse can carry you"

«Скачите так быстро, как только может нести вас ваша лошадь»

"If you do not run away, you will be devoured"

«Если ты не убежишь, тебя сожрут»

That morning the Rakshasi made a suggestion to her husband.

В то утро Ракшаси сделала мужу предложение.

"Let us bathe in the river this morning"

«Давайте сегодня утром искупаемся в реке»

She would not take no for an answer.

Она не приняла бы ответа «нет».

The river was some distance from the palace.

Река находилась на некотором расстоянии от дворца.

The Brahman followed her as meekly as a lamb.

Брахман последовал за ней покорно, как ягненок.

The Brahman woman saw that her doom was near.

Женщина-брахманка увидела, что ее гибель близка.

But it was beyond her power to avert the catastrophe.

Но предотвратить катастрофу было не в ее силах.
The Brahman and the Rakshasi did indeed reach the river.
Брахман и ракшаси действительно достигли реки.
Soon after the Rakshasi changed into her real dimensions.
Вскоре после этого Ракшаси приняла свои настоящие размеры.
She tore the Brahman limb from limb.
Она разорвала Брахмана на части.
She devoured him like she had devoured the antelope.
Она проглотила его так же, как проглотила антилопу.
Then she ran back to her palace.
Затем она побежала обратно в свой дворец.
The wife's fate was the same as the Brahman's.
Судьба жены была такой же, как и участь брахмана.

Young Champ Dal had done as his mother instructed.
Молодой Чамп Дал сделал так, как велела ему мать.
He was diligently observing the golden bottle.
Он внимательно наблюдал за золотой бутылкой.
He paid special attention to the colour of the milk.
Особое внимание он уделил цвету молока.
He was horror-struck to find the milk redden a little.
Он с ужасом обнаружил, что молоко немного покраснело.
"My father has been killed," he cried.
«Моего отца убили», — закричал он.
Soon after the milk completely reddened.
Вскоре молоко полностью покраснело.
"Now my mother has been killed too," he cried.
«Теперь и мою мать убили», — воскликнул он.
Quickly he rushed to mount his pony.
Он быстро бросился садиться на своего пони.
His half-brother, Sahasra-Dal, was surprised.
Его сводный брат Сахасра-Дал был удивлен.
"Where are you going, Champa?"
«Куда ты идёшь, Чампа?»
"Why are you crying, brother?"
«Почему ты плачешь, брат?»

"Let me accompany you to wherever you are going"
«Позволь мне сопровождать тебя, куда бы ты ни пошел»
But Champa-Dal now feared his brother.
Но Чампа-Дал теперь боялся своего брата.
"Oh! do not come to me," he objected.
«О, не подходите ко мне», — возразил он.
"Your mother has devoured my father and mother"
«Твоя мать съела моего отца и мою мать»
"Don't you come and devour me"
«Не смей приходить и пожирать меня»
"I will not devour you," he promised his brother.
«Я не съем тебя», — пообещал он брату.
"I'll save you," he promised his brother.
«Я спасу тебя», — пообещал он брату.
And he galloped after his brother, Champa-Dal.
И он поскакал вслед за своим братом Чампа-Дал.
Soon his mother, the Rakshasi, appeared at a distance.
Вскоре вдали появилась его мать, Ракшаси.
She demanded Champa-Dal to come to her.
Она потребовала, чтобы Чампа-Дал пришел к ней.
But Champa-Dal knew better than to go to the Rakshasi.
Но Чампа-Дал знал, что лучше не идти к Ракшаси.
"Champa-Dal will not come to you, but I will"
«Чампа-Дал к тебе не придет, а я приду»
And instead, Sahasra-Dal went to his mother.
И вместо этого Сахасра-Дал отправился к своей матери.
The young prince always carried a sword with him.
Молодой принц всегда носил с собой меч.
With his sword he cut off his mother's head.
Мечом он отрубил голову своей матери.
Champa-Dal had not stayed to witness this.
Чампа-Дал не остался, чтобы стать свидетелем этого.
He had galloped off as far as his pony could carry him.
Он ускакал так далеко, как только мог нести его пони.
Because he was running for his life.
Потому что он бежал, спасая свою жизнь.
But Sahasra-Dal soon caught up with his brother.

Но Сахасра-Дал вскоре догнал своего брата.
And he told him that his mother was no more.
И он сказал ему, что его матери больше нет.
This was small consolation to Champa-Dal.
Это было слабым утешением для Чампа-Дала.
The Rakshasi had already devoured both his parents.
Ракшаси уже сожрал обоих своих родителей.
But he could still not trust Sahasra-Dal's friendship.
Но он все еще не мог доверять дружбе Сахасры-Дала.
They both rode as fast as their horses could carry them.
Они оба ехали так быстро, как только могли нести их лошади.
And their horses could carry them very far.
И их лошади могли нести их очень далеко.
Because their horses were Pakshirajes horses.
Потому что их лошади были лошадьми породы Пакширадже.
Pakshirajes horses are the kings of birds.
Лошади породы Пакширадже — короли птиц.
On their horses they travelled over hundreds of miles.
На лошадях они проехали сотни миль.
An hour or two before sundown they reached a village.
За час или два до захода солнца они достигли деревни.
Here they became the guests of a respectable family.
Здесь они стали гостями почтенной семьи.
But the two brothers saw the family was in gloom.
Но два брата увидели, что семья в унынии.
Something was agitating the family very much.
Что-то очень сильно беспокоило семью.
Some of the family held private consultations.
Некоторые члены семьи проводили частные консультации.
And others in the family were weeping.
А другие члены семьи плакали.
The mother was the eldest lady in the house.
Мать была старшей женщиной в доме.
"I will go, as I am the eldest," she said.

«Я пойду, так как я старшая», — сказала она.

"I have lived long enough"

«Я прожил достаточно долго»

"At most my life would be cut short by a year or two"

«В лучшем случае моя жизнь оборвется на год или два»

The youngest member of the house was a little girl.

Самым младшим членом семьи была маленькая девочка.

"I will go, as I am young," she said.

«Я пойду, так как я молода», — сказала она.

"I am useless to the family"

«Я бесполезен для семьи»

"If I die, I shall not be missed"

«Если я умру, меня никто не будет хватать»

The head of the house was the son of the old lady.

Главой дома был сын старой леди.

"I am the representative of the family," he said.

«Я представитель семьи», — сказал он.

"It is but reasonable that I should give up my life"

«Вполне разумно, что я должен отдать свою жизнь»

He also had a younger brother.

У него также был младший брат.

"You are the pillar of the family," he said.

«Ты — опора семьи», — сказал он.

"If you go the whole family is ruined"

«Если ты уйдешь, вся семья будет разрушена»

"It is not reasonable that you should go"

«Неразумно, что ты должен идти»

"I will go, as I shall not be much missed"

«Я пойду, так как меня не будут сильно хватать».

The two strangers listened to all this conversation.

Двое незнакомцев слушали весь этот разговор.

You can imagine their curiosity was not little.

Можно себе представить, насколько велико было их любопытство.

They wondered what the discussion could be about.

Им было интересно, о чем может идти речь.

Sahasra-Dal took the risk of being thought meddlesome.

Сахасра-Дал рисковал прослыть назойливым.

"What is the subject of your consultations?"

«Каков предмет ваших консультаций?»

"What is the reason for your deep miserable?"

«В чем причина твоего глубокого несчастья?»

"Why are your words full of countenances?"

«Почему слова твои полны лиц?»

The head of the house gave the following answer.

Глава дома дал следующий ответ.

"There is something you must know, me worthy guests"

«Есть кое-что, что вы должны знать, мои дорогие гости»

"These lands are infested by a terrible Rakshasi"

«Эти земли заражены ужасным ракшасом»

"This Rakshasi has depopulated all the regions here"

«Этот Ракшаси опустошил все здешние края»

"This town, too, would have been depopulated"

«Этот город тоже был бы обезлюден»

"But that our king became suppliant to the Rakshasi"

«Но наш царь стал просителем Ракшаси»

"He begged her to show mercy to us his people"

«Он умолял ее проявить милосердие к нам, его народу»

The Rakshasi replied to the king.

Ракшаси ответил царю.

"I will consent to show mercy to your subjects"

«Я соглашусь проявить милосердие к вашим подданным»

"But there is one condition for my mercy"

«Но есть одно условие моего милосердия»

"Every night I demand one human being"

«Каждую ночь я требую одного человека»

"I don't mind if it is a male or a female"

«Мне всё равно, мужчина это или женщина»

"Put the human being in a temple for me to feast"

«Помести человека в храм, чтобы я пировал».

"If I get a human being every night, I will rest satisfied"

«Если каждую ночь мне будет попадаться человек, я буду спокоен».

"Promise me this and I will commit no further depredations"

«Пообещай мне это, и я больше не совершу никаких ограблений»

"Your subjects will be spared from my ravenous hunger"

«Ваши подданные будут избавлены от моего лютого голода»

"Our king had no other alternative than to agree"

«У нашего короля не было другого выбора, кроме как согласиться»

"What human can ever hope to contend against a Rakshasi?"

«Какой человек может надеяться противостоять ракшасу?»

"From that day the king made a new law"

«С того дня царь создал новый закон»

"Every family has to send one member to the temple"

«Каждая семья должна отправить одного члена в храм»

"To appease the wrath of the terrible Rakshasi"

«Чтобы утихомирить гнев ужасного Ракшаси»

"To satisfy the endless hunger of the Rakshasi"

«Чтобы утолить бесконечный голод Ракшаси»

"All the families in this neighbourhood have had their turn"

«У всех семей в этом районе уже была своя очередь»

"This night it is the turn of our family"

«Сегодня вечером очередь нашей семьи»

"One of us is to devote ourself to destruction"

«Один из нас — посвятить себя разрушению»

"We are therefore discussing who should go to the Rakshasi"

«Поэтому мы обсуждаем, кто должен отправиться в Ракшаси»

"You can now perceive the cause of our distress"

«Теперь вы можете понять причину наших страданий»

The two friends consulted together for a few minutes.

Двое друзей несколько минут совещались.

After this time they concluded their consultation.

По истечении этого времени они завершили свои консультации.

Sahasra-Dal was the spokesman for the brothers.

Сахасра-Дал был представителем братьев.

"Most worthy host, do not any longer be sad"

«Достойнейший хозяин, не печалься больше»

"You have been very kind to us"

«Вы были очень добры к нам»

"We have resolved to requite your hospitality"

«Мы решили отплатить вам за гостеприимство»

"We will go to the temple instead of you"

«Мы пойдем в храм вместо тебя»

"We shall go as your representatives"

«Мы пойдем как ваши представители»

"We will become the food of the Rakshasi"

«Мы станем пищей Ракшаси»

The whole family protested against the proposal.

Вся семья протестовала против этого предложения.

They declared that guests were like gods.

Они заявили, что гости подобны богам.

"The host must ensure the comfort of the guests"

«Хозяин должен обеспечить комфорт гостей»

"The guests must not suffer for the host"

«Гости не должны страдать из-за хозяина»

But the two strangers could not be persuaded.

Но убедить двух незнакомцев не удалось.

"We will stand as proxies for your family"

«Мы выступим в качестве доверенных лиц вашей семьи»

There was a great deal of objection to the proposal.

Это предложение вызвало массу возражений.

But eventually the guests persuaded their hosts.

Но в конце концов гости уговорили хозяев.

Finally the hosts consented to the arrangement.

Наконец хозяева согласились на это соглашение.

Sahasra-Dal and Champa-Dal rode off on their horses.

Сахасра-Дал и Чампа-Дал ускакали на своих лошадях.

Immediately after candle light they reached the temple.

Сразу после зажжения свечей они прибыли в храм.

They went into the temple, and shut the door.

Они вошли в храм и закрыли за собой дверь.

Sahasra told his brother to go to sleep.

Сахасра велел брату идти спать.

"I will guard over your sleep"

«Я буду охранять твой сон»

"I will watch out for the terrible Rakshasi"

«Я буду остерегаться ужасного Ракшаси»

Champa was soon in a fine sleep.

Вскоре Чампа крепко уснул.

Sahasra lay awake, waiting for the Rakshasi.

Сахасра лежал без сна, ожидая ракшаси.

Nothing happened during the early hours of the night.

Ранним вечером ничего не произошло.

But then the gong of the king's bell sounded.

Но вот раздался удар королевского колокола.

It was midnight, the dead hour of the night.

Была полночь, глубокая ночь.

Sahasra heard the sound as of a rushing tempest.

Сахасра услышал звук, подобный шуму несущейся бури.

He used the knowledge he had of Rakshasas.

Он использовал свои знания о ракшасах.

He concluded the Rakshasi was nigh.

Он пришел к выводу, что Ракшаси уже близко.

A thundering knock was heard at the door.

Раздался громовой стук в дверь.

The following words accompanied the knock at the door:

Стук в дверь сопровождался следующими словами:

"How, mow, khow! A human being I smell"

«Хау, мау, кхау! Чую человека».

"Who keeps guard inside this temple?"

«Кто охраняет этот храм?»

To this question Sahasra-Dal made the following reply:

На этот вопрос Сахасра-Дал дал следующий ответ:

"Sahasra-Dal keeps guard inside this temple"

«Сахасра-Дал охраняет этот храм»

"Champa-Dal keeps guard inside this temple"

«Чампа-Дал охраняет этот храм»

"Two winged horses keep guard inside this temple"

«Два крылатых коня охраняют этот храм».

Rakshasa blood flowed through Sahasra-Dal's veins.

Кровь ракшаса текла в жилах Сахасра-Дала.

The Rakshasi knew Sahasra-Dal was not human.

Ракшаси знали, что Сахасра-Дал не был человеком.

And so the Rakshasi turned away with a groan.

И вот Ракшаси со стоном отвернулась.

After an hour the Rakshasi returned to the temple.

Через час Ракшаси вернулись в храм.

The Rakshasi thundered at the door again.

Ракшаси снова загрохотал в дверь.

"How, mow, khow! A human being I smell"

«Хау, мау, кхау! Чую человека».

"Who keeps guard inside this temple?"

«Кто охраняет этот храм?»

To this question Sahasra-Dal again replied:

На этот вопрос Сахасра-Дал снова ответил:

"Sahasra-Dal keeps guard inside this temple"

«Сахасра-Дал охраняет этот храм»

"Champa-Dal keeps guard inside this temple"

«Чампа-Дал охраняет этот храм»

"Two winged horses keep guard inside this temple"

«Два крылатых коня несут стражу внутри этого храма ».

The Rakshasi again groaned and went away.

Ракшаси снова застонал и ушел.

At two o'clock the Rakshasi appeared once more.

В два часа дня Ракшаси появился снова.

And at three o'clock the Rakshasi came again.

А в три часа дня Ракшаси пришел снова.

Each time the Rakshasi made the same inquiry.

Каждый раз Ракшаси задавали один и тот же вопрос.

And each time the Rakshasi left with a groan.

И каждый раз Ракшаси уходил со стоном.

After three o'clock, however, Sahasra-Dal felt very sleepy.

Однако после трех часов Сахасра-Дал почувствовал сильную сонливость.

He could not any longer keep awake.

Он больше не мог бодрствовать.

He therefore roused Champa.

Поэтому он разбудил Чампу.

And he told him to keep guard over the temple.

И он повелел ему охранять храм.

"The Rakshasi will come again in an hour"

«Ракшаси придет снова через час»

"The Rakshasi will ask who keeps guard here"

«Ракшаси спросит, кто здесь охраняет»

"You must mention Sahasra's name first"

«Сначала вы должны упомянуть имя Сахасры».

Having given these instructions he went to sleep.

Дав эти указания, он пошёл спать.

At four o'clock the Rakshasi again made her appearance.

В четыре часа Ракшаси снова появилась.

The Rakshasi thundered at the door, and said:

Ракшаси громыхнул в дверь и сказал:

"How, mow, khow! A human being I smell"

«Хау, мау, кхау! Чую человека».

"Who keeps guard inside this temple?"

«Кто охраняет этот храм?»

Champa-Dal was in a terrible fright.

Чампа-Дал был в ужасном страхе.

He had forgotten the instructions of his brother.

Он забыл наставления своего брата.

"Champa-Dal keeps guard inside this temple"

«Чампа-Дал охраняет этот храм»

"Sahasra-Dal keeps guard inside this temple"

«Сахасра-Дал охраняет этот храм»

"Two winged horses keep guard inside this temple"

«Два крылатых коня несут стражу внутри этого храма».

The Rakshasi uttered a shout of exultation.

Ракшаси издал крик ликования.

And the Rakshasi laughed how only demons can laugh.

И Ракшаси засмеялись так, как умеют смеяться только демоны.

With a dreadful noise the door broke open.

С ужасным шумом дверь распахнулась.

The noise roused Sahasra from his sleep.

Шум разбудил Сахасру.

Within a moment he sprung to his feet.

Через мгновение он вскочил на ноги.

He had his sword with him not only by day.

Меч он носил с собой не только днем.

He had his sword with him by night too.

Ночью он тоже брал с собой меч.

His sword was as supple as a palm-leaf.

Его меч был гибким, как пальмовый лист.

And he cut off the head of the Rakshasi.

И он отрубил голову Ракшаси.

The huge mountain of a body fell to the ground.

Огромная гора тела рухнула на землю.

The body made a great noise when it fell.

Тело издало сильный шум, когда упало.

And the body covered many surrounding acres.

А тело покрыло много акров вокруг.

Sahasra-Dal kept the severed head of the Rakshasi.

Сахасра-Даль сохранил отрубленную голову ракшаси.

And he slept again with the head near him.

И он снова заснул, прижав голову к себе.

Early in the morning some wood-cutters came.

Рано утром пришли дровосеки.

The wood-cutters were passing near the temple.

Рядом с храмом проходили дровосеки.

The wood-cutters saw the huge body on the ground.

Лесорубы увидели огромное тело, лежащее на земле.

So they walked towards the temple.

И они направились к храму.

Soon they saw that it was a carcass.

Вскоре они увидели, что это была туша.

The carcass of the terrible Rakshasi.

Туша ужасного Ракшаси.

The Rakshasi that had nearly depopulated the land.

Ракшаси, которые почти истребили население страны.

There had been a bounty for this Rakshasi.

За этого Ракшаси была назначена награда.

The king offered the hand of his daughter.

Король предложил руку своей дочери.

And the king had offered half the kingdom.

И король предложил полцарства.

He would trade it all for the head of the Rakshasi.

Он бы отдал все это за голову Ракшаси.

The wood-cutters saw no claimant at hand.

Лесорубы не увидели поблизости претендента.

So they went to get the reward.

И они отправились за наградой.

Each wood-cutter cut off a limb from the Rakshasi.

Каждый дровосек отрубил Ракшаси конечность.

And each wood-cutter went to the king.

И каждый дровосек пошел к королю.

And each wood-cutter tried to claim the reward.

И каждый дровосек пытался получить награду.

"I am the destroyer of the great man eater"

«Я — уничтожитель великого людоеда»

"I have come to claim my reward"

«Я пришел получить свою награду»

The king knew there could only be one hero.

Король знал, что герой может быть только один.

So he made an inquiry with his minister.

Поэтому он обратился с этим вопросом к своему министру.

"What family's turn was it last night?"

«Очередь какой семьи была вчера вечером?»

"And who is the head of that family?"

«А кто глава этой семьи?»

The king's minister set out to find the family.

Министр короля отправился на поиски семьи.
He brought the head of the family to the king.
Он привел главу семьи к королю.
And the head of the family told of his guests.
И глава семьи рассказал о своих гостях.
"Last night two youthful travelers came to me"
«Вчера вечером ко мне пришли двое молодых путников»
"We offered to be their hosts for the night"
«Мы предложили им устроиться на ночь»
"Soon they discovered the problem we had"
«Вскоре они обнаружили, в чем наша проблема»
"And they volunteered to take our place"
«И они вызвались занять наше место»
"They went to the temple, instead of one of us"
«Они пошли в храм вместо одного из нас»
The king took his men to the temple.
Король повел своих людей в храм.
The door of the temple was broken open.
Дверь храма была взломана.
They found the two brothers sleeping.
Они нашли двух братьев спящими.
And the horses were safe in the temple too.
И лошади тоже были в безопасности в храме.
And the head of the Rakshasi was there too.
И голова Ракшаси тоже была там.
There was no doubt about who had killed the monster.
Не было никаких сомнений в том, кто убил монстра.
The real hero had been discovered.
Настоящий герой был обнаружен.
And the king kept true to his word.
И король сдержал свое слово.
He gave the hand of his daughter to Sahasra-Dal.
Он отдал руку своей дочери Сахасра-Далу.
And he gave him half his kingdom too.
И он отдал ему половину своего королевства.
Champa-Dal remained with his friend.
Чампа-Дал остался со своим другом.

And he rejoiced in Sahasra-Dal's prosperity.
И он возрадовался процветанию Сахасра-Дала.
And they lived together happily for some time.
И они жили вместе счастливо некоторое время.

But one day a misunderstanding arose between them.
Но однажды между ними возникло недопонимание.
The queen-mother had a certain maid-servant.
У королевы-матери была некая служанка.
This maid-servant was the most useful domestic.
Эта служанка была самой полезной прислугой.
She could turn her hand to any task.
Она могла приложить руку к любой задаче.
And she had uncommon strength for a woman.
И у нее была необычайная для женщины сила.
Her intelligence was not lacking either.
Умом она тоже не страдала.
And she had a remarkable amount of energy.
И у нее было поразительное количество энергии.
She would have been quickly missed in the palace.
Ее бы быстро не заметили во дворце.
The zenana was completely dependent on her.
Зенана полностью зависела от нее.
Hence her services were highly valued.
Поэтому ее услуги ценились очень высоко.
The queen-mother appreciated her very much.
Королева-мать очень ценила ее.
And the ladies of the palace valued her too.
И придворные дамы тоже ее ценили.
But this valuable woman was not a woman.
Но эта ценная женщина не была женщиной.
What this woman was was a Rakshasi.
Эта женщина была ракшаси.
She had put on the appearance of a woman.
Она приняла облик женщины.
She had her own nefarious reasons for doing this.
У нее были свои гнусные причины так поступить.

And then she took service in the royal household.

А затем она поступила на службу в королевский дом.

At night she used to assume her own real form.

Ночью она принимала свой настоящий облик.

When everyone in the palace was asleep.

Когда все во дворце спали.

And then she went about in search of food.

И тогда она отправилась на поиски еды.

Because her hunger was not satisfied at the palace.

Потому что во дворце ее голод не утолили.

A Rakshasi needs much more food than a man or woman.

Ракшаси требуется гораздо больше еды, чем мужчине или женщине.

At this time Champa-Dal had no wife.

В то время у Чампы-Дала не было жены.

So he often slept outside the zenana.

Поэтому он часто спал вне зенаны.

He was not far from the outer gate of the palace.

Он находился недалеко от внешних ворот дворца.

And from there he could observe her.

И оттуда он мог наблюдать за ней.

He saw her devouring sundry goats and sheep.

Он видел, как она пожирала разных коз и овец.

And he saw her devouring horses and elephants.

И он увидел, как она пожирает лошадей и слонов.

This of course was not good for the maid-servant.

Конечно, это не пошло служанке на пользу.

Champa-Dal was in the way of her supper.

Чампа-Дал мешал ей есть ужин.

So she was determined to get rid of him.

Поэтому она решила избавиться от него.

One day she went to the queen-mother.

Однажды она пошла к королеве-матери.

"Queen-mother," she said to her.

«Королева-мать», — сказала она ей.

"I can no longer work in the palace"

«Я больше не могу работать во дворце»

"Why?" asked the queen-mother.

«Почему?» — спросила королева-мать.

"What is the matter, Dasi" she wanted to know.

«Что случилось, Даси?» — хотела узнать она.

"How can I go on without you?"

«Как я смогу жить без тебя?»

"Tell me your reasons for leaving"

«Расскажите мне о причинах вашего ухода»

The maid-servant explained her situation.

Служанка объяснила свою ситуацию.

"I am but a poor woman in this palace"

«Я всего лишь бедная женщина в этом дворце»

"A woman like me can't preserve her honor here"

«Такая женщина, как я, не сможет здесь сохранить свою честь».

"Your son-in-law has a friend, Champa-Dal"

«У твоего зятя есть друг, Чампа-Дал»

"He always cracks indecent jokes with me"

«Он всегда отпускает в мой адрес неприличные шутки»

"I would rather beg for my rice than to lose my honor"

«Я лучше попрошу милостыню, чем потеряю честь»

"If Champa-Dal remains in the palace I must go away"

«Если Чампа-Дал останется во дворце, я должен уйти»

The maid-servant was irreplicable in the palace.

Служанка во дворце была неподражаема.

The queen-mother knew what sacrifice to make.

Королева-мать знала, какую жертву принести.

Champa-Dal was going to have to leave the palace.

Чампе-Дал пришлось покинуть дворец.

And she told Sahasra-Dal all her reasons.

И она рассказала Сахасре-Дал все свои причины.

"Champa-Dal is a bad man"

«Чампа-Дал — плохой человек»

"His character and morals are loose"

«Его характер и мораль распущены»

"He must leave this palace at once"

«Он должен немедленно покинуть этот дворец».

Sahasra-Dal did his best to persuade her otherwise.

Сахасра-Дал сделал все возможное, чтобы переубедить ее.

He earnestly pleaded on behalf of his friend.

Он искренне просил от имени своего друга.

But his efforts were in vain.

Но его усилия оказались тщетными.

The queen-mother had made up her mind.

Королева-мать приняла решение.

He had to be driven out of the palace.

Его пришлось выгнать из дворца.

Sahasra-Dal had not the courage to tell his friend.

Сахасра-Дал не осмелился рассказать об этом своему другу.

He therefore wrote a letter to him.

Поэтому он написал ему письмо.

In the letter he was vague about the reason.

В письме он неясно объяснил причину.

But either way, he was going to have to leave.

Но в любом случае ему придется уйти.

Champa-Dal went to have a bath.

Чампа-Дал пошёл принимать ванну.

And the letter was put in his room.

И письмо положили в его комнату.

Champa-Dal was grieved upon reading the letter.

Чампа-Дал был огорчен, прочитав письмо.

He mounted his fleet of horses.

Он сел на свой конный парк.

And on his horses, he left the palace.

И на конях он покинул дворец.

Champa's horses were uncommonly fleet.

Лошади Чампы были необычайно резвыми.

Soon he had traversed thousands of miles.

Вскоре он преодолел тысячи миль.

And eventually he reached a new city.

И в конце концов он добрался до нового города.

He stood at the gateway of a magnificent palace.

Он стоял у ворот великолепного дворца.

He dismounted from his horse.

Он спешился с коня.

And he entered the palace.

И он вошел во дворец.

But in the palace he met not a single creature.

Но во дворце он не встретил ни одного существа.

He went from apartment to apartment.

Он переходил из квартиры в квартиру.

All the rooms were richly furnished.

Все комнаты были богато обставлены.

But none of the rooms were lived in.

Но ни в одной из комнат не жили.

But in the end he came to a different room.

Но в конце концов он пришел в другую комнату.

In this room there was a young lady.

В этой комнате находилась молодая леди.

The young lady was of heavenly beauty.

Молодая леди была небесной красоты.

And she was lying down on a splendid bedstead.

И она лежала на великолепной кровати.

The beautiful young lady was asleep.

Прекрасная молодая леди спала.

Champa-Dal looked upon the sleeping beauty.

Чампа-Дал взглянул на спящую красавицу.

He was captivated by what he was seeing.

Он был заворожён увиденным.

He had not seen any woman so beautiful.

Он не видел такой красивой женщины.

Upon the bed there were two sticks.

На кровати лежали две палки.

The two sticks were near the woman's head.

Две палки находились около головы женщины.

One of the sticks was made of silver.

Одна из палочек была сделана из серебра.

And the other stick was made of gold.

А другая палка была сделана из золота.

Champa took the silver stick into his hand.

Чампа взял в руку серебряную палочку.

And with the stick he touched the body of the lady.

И он коснулся палкой тела женщины.

But no change was perceptible to her sleep.

Но во сне никаких изменений не произошло.

He then took up the gold stick.

Затем он взял золотую палочку.

And with the stick he touched the body of the lady.

И он коснулся палкой тела женщины.

This time the young lady did awake.

На этот раз молодая леди действительно проснулась.

Eyeing the stranger, she inquired who he was.

Взглянув на незнакомца, она спросила, кто он.

"I am Champa-Dal," he told her.

«Я Чампа-Дал», — сказал он ей.

"There was once a poor dimwitted Brahman"

«Жил однажды бедный и недалекий брахман»

"This dimwitted man had a wife, but no children"

«У этого недалёкого человека была жена, но не было детей».

"But him not having children was probably for the best"

«Но то, что у него не было детей, вероятно, было к лучшему»

"Because he was barely able to meet his own needs"

«Потому что он едва мог удовлетворить свои собственные потребности»

"And he could hardly supply enough for his wife"

«И он едва мог обеспечить свою жену».

"But his dimwittedness was not even his biggest problem"

«Но его недалекость была даже не самой большой его проблемой»

And he continued the story as we have followed it.

И он продолжил историю, которую мы проследили.

"My mother concluded her fate was sealed"

«Моя мать пришла к выводу, что ее судьба предрешена»

"And she thought my father would meet the same fate"

«И она думала, что моего отца постигнет та же участь».
"And she did not expect me to be spared either"
«И она тоже не ожидала, что меня пощадят»
"That night she hardly slept at all"
«В ту ночь она почти не спала».
"The Rakshasi had prevented her from seeing my father"
«Ракшаси не позволили ей увидеть моего отца»
"Early next morning I went to school"
«Рано утром следующего дня я пошёл в школу».
"Before I went to school she gave me a golden bottle"
«Перед тем, как я пошёл в школу, она подарила мне золотую бутылочку».
"In the golden bottle was her own breast milk"
«В золотой бутылочке было ее собственное грудное молоко».
"I was told to carefully watch the colour of the milk"
«Мне сказали внимательно следить за цветом молока»
And he continued the story as we have followed it.
И он продолжил историю, которую мы проследили.
"We will stand as proxies for your family"
«Мы выступим в качестве доверенных лиц вашей семьи»
"There was a great deal of objection to our proposal"
«Наше предложение вызвало массу возражений»
"But eventually we persuaded our hosts"
«Но в конце концов мы убедили наших хозяев»
"Finally the hosts consented to the arrangement"
«Наконец хозяева согласились на это»
And he continued the story as we have followed it.
И он продолжил историю, которую мы проследили.
"So I often slept outside the zenana"
«Поэтому я часто спал снаружи зенаны»
"I was not far from the outer gate of the palace"
«Я был недалеко от внешних ворот дворца»
"And from there I could observe her"
«И оттуда я мог наблюдать за пей»
"I saw her devouring sundry goats and sheep"
«Я видел, как она пожирала разных коз и овец ».

"And I saw her devouring horses and elephants"
«И я видел, как она пожирала лошадей и слонов».
And he continued the story as we have followed it.
И он продолжил историю, которую мы проследили.
"One day a letter was put in my room"
«Однажды мне в комнату подложили письмо»
"I was grieved upon reading the letter"
«Я был огорчен, прочитав письмо»
"I mounted my fleet of horses"
«Я сел на своих лошадей»
"And on my horses he left the palace"
«И на моих конях он покинул дворец»
"My horse are uncommonly fleet"
«Мои лошади необычайно быстры»
"Soon I had traversed thousands of miles"
«Вскоре я проехал тысячи миль»
"And eventually I reached a new city"
«И в конце концов я добрался до нового города»
And he continued the story as we have followed it.
И он продолжил историю, которую мы проследили.
"I took the silver stick into his hand"
«Я взял серебряную палочку в его руку»
"And with the stick I touched your body"
«И палкой я коснулся твоего тела»
"But no change was perceptible to your sleep"
«Но во сне никаких изменений не наблюдалось».
"I then took up the gold stick"
«Затем я взял золотую палочку»
And with the stick he touched your body.
И палкой он коснулся твоего тела.
"This time you did awake from your sleep"
«На этот раз ты проснулся»
The young lady had listened to Champa-Dal's story.
Молодая леди выслушала историю Чампы-Дал.
The young lady was in fact a princess.
Молодая леди на самом деле была принцессой.
"Unhappy man! why have you come here?"

«Несчастный человек! Зачем ты сюда пришёл?»

"This is the country of Rakshasas"

«Это страна ракшасов»

"No less than seven hundred Rakshasas live here"

«Здесь живет не менее семисот ракшасов».

"Every morning the Rakshasas leave"

«Каждое утро ракшасы уходят»

"They go to the other side of the ocean"

«Они отправляются на другую сторону океана»

"And they search for provisions there"

«И они ищут там провизию»

"And before dusk they return again"

«И перед закатом они снова возвращаются»

"My father was king in these regions"

«Мой отец был королём в этих краях»

"His kingdom had millions of subjects"

«В его королевстве были миллионы подданных»

"They lived in flourishing towns and cities"

«Они жили в процветающих городах»

"But some years ago the Rakshasas invaded"

«Но несколько лет назад вторглись ракшасы».

"And they devoured all the subjects of the kingdom"

«И они пожрали всех подданных королевства»

"The Rakshasas devoured my father and my mother"

«Ракшасы сожрали моего отца и мою мать»

"The Rakshasas devoured my brothers and sisters"

«Ракшасы сожрали моих братьев и сестёр»

"And they devoured all the cattle of the country"

«И они пожрали весь скот страны».

"There is no living human being in these regions"

«В этих регионах нет ни одного живого человека»

"I am the last human living left"

«Я последний оставшийся в живых человек»

"I too would have been devoured long ago"

«Меня бы тоже давно сожрали»

"But an old Rakshasi took a liking to me"

«Но старый ракшас проникся ко мне симпатией»

"She prevents the other Rakshasas from eating me"
«Она не даёт другим ракшасам съесть меня»
"Do you see those sticks of silver and gold?"
«Видишь эти палочки из серебра и золота?»
"Every morning she kills me with the silver stick"
«Каждое утро она убивает меня серебряной палочкой»
"Every evening she re-animates me with the gold stick"
«Каждый вечер она оживляет меня золотой палочкой»
"I do not know how to advise you"
«Я не знаю, что вам посоветовать»
"If the Rakshasas see you, you are a dead man"
«Если ракшасы тебя увидят, ты труп».
Then they talked in a very affectionate manner.
Затем они очень ласково поговорили.
And they laid their heads together.
И они склонили головы вместе.
And they thought to devise a means of escape.
И они задумали придумать способ побега.
Some way to get out of the hands of the Rakshasas.
Какой-то способ вырваться из рук ракшасов.

The hour of the return of the Rakshasas was coming.
Приближался час возвращения ракшасов.
The seven hundred flesh-eaters were soon returning.
Вскоре вернулись семьсот плотоядных.
Keshavati called out to Champa-Dal.
Кешавати позвала Чампа-Дал.
(Because that was the name of the princess)
(Потому что так звали принцессу)
"Hide yourself in the heaps of the sacred trefoil"
«Спрячься в кучах священного трилистника»
But first Champ Dal picked up the silver stick.
Но сначала Чамп Даль поднял серебряную палочку.
He touched Keshavati with the silver stick.
Он коснулся Кешавати серебряной палочкой.
And as soon as he touched her, she died.
И как только он прикоснулся к ней, она умерла.

Then he went to the center of the temple of Siva.

Затем он направился в центр храма Шивы.

And he hid beneath the heaps of sacred trefoil.

И он спрятался под грудами священного трилистника.

From his hiding place he heard the sound of wind rushing.

Из своего укрытия он услышал шум порывистого ветра.

Then he heard terrible noises in the palace.

Затем он услышал во дворце ужасные шумы.

The Rakshasas had come home from their hunt.

Ракшасы вернулись домой с охоты.

They had filled their stomachs with meat.

Они наполнили свои желудки мясом.

Sundry goats, sheep, cows, horses, buffaloes.

Разные козы, овцы, коровы, лошади, буйволы.

And they had devoured elephants too.

И слонов они тоже пожирали.

The old Rakshasi returned to the palace too.

Старый Ракшаси тоже вернулся во дворец.

She went to the room of the sleeping princess.

Она пошла в комнату спящей принцессы.

And she woke her with the stick made of gold.

И она разбудила ее палкой, сделанной из золота.

"Hye, mye, khye! A human being I smell"

«Хе, мье, кхе! Чую запах человека».

"I am the only human being here," said the princess.

«Я здесь единственный человек», — сказала принцесса.

"Eat me if you like," added Keshavati.

«Съешь меня, если хочешь», — добавил Кешавати.

To this the Rakshasi replied:

На это Ракшаси ответила:

"Let me eat up your enemies"

«Позволь мне съесть твоих врагов»

"Why should I eat you?" she asked the princess.

«Зачем мне тебя есть?» — спросила она принцессу.

She laid herself down on the ground.

Она легла на землю.

She was as long and high as the Vindhya Hills.

Она была такой же длинной и высокой, как горы Виндхья.

And in this position she fell asleep.

И в таком положении она уснула.

The other Rakshasas and Rakshasis soon fell asleep too.

Вскоре уснули и остальные ракшасы и ракшаси.

Because they were tired from their gigantic labor.

Потому что они устали от своего гигантского труда.

Keshavati also composed herself to sleep.

Кешавати также приготовилась ко сну.

But Champa did not dare to come out from under the leaves.

Но Чампа не осмелился выйти из-под листьев.

And he tried his best to pray to the god of repose.

И он изо всех сил старался молиться богу покоя.

At daybreak all seven hundred Rakshasas got up again.

На рассвете все семьсот ракшасов снова встали.

They went on their usual predatory excursion.

Они отправились в свою обычную грабительскую вылазку.

And along with them went the old Rakshasi.

И вместе с ними отправился старый Ракшаси.

But first the old Rakshasi picked up the silver stick.

Но сначала старый Ракшаси поднял серебряный посох.

And she touched Keshavati with the silver stick.

И она коснулась Кешавати серебряной палочкой.

Soon the coast was clear for Champa-Dal.

Вскоре путь для Чампа-Дала был расчищен.

And he dared to come out from under the pile of leaves.

И он осмелился выйти из-под кучи листьев.

He walked back into the room of the princess.

Он вернулся в комнату принцессы.

And he touched her with the golden stick.

И он коснулся ее золотой палочкой.

And the princess revived from her death again.

И принцесса вновь ожила после смерти.

They sauntered about in the gardens.

Они прогуливались по саду.

They enjoyed the cool breeze of the morning.

Они наслаждались прохладным утренним ветерком.

They bathed in a lucid pool of water.

Они купались в прозрачной луже воды.

And they ate and drank food in the palace.

И ели и пили они пищу во дворце.

And they spent the day in sweet converse.

И они провели день в приятной беседе.

And they concocted a plan for their deliverance.

И они придумали план своего избавления.

Keshavaity was going to speak to the old Rakshasi.

Кешавайти собирался поговорить со старым Ракшаси.

She was going to ask on what a Rakshasa's life depended.

Она собиралась спросить, от чего зависит жизнь ракшаса.

And with that secret they were going to act accordingly.

И, обладая этим секретом, они собирались действовать соответствующим образом.

The hour of the return of the Rakshasas was coming again.

Снова настал час возвращения ракшасов.

And events unfolded as they had the evening before.

И события развивались так же, как и накануне вечером.

The seven hundred flesh-eaters were returning to the palace.

Семьсот плотоядных возвращались во дворец.

Champ Dal touched Keshavati with the silver stick.

Чамп Дал коснулся Кешавати серебряной палочкой.

She died like the had died the night before.

Она умерла так же, как и накануне вечером.

Champa-Dal went to the center of the temple of Siva.

Чампа-Дал отправился в центр храма Шивы.

He hid beneath the heaps of sacred trefoil again.

Он снова спрятался под грудами священного трилистника.

He heard the sound of wind rushing.

Он услышал шум порывистого ветра.

And he heard terrible noises in the palace.

И он услышал ужасные шумы во дворце.

The Rakshasas had come home from their hunt.

Ракшасы вернулись домой с охоты.

They had filled their stomachs with meat.

Они наполнили свои желудки мясом.

Sundry goats, sheep, cows, horses, buffaloes.

Разные козы, овцы, коровы, лошади, буйволы.

And they had devoured elephants too.

И слонов они тоже пожирали.

The old Rakshasi returned to the palace too.

Старый Ракшаси тоже вернулся во дворец.

She went to the room of the sleeping princess.

Она пошла в комнату спящей принцессы.

And she woke her with the stick made of gold.

И она разбудила ее палкой, сделанной из золота.

"Hye, mye, khye! A human being I smell"

«Хе, мье, кхе! Чую запах человека».

"I am the only human being here," said the princess.

«Я здесь единственный человек», — сказала принцесса.

"Eat me if you like," added Keshavati.

«Съешь меня, если хочешь», — добавил Кешавати.

To this the Rakshasi replied:

На это Ракшаси ответила:

"Let me eat up your enemies"

«Позволь мне съесть твоих врагов»

"Why should I eat you?" she asked the princess.

«Зачем мне тебя есть?» — спросила она принцессу.

She laid herself down on the ground.

Она легла на землю.

And she looked like a part of the Himalaya mountains.

И она выглядела как часть Гималайских гор.

Keshavati had a phial of heated mustard oil.

У Кешавати был флакончик подогретого горчичного масла.

And she approached the foot of the Rakshasi.

И она приблизилась к подножию Ракшаси.

"Mother, your feet are sore from walking"

«Мама, у тебя болят ноги от ходьбы»

"Let me rub your sore feet with oil"

«Позволь мне натереть твои больные ноги маслом»

And she began to rub with oil the Rakshasi's feet.

И она начала натирать маслом ноги Ракшаси.

Then a few tear-drops fell from the eyes of the princess.

И тут из глаз принцессы скатилось несколько слезинок.

And the tear-drops landed on the monster's legs.

И капли слез упали на ноги чудовища.

The Rakshasi tasted the tear-drops with her lips.

Ракшаси попробовала слезы губами.

And she found the tear-drops tasted briny.

И она обнаружила, что капли слез имеют соленый вкус.

"Why are you weeping, darling?" asked the Rakshasi.

«Почему ты плачешь, дорогая?» — спросила Ракшаси.

"What aileth thee?" she wanted to know.

«Что с тобой?» — хотела она знать.

The princess tried to stop herself from crying.

Принцесса пыталась сдержать слёзы.

"Mother, I am weeping because you are old"

«Мать, я плачу, потому что ты старая»

"When you die one of the Rakshasas will devour me"

«Когда ты умрешь, один из ракшасов сожрёт меня»

"When I die?! Don't be foolish, girl"

«Когда я умру?! Не будь дурой, девочка».

"Don't you know that Rakshasas never die?"

«Разве ты не знаешь, что ракшасы никогда не умирают?»

"We are not naturally immortal"

«Мы не бессмертны от природы»

"There is a secret to our strength"

«Есть секрет нашей силы»

"But no human can unravel this secret"

«Но ни один человек не может разгадать эту тайну»

"But let me tell you the secret"

«Но позвольте мне рассказать вам секрет»

"So that you are comforted a little"

«Чтобы ты немного утешился»

"Do you see the pool of water in the palace?"

«Видишь бассейн с водой во дворце?»

"In that pool of water is a Sphatikasthamba"

«В этом бассейне с водой находится Спхатикастхамба».
"The Sphatikasthamba is deep in the water"
«Спхатикастхамба глубоко в воде»
"And on the Sphatikasthamba are two bees"
«А на Спхатикастхамбе — две пчелы»
"A human being would have to dive into the water"
«Человеку пришлось бы нырнуть в воду»
"The human being would have to bring the bees onto dry land"
«Человеку пришлось бы вывести пчёл на сушу ».
"Then the human being would have to kill the two bees"
«Тогда человеку придётся убить двух пчёл».
"But not a drop of their blood must touch the ground"
«Но ни одна капля их крови не должна коснуться земли»
"Only then can a human kill a Rakshasa"
«Только тогда человек сможет убить ракшаса»
"But if the blood touches the ground, a thousand Rakshasas will rise"
«Но если кровь коснётся земли, восстанут тысячи ракшасов».
"But what human will find out this secret?"
«Но какой человек узнает эту тайну?»
"And what human can achieve this feat?"
«И какой человек способен на такой подвиг?»
"No human knows the secret to the life of a Rakshasa"
«Ни один человек не знает секрета жизни ракшаса».
"And no human can achieve such a feat"
«И ни один человек не способен на такой подвиг».
"So there is no reason to be sad, my darling"
«Так что нет причин для грусти, моя дорогая»
"I am practically immortal," she confirmed.
«Я практически бессмертна», — подтвердила она.
Keshavati treasured the secret in her memory.
Кешавати хранила эту тайну в своей памяти.
And then she went back to sleep.
А потом она снова уснула.

Next morning the Rakshasas, as usual, went away.

На следующее утро ракшасы, как обычно, ушли.

Champa came out of his hiding-place.

Чампа вышел из своего укрытия.

And he roused Keshavati from her sleep.

И он разбудил Кешавати ото сна.

The princess told him the secret she had learnt.

Принцесса поведала ему тайну, которую узнала.

Champa-Dal immediately started to prepare himself.

Чампа-Дал немедленно начал готовиться.

He brought to the pool a knife.

Он принес в бассейн нож.

And he brought a quantity of ashes.

И он принес с собой некоторое количество пепла.

He took off his heavy clothes.

Он снял с себя теплую одежду.

He put a drop or two of mustard oil into each ear.

Он закапал в каждое ухо одну-две капли горчичного масла.

To prevent water from entering into his ears.

Чтобы вода не попала в уши.

He swam out into the middle of the water.

Он выплыл на середину воды.

And from there he dove down into the pool.

И оттуда он нырнул в бассейн.

Soon he reached the top of the crystal pillar.

Вскоре он достиг вершины хрустального столба.

And on Sphatikasthamba were the two bees.

А на Спхатикастхамбе были две пчелы.

He caught hold of the two bees he found there.

Он поймал двух пчел, которых там нашел.

And he swam up again in a singular breath.

И он снова выплыл на поверхность в одном единственном дыхании.

He took the knife he had left at the edge of the water.

Он взял нож, который оставил у края воды.

And over the ashes he cut up the bees.

И над пеплом он резал пчел.
A drop or two of the blood fell from the bees.
Несколько капель крови упали с пчел.
But their blood did not touch the ground.
Но их кровь не коснулась земли.
Instead, their blood landed on the ashes.
Вместо этого их кровь упала на пепел.
A terrible scream was heard at a distance.
Вдалеке послышался ужасный крик.
The scream was the wailing of the Rakshasas.
Этот крик был воплем ракшасов.
They were all running home as fast as they could.
Они все бежали домой так быстро, как только могли.
They wanted to prevent the bees from being killed.
Они хотели предотвратить гибель пчел.
But they could not reach the palace in time.
Но они не смогли добраться до дворца вовремя.
Because the bees had already perished.
Потому что пчелы уже погибли.
The moment the bees were killed, all the Rakshasas died.
В тот момент, когда пчелы были убиты, все ракшасы
погибли.
Their carcasses fell on the very spot they were standing.
Их трупы упали на том самом месте, где они стояли.
Their carcasses now blocked the gateway of the palace.
Их трупы теперь загораживали ворота дворца.
**In this manner the seven hundred Rakshasas were
destroyed.**
Таким образом были уничтожены семьсот ракшасов.

Afterwards Champa-Dal and Keshavati got married.
После этого Чампа-Дал и Кешавати поженились.
They made the traditional exchange of garlands of flowers.
Они совершили традиционный обмен гирляндами цветов.
The princess had never been out of the house.
Принцесса ни разу не выходила из дома.
So she naturally expressed a desire to see the outer world.

Поэтому она, естественно, выразила желание увидеть внешний мир.

Every morning and evening they went on long walks.

Каждое утро и вечер они совершали длительные прогулки.

There was a large river Keshavati wished to bathe in.

Кешавати хотел искупаться в большой реке.

As she bathed one of Keshavati's hairs came off.

Во время купания у Кешавати выбился один волосок.

There was a special custom in those times.

В те времена существовал особый обычай.

A woman never threw away a hair away by itself.

Женщина никогда не выбрасывает волос сам по себе.

A sea-shell was floating in the water.

В воде плавала ракушка.

So Keshavati tied the strand of hair to the sea-shell.

И Кешавати привязала прядь волос к ракушке.

And then the couple returned to the palace.

Затем пара вернулась во дворец.

Meanwhile the sea-shell floated down the stream.

Тем временем ракушка плыла по течению.

And in due time the sea-shell reached another bathing spot.

И вот в положенное время ракушка достигла другого места купания.

This was the bathing spot Sahasra-Dal went to.

Это было место купания Сахасра-Дал.

Here Champa-Dal's brother performed his ablutions.

Здесь брат Чампы-Дала совершал омовение.

On this day Sahasra-Dal was in the water.

В этот день Сахасра-Дал был в воде.

He was bathing and swimming with his friends.

Он купался и плавал со своими друзьями.

And so the sea-shell floated past the men.

И вот ракушка проплыла мимо мужчин.

The men were in a playful mood that day.

В тот день мужчины были в игривом настроении.

"Whoever gets to the sea-shell first wins"

«Кто первым доберется до ракушки, тот и победил».
And so they all swam towards the sea-shell.
И вот они все поплыли к ракушке.
Sahasra-Dal was the strongest swimmer among his friends.
Сахасра-Дал был самым сильным пловцом среди своих
друзей.
And so he was the first the reach the sea-shell.
И вот он первый добрался до ракушки.
Examining the seashell, he found a hair tied to it.
Осмотрев ракушку, он обнаружил привязанный к ней
волос.
But it was a hair of extraordinary length.
Но это был волос необычайной длины.
He had never seen such a long hair.
Он никогда не видел таких длинных волос.
The strand of hair was exactly seven cubits long.
Длина пряди волос была ровно семь локтей.
"This strand of hair must belong to a woman"
«Эта прядь волос, должно быть, принадлежит женщине»
"And this woman must be very remarkable"
«И эта женщина, должно быть, очень замечательная»
"I must see who this remarkable woman is"
«Я должен увидеть, кто эта замечательная женщина»
Sahasra-Dal was determined to find the remarkable woman.
Сахасра-Дал был полон решимости найти эту
замечательную женщину.
He went home from the river in a pensive mood.
Он вернулся с реки домой в задумчивом настроении.
And he did not proceed to the zenana for breakfast.
И он не пошел завтракать в зенану.
Instead he remained in the outer part of the palace.
Вместо этого он остался во внешней части дворца.
The queen-mother heard about Sahasra-Dal's melancholy.
Королева-мать услышала о меланхолии Сахасра-Дал.
And she heard he had not come to breakfast.
И она услышала, что он не пришел на завтрак.
So she went to him and asked the reason.

Поэтому она пошла к нему и спросила о причине.

He showed her the strand of hair he had found.

Он показал ей прядь волос, которую нашел.

"I must see the woman who's head this strand of hair adorned"

«Я должен увидеть женщину, чью голову украшает эта прядь волос»

The queen-mother was happy to help her son-in-law.

Королева-мать была рада помочь своему зятю.

"Very well," she said to him.

«Очень хорошо», — сказала она ему.

"You shall soon have that lady in the palace"

«Эта дама скоро будет во дворце»

"I promise you to bring her here"

«Я обещаю тебе привести ее сюда»

The queen mother already had a plan.

У королевы-матери уже был план.

Her favourite maid-servant would be good at the job.

Ее любимая служанка хорошо справилась бы с этой работой.

Because this maid-servant was very resourceful.

Потому что эта служанка была очень находчивой.

Of course the queen-mother did not really know her maid.

Конечно, королева-мать не знала свою служанку по-настоящему.

She did not know her favourite maid was a Rakshasi.

Она не знала, что ее любимая служанка — ракшаси.

"Please find the owner of this strand of hair," she asked.

«Пожалуйста, найдите владельца этой пряди волос», — попросила она.

And her maid-servant more than politely agreed.

И ее служанка более чем вежливо согласилась.

"It would my pleasure to find this woman"

«Мне было бы приятно найти эту женщину»

"I will soon bring her to the palace"

«Я скоро приведу ее во дворец»

"I will need a boat build from Hajol wood"

«Мне нужна лодка, построенная из древесины Хаджола»

"The oars of the boat must be made from Mon-Paban wood"

«Вёсла лодки должны быть сделаны из дерева Мон-Пабан».

The boat makers soon made the boat.

Мастера вскоре изготовили лодку.

And the boat was launched on the stream.

И лодку спустили на воду.

The maid-servant went on board of the boat.

Служанка поднялась на борт лодки.

With her she took some baskets of wicker.

С собой она взяла несколько плетеных корзин.

The baskets of wicker were of curious workmanship.

Плетеные корзины были сделаны весьма своеобразно.

She also took with her some sweetmeats.

Она также взяла с собой немного сладостей.

Into the sweetmeats some poison had been mixed.

В сладости был подмешан яд.

She snapped her fingers thrice.

Она трижды щелкнула пальцами.

And then she uttered the following charm:

И затем она произнесла следующее заклинание:

"Boat of Hajol! Oars of Mon Paban!"

"Лодка Хаджола! Весла Мон Пабана!"

"Take me to the Ghat,"

«Отведи меня к Гхату»,

"The Ghat in which Keshavati bathes"

«Гхат, в котором купается Кешавати»

The boat heeded to her command.

Лодка послушалась ее команды.

And the boat flew like lightning over the waters.

И лодка пронеслась по водам, как молния.

And the boat left many towns and cities behind.

И лодка оставила позади себя много городов и поселков.

At last the boat stopped at a bathing-place.

Наконец лодка остановилась у места для купания.

The Rakshasi maid-servant had reached her goal.

Служанка Ракшаси достигла своей цели.

She concluded it was the bathing ghat of Keshavati.

Она пришла к выводу, что это был омовенный гхат Кешавати.

She landed with the sweetmeats in her hand.

Она приземлилась с конфетами в руке.

She went to the gate of the palace, and cried aloud:

Она подошла к воротам дворца и громко закричала:

"Oh Keshavati! Keshavati! I am your aunt"

«О Кешавати! Кешавати! Я твоя тётя».

"Oh Keshavati, I am your mother's sister"

«О Кешавати, я сестра твоей матери»

"I have come to see you, my darling"

«Я пришел увидеть тебя, моя дорогая»

"I have come after so many years"

«Я пришел после стольких лет»

"Are you home, Keshavati?" she asked.

«Ты дома, Кешавати?» — спросила она.

The princess heard the words of the false-aunt.

Принцесса услышала слова лжететушки.

She came out of her room and to the entrance of the palace.

Она вышла из своей комнаты и направилась ко входу во дворец.

She had no doubt that it was really her aunt.

Она не сомневалась, что это действительно ее тетя.

And she embraced and kissed her aunt.

И она обняла и поцеловала свою тетю.

They both wept rivers of joy.

Они обе плакали от радости.

Although you should know the Rakshasi wept first.

Хотя знайте, что Ракшаси плакали первыми.

Keshavati wept with her out of empathy.

Кешавати плакала вместе с ней из сочувствия.

Champa-Dal also believed the Rakshasi to be her aunt.

Чампа-Дал также считала, что Ракшаси — ее тетя.

They all ate and drank and enjoyed the happy occasion.

Все ели, пили и радовались этому радостному событию.

And then they took rest in the middle of the day.

А потом они пошли отдыхать в середине дня.

And they celebrated again in the evening.

А вечером они снова праздновали.

The next day the celebrations continued at breakfast.

На следующий день празднование продолжилось за завтраком.

Champa-Dal had a habit of sleeping after breakfast.

Чампа-Дал имел привычку спать после завтрака.

Towards afternoon, the supposed aunt said to Keshavati:

Ближе к полудню предполагаемая тетя сказала Кешавати:

"Let us both go to the river and wash ourselves:

«Пойдем оба к реке и умоемся:

Keshavati replied, "How can we go now?"

Кешавати ответил: «Как мы теперь можем идти?»

"My husband is sleeping," she explained.

«Мой муж спит», — объяснила она.

"Do not worry about your husband's sleep," said the aunt.

«Не беспокойся о сне своего мужа», — сказала тетя.

"Let him sleep as much as he likes"

«Пусть спит столько, сколько хочет»

"Let me put these sweetmeats near his bedside"

«Позволь мне положить эти сладости возле его кровати»

"That way, when he awakes, he has something to eat"

«Таким образом, когда он проснется, у него будет что поесть».

Then they then went to the river-side.

Затем они пошли к реке.

They went close to the spot where the boat was.

Они подошли поближе к тому месту, где находилась лодка.

From a distance Keshavati saw the baskets of wicker-work.

Издалека Кешавати увидела плетеные корзины.

"Aunt, what beautiful things are those!"

«Тетя, какие красивые вещи!»

"I wish I could get some of those wicker baskets"

«Я бы хотел получить несколько таких плетёных корзин»

Her aunt happily obliged her.

Ее тетя с радостью согласилась ей помочь.

"Come, my child, and look at the wicker baskets"

«Подойди, дитя мое, и посмотри на плетеные корзины».

"You can have as many baskets as you like"

«Вы можете иметь столько корзин, сколько захотите»

Keshavati at first refused to go into the boat.

Кешавати сначала отказалась садиться в лодку.

But her aunt was very persuasive.

Но ее тетя была очень убедительна.

And finally she went onto the boat.

И наконец она вошла в лодку.

But once on the boat her aunt did a strange thing.

Но однажды на лодке ее тетя сделала странную вещь.

The aunt snapped her fingers thrice and said:

Тетушка трижды щелкнула пальцами и сказала:

"Boat of Hajol! Oars of Mon-Paban!"

"Лодка Хаджола! Весла Мон-Пабана!"

"Take me to the Ghat,"

«Отведи меня к Гхату»,

"The Ghat in which Sahasra-Dal bathes"

«Гхат, в котором купается Сахасра-Дал»

And the boat heeded to her command.

И лодка послушалась ее команды.

And the boat flew like an arrow over the waters.

И лодка пролетела, как стрела, над водами.

Keshavati was frightened and began to cry.

Кешавати испугалась и заплакала.

But the boat went on despite her crying.

Но лодка продолжала плыть, несмотря на ее плач.

And the boat left behind many towns and cities.

И лодка оставила позади много городов.

In a trice the boat reached its destination.

В мгновение ока лодка достигла места назначения.

The ghat where Sahasra-Dal was in the habit of bathing.

Гхат, где Сахасра-Дал имел обыкновение совершать омовение.

Keshavati was taken to the palace.

Кешавати отвезли во дворец.

Sahasra-Dal admired her beauty and the length of her hair.

Сахасра-Дал восхищался ее красотой и длиной ее волос.

And the ladies of the palace tried their best to comfort her.

И придворные дамы изо всех сил старались ее утешить.

But she set up a loud cry of protest.

Но она подняла громкий крик протеста.

And she wanted to be taken back to her husband.

И она хотела, чтобы ее забрали обратно к мужу.

Finally she saw that she had been taken captive.

Наконец она увидела, что ее взяли в плен.

So she spoke to the ladies of the palace.

Поэтому она обратилась к придворным дамам.

"Upon marriage I made a vow to my husband"

«Выходя замуж, я дала обет своему мужу»

"I promised not to look upon the face of any other man"

«Я обещал не смотреть в лицо ни одному другому мужчине»

"I promised to uphold this vow for six months"

«Я обещал соблюдать этот обет в течение шести месяцев»

She was then lodged away from the others in the palace.

Затем ее поместили отдельно от остальных во дворце.

And she was given a small house to live in.

И ей дали небольшой дом для проживания.

The window of the house overlooked the road.

Окно дома выходило на дорогу.

There she spent the livelong day.

Там она провела целый день.

And there she spent the livelong night.

И там она провела длинную ночь.

Because she had very little sleep.

Потому что она очень мало спала.

Because her time was spent in sighing and weeping.

Потому что она проводила время в вздохах и плаче.

In the meantime Champa-Dal awoke from his sleep.

Тем временем Чампа-Дал проснулся.

He was distracted with the grief of not finding his wife.

Он был поглощен горем от того, что не смог найти свою жену.

His suspicions turned to the aunt of Keshavati.

Его подозрения обратились к тете Кешавати.

He knew she was a cheat and an impostor.

Он знал, что она мошенница и самозванка.

It must have been her who carried away Keshavati.

Должно быть, именно она унесла Кешавати.

He did not eat the sweetmeats left for him.

Он не стал есть оставленные ему сладости.

Because he suspected the sweets to have been poisoned.

Потому что он подозревал, что сладости отравлены.

He threw one of the sweets to a crow.

Он бросил одну из конфет вороне.

The moment the crow ate the sweet, it dropped down dead.

В тот момент, когда ворона съела сладость, она упала замертво.

This confirmed his suspicion of the pretend aunt.

Это подтвердило его подозрения относительно мнимой тетушки.

Maddened with grief, he rushed out of the house.

Обезумев от горя, он выбежал из дома.

He was determined to go wherever his feet took him.

Он был полон решимости идти туда, куда его ведут ноги.

Like a madman he blubbered, "Oh Keshavati! Oh Keshavati!"

Как сумасшедший, он лепетал: «О Кешавати! О Кешавати!»

He travelled on foot day after day.

День за днем он путешествовал пешком.

And he followed whatever way his feet took him.

И он следовал туда, куда вели его ноги.

Six months he spent travelling in this wearisome manner.

Шесть месяцев он провел в таком утомительном путешествии.

After six month he reached the capital of Sahasra-Dal.

Через шесть месяцев он достиг столицы Сахасра-Дала.

He passed by the gate of the palace.

Он прошел мимо ворот дворца.

And from the road he could see a small house.

А с дороги он увидел небольшой дом.

And from in the house he could hear sighs.

А из дома доносились вздохи.

Champa-Dal instantly recognized his wife.

Чампа-Дал сразу узнал свою жену.

And Keshavita instantly recognized her husband.

И Кешавита сразу узнала своего мужа.

Keshavita told her husband everything that had happened.

Кешавита рассказала мужу обо всем, что произошло.

"The woman asked to go bathing after breakfast"

«Женщина попросилась искупаться после завтрака»

"At the river there was a boat"

«На реке стояла лодка»

"The woman persuaded me onto the boat"

«Женщина уговорила меня сесть на лодку»

"And then the boat took us to this place"

«А потом лодка привезла нас сюда»

"I realized that I had been made captive"

«Я понял, что попал в плен»

"So I told them of my vows to you"

«И я рассказал им о своих клятвах, данных тебе».

"But tomorrow will be the end of six month"

«Но завтра будет конец шестимесячного срока»

There was a custom in those days.

В те времена существовал такой обычай.

The fulfilments of vows were publicly recited.

Исполнение обетов публично декларировалось.

This was normally fulfilled by a learned Brahman.

Обычно это делал ученый брахман.

They planned for Champa-Dal to take on this role.

Они планировали, что эту роль возьмет на себя Чампа-Дал.

And so that evening the palace drum was beat.

И вот в тот вечер забили в дворцовый барабан.

The king wanted a learned Brahman to make a recitation.

Царь хотел, чтобы ученый брахман прочитал декламацию.

The story of Keshavati on the fulfilment of her vow.

История Кешавати об исполнении своего обета.

Champa-Dal touched the drum and volunteered.

Чампа-Дал прикоснулся к барабану и вызвался добровольцем.

"I will make the recitation of Keshavita's vows"

«Я произнесу обеты Кешавиты»

The next morning all assembled in the courtyard.

На следующее утро все собрались во дворе.

The old king and the queen mother.

Старый король и королева-мать.

Sahasra-Dal and his wife were there.

Там были Сахасра-Дал и его жена.

All the courtiers and the learned Brahmans of the country.

Все придворные и ученые брахманы страны.

All royalty was under a huge canopy of silk.

Все королевские особы находились под огромным шелковым балдахином.

Keshavati was also there, but behind a veil.

Кешавати тоже была там, но за вуалью.

So that she wouldn't be exposed to the rude gaze of people.

Чтобы она не подвергалась грубым взглядам людей.

Champa-Dal, the reciter, sat on a dais.

Чтец Чампа-Дал сидел на возвышении.

And he began to tell the story of Keshavati.

И он начал рассказывать историю Кешавати.

"There was once a poor dimwitted Brahman"

«Жил однажды бедный и недалекий брахман»

"This dimwitted man had a wife, but no children"

«У этого недалёкого человека была жена, но не было детей».

"But him not having children was probably for the best"

«Но то, что у него не было детей, вероятно, было к лучшему»

"Because he was barely able to meet his own needs"

«Потому что он едва мог удовлетворить свои собственные потребности»

"And he could hardly supply enough for his wife"

«И он едва мог обеспечить свою жену».

"But his dimwittedness was not even his biggest problem"

«Но его недалекость была даже не самой большой его проблемой»

And he continued the story as we have followed it.

И он продолжил историю, которую мы проследили.

And sometimes he turned around to Keshavati.

А иногда он оборачивался к Кешавати.

And he asked her if he was telling the story correctly.

И он спросил ее, правильно ли он рассказывает историю.

And she told him he was telling the story correctly.

И она сказала ему, что он рассказывает историю правильно.

"The Brahman woman concluded her fate was sealed"

«Женщина-брахманка пришла к выводу, что ее судьба предрешена»

"And she thought her husband would meet the same fate"

«И она думала, что ее мужа ждет та же участь».

"And she did not expect her son to be spared either"

«И она не ожидала, что ее сын будет пощажен».

"That night she hardly slept at all"

«В ту ночь она почти не спала».

"The Rakshasi had prevented her from seeing her husband"

«Ракшаси не позволили ей увидеться с мужем»

"Early next morning Champa-Dal went to school"

«Рано утром следующего дня Чампа-Дал пошёл в школу».

"Before he went to school, she gave her son a golden bottle"

«Перед тем, как он пошел в школу, она подарила сыну золотую бутылочку».

"In the golden bottle was her own breast milk"

«В золотой бутылочке было ее собственное грудное молоко».

"Carefully watch the colour of the milk"

«Внимательно следите за цветом молока »

During the recitation the Rakshasi maid-servant grew pale.

Во время декламации служанка-ракшаси побледнела.

She perceived that her real character was going to be discovered.

Она почувствовала, что ее истинный характер вот-вот раскроется.

And Sahasra-Dal was astonished at the knowledge of the reciter.

И Сахасра-Дал был поражен знаниями чтеца.

The reciter clearly told the history of the prince's life.

Чтец ясно рассказал историю жизни принца.

"A drop or two of the blood fell from the bees"

«Одна или две капли крови упали с пчел».

"But their blood did not touch the ground"

«Но кровь их не коснулась земли»

"Instead, their blood landed on the ashes"

«Вместо этого их кровь упала на пепел».

"A terrible scream was heard at a distance"

«Вдали послышался страшный крик»

"The scream was the wailing of the Rakshasas"

«Этот крик был воплем ракшасов».

"They were all running home as fast as they could"

«Они все бежали домой так быстро, как только могли»

"They wanted to prevent the bees from being killed"

«Они хотели предотвратить гибель пчел».

"But they could not reach the palace in time"

«Но они не смогли добраться до дворца вовремя»

"Because the bees had already been killed"

«Потому что пчелы уже были убиты»

"The moment the bees were killed, all the Rakshasas died"

«В тот момент, когда пчелы были убиты, все ракшасы умерли».

"Their carcasses fell on the very spot they were standing"

«Их трупы упали на том самом месте, где они стояли»

"Their carcasses now blocked the gateway of the palace"

«Их трупы теперь загораживали ворота дворца».

"In this manner the seven hundred Rakshasas were destroyed"

«Таким образом были уничтожены семьсот ракшасов».

All where enthralled by the story of the Rakshasas.

Все были очарованы историей о ракшасах.

Because the story was being told by a true storyteller.

Потому что эту историю рассказал настоящий рассказчик.

All enjoyed the story except for the maid-servant.

Всем, кроме служанки, понравилась история.

Because her real character was bound to be discovered.

Потому что ее настоящий характер должен был быть раскрыт.

"Champa-Dal touched the drum and volunteered.

«Чампа-Дал прикоснулся к барабану и вызвался добровольцем.

"I will make the recitation of Keshavita's vows"

«Я произнесу обеты Кешавиты»

"The next morning all assembled in the courtyard"

«На следующее утро все собрались во дворе»

"The old king and the queen mother"

«Старый король и королева-мать»

"Sahasra-Dal and his wife were there"

«Там были Сахасра-Дал и его жена»

"All the courtiers and the learned Brahmans of the country"

«Все придворные и ученые брахманы страны»

"All royalty was under a huge canopy of silk"

«Вся королевская семья находилась под огромным шелковым балдахином»

"Keshavati was also there, but behind a veil"

«Кешавати тоже была там, но за вуалью»

"So that she wouldn't be exposed to the rude gaze of people"

«Чтобы она не подвергалась грубым взглядам людей»

"Champa-Dal, the reciter, sat on a dais"

«Чампа-Дал, чтец, сидел на возвышении»

"And he began to tell the story of Keshavati"

«И он начал рассказывать историю Кешавати».

Sahasra-Dal jumped up from his seat.

Сахасра-Дал вскочил со своего места.

And he embraced the reciter of the story.

И он обнял рассказчика.

"You can be none other than my brother Champa-Dal"

«Ты не можешь быть никем иным, как моим братом Чампа-Дал»

Then the prince was inflamed with rage.

Тогда князь воспылал гневом.

He ordered the maid-servant to come into his presence.

Он приказал служанке прийти к нему.

A hole the height of a man was dug in the ground.

В земле вырыли яму высотой в рост человека.

And the maid-servant was put into the hole, standing.

И поставили служанку в яму стоя.

Prickly thorns were heaped around her.

Вокруг нее были громоздки колючие шипы.

Up to the crown of her head she was covered in thorns.

До самой макушки ее голова была покрыта шипами.

In this way the maid-servant was buried alive.

Таким образом служанка была похоронена заживо.

After this all lived happily together for many years.

После этого все жили счастливо вместе много лет.

Sahasra-Dal and his princess, and Champa-Dal and Keshavati.

Сахасра-Дал и его принцесса, Чампа-Дал и Кешавати.

The Story of Swet and Bachanta
История Суэта и Баханты

There was once upon a time a rich merchant.

Жил-был богатый купец.

This rich merchant had only one son.

У этого богатого купца был только один сын.

And he loved his only son very much.

И он очень любил своего единственного сына.

He gave to his son whatever he wanted.

Он дал своему сыну все, что тот хотел.

Of course his son wanted a beautiful house.

Конечно, его сын хотел красивый дом.

And he also wanted to have a large garden.

И еще он хотел иметь большой сад.

So a beautiful house was built for him.

Поэтому для него построили прекрасный дом.

And a fine garden was made for him too.

И для него был создан прекрасный сад.

The merchant's son was pleased with the garden.

Купеческий сын был доволен садом.

And he enjoyed walking in the garden.

И ему нравилось гулять в саду.

One day a bird's nest caught his attention.

Однажды его внимание привлекло птичье гнездо.

This bird happens to be called Toontooni.

Эту птицу зовут Тунтуни.

He put his hand into the small bird's nest.

Он засунул руку в маленькое птичье гнездо.

And in the nest he found an egg.

И в гнезде он нашел яйцо.

He took the egg out of its nest.

Он вынул яйцо из гнезда.

There was an almirah in the wall of his house.

В стене его дома была альмира.

So he put the egg in the almirah.

И он положил яйцо в альмиру.

He closed the door of the almirah.

Он закрыл дверь альмиры.

And then he thought no more of the egg.

И он больше не думал о яйце.

The merchant's son had a house of his own.

У купеческого сына был собственный дом.

But he had a house without a household.

Но у него был дом без домочадцев.

So in his house there was no cook.

Поэтому в его доме не было повара.

But he had no need for his own cook.

Но ему не нужен был собственный повар.

Because his mother regularly sent him food.

Потому что его мать регулярно присылала ему еду.

In the morning she sent him breakfast.

Утром она прислала ему завтрак.

And every day she had dinner sent to him.

И каждый день она присылала ему ужин.

One day the egg in the almirah burst.

Однажды яйцо в альмире лопнуло.

But it was not a bird that came out of the egg.

Но из яйца вылупилась не птица.

Out of the egg came a beautiful infant.

Из яйца вылупился прекрасный младенец.

The infant was not a bird, but a human girl.

Младенец оказался не птицей, а человеческой девочкой.

But the merchant's son knew nothing of the event.

Но сын купца ничего не знал об этом событии.

He had forgotten everything about the egg.

Он совсем забыл про яйцо.

The door of the wall-almirah had been kept closed.

Дверь в стену-альмиру была закрыта.

However, the merchant's son did not lock the door.

Однако сын купца не запер дверь.

The child grew up within the wall-almirah.

Ребенок вырос в стене-альмире.

She had no knowledge of the merchant's son.

Она ничего не знала о сыне торговца.
Nor did she know of anyone else.
Она не знала никого другого.
When the child could walk it grew curious.
Когда ребенок научился ходить, у него появилось любопытство.
And out of curiosity she opened the door.
И из любопытства она открыла дверь.
That day, too, the mother had sent breakfast.
В тот день мать тоже прислала завтрак.
And the breakfast had been put on the floor.
А завтрак поставили на пол.
The child saw the food that was on the floor.
Ребенок увидел еду, лежащую на полу.
Of course the child ate from the food.
Конечно, ребенок ел эту еду.
And then the child returned into the wall.
И тогда ребенок вернулся в стену.
The merchant's mother always made a lot of food.
Мать купца всегда готовила много еды.
It was more food than he could possibly eat.
Еды было больше, чем он мог съесть.
So he didn't notice that any food was missing.
Поэтому он не заметил пропажи еды.
The girl of the wall-almirah came out every day.
Девушка из стены-альмиры выходила каждый день.
And every day she ate a part of the food.
И каждый день она съедала часть еды.
After eating the food she returned to the almirah.
Поев, она вернулась в альмиру.
But with time the girl got older and older.
Но со временем девочка становилась все старше и старше.
And with age she got bigger and bigger.
И с возрастом она становилась все больше и больше.
And the bigger she got the hungrier she got.
И чем больше она становилась, тем голоднее она становилась.

And she began to eat more of the food each day.
И она начала съедать больше этой еды каждый день.
Eventually the merchant's son noticed the missing food.
В конце концов сын торговца заметил пропажу еды.
But he had no way of knowing where the food went.
Но он не имел возможности узнать, куда делась еда.
The last thing he suspected was a girl from inside the almirah.
Последнее, что он подозревал, была девушка из альмиры.
And so he came to a very different conclusion.
И поэтому он пришел к совершенно иному выводу.
"Why is mother sending such a small quantity of food?".
«Почему мама присылает так мало еды?».
And he had a message sent to his mother.
И он отправил сообщение своей матери.
"Why am I being sent insufficient food?".
«Почему мне присылают недостаточно еды?».
"And why is the dish served so slovenly?".
«И почему блюдо подано так неряшливо?».
Of course we know why the food was insufficient.
Конечно, мы знаем, почему еды было недостаточно.
And we know why the food was presented slovenly.
И мы знаем, почему еда была подана неряшливо.
The girl from in the wall ate from his food.
Девочка из стены ела его еду.
And as she ate she fingered the rice and curry.
И пока она ела, она пробовала рис и карри.
And she always hurried back into her cell in the wall.
И она всегда спешила обратно в свою келью в стене.
So that she would not be seen by anyone.
Чтобы ее никто не увидел.
She had no time to put the rice in proper order.
У нее не было времени правильно разложить рис.
The mother was astonished at her son's complaint.
Мать была поражена жалобой сына.
She gave him more than he could eat.
Она дала ему больше, чем он мог съесть.

The food was served up on a silver plate.

Еду подавали на серебряной тарелке.

And she neatly arranged the food herself.

И она сама аккуратно расставила еду.

But her son repeated the same complaint again.

Но ее сын снова повторил ту же жалобу.

Day after day he complained of the small portions.

День за днем он жаловался на маленькие порции.

Day after day he complained of the messy food.

День за днем он жаловался на некачественную еду.

And so his mother began to suspect foul play.

И тогда его мать начала подозревать неладное.

She told her son to watch over the food.

Она велела сыну присматривать за едой.

"See if anyone is eating your food".

«Посмотри, ест ли кто-нибудь твою еду».

The next day a servant brought the food.

На следующий день слуга принес еду.

The servant laid the food in a clean place.

Слуга разложил еду на чистом месте.

Normally the merchant's son took a bath.

Обычно сын купца принимал ванну.

But this day he did not go for a bath.

Но в этот день он не пошел мыться.

Instead, on this day he hid himself nearby.

Вместо этого в этот день он спрятался неподалёку.

From his hiding place he could see the food.

Из своего укрытия он мог видеть еду.

The merchant's son did not have to wait for long.

Купеческому сыну не пришлось долго ждать.

Soon he saw the wall-almirah open.

Вскоре он увидел, что стена-альмира открыта.

And he saw a beautiful damsel step out.

И увидел он выходящую оттуда прекрасную девицу.

She could not have been more than sixteen.

Ей было не больше шестнадцати лет.

She sat on the carpet by the breakfast.

Она сидела на ковре возле завтрака.

And she began to eat from the food left on the floor.

И она начала есть еду, оставшуюся на полу.

The merchant's son came out of his hiding-place.

Купеческий сын вышел из своего укрытия.

And the damsel could not escape from him.

И девица не могла от него убежать.

"Who are you, beautiful creature?".

«Кто ты, прекрасное создание?».

"You do not seem to be earth-born".

«Похоже, ты не земного происхождения».

"Are you one of the daughters of the gods?".

«Ты одна из дочерей богов?».

The girl replied, "I do not know who I am".

Девушка ответила: «Я не знаю, кто я».

"But there is one thing I do know," the girl continued.

«Но есть одна вещь, которую я знаю наверняка», — продолжила девушка.

"One day I found myself in the almirah in the wall".

«Однажды я оказался в альмире в стене».

"And since then I have been living in the wall".

«И с тех пор я живу в стене».

The merchant's son thought her story was strange.

Сыну купца ее история показалась странной.

But then he thought a bit more about the story.

Но затем он еще немного задумался над этой историей.

And he remembered what happened sixteen years ago.

И он вспомнил, что произошло шестнадцать лет назад.

He remembered the nest of the toontoori bird.

Он вспомнил гнездо птицы тоонтури.

And he remembered finding an egg in the nest.

И он вспомнил, как нашел яйцо в гнезде.

And he remembered putting the egg in the almirah.

И он вспомнил, как положил яйцо в альмиру.

The wall-almirah girl was of uncommon beauty.

Девушка из Валл-Альмиры была необыкновенной красоты.

And the merchant's son was struck by her beauty.

И купеческий сын был поражен ее красотой.

Her beauty made a deep impression on his mind.

Ее красота произвела на него глубокое впечатление.

And he resolved in his mind to marry her.

И он решил жениться на ней.

From then on the girl didn't stay in the almirah.

С тех пор девочка больше не оставалась в альмире.

She was given a room in the merchant's son's house.

Ей дали комнату в доме сына купца.

The next day the merchant's son wrote a message.

На следующий день сын купца написал послание.

And he had the message sent to his mother.

И он отправил сообщение своей матери.

You can guess the general theme of the message.

Вы можете угадать общую тему сообщения.

The merchant's son said he would like to get married.

Сын торговца сказал, что хотел бы жениться.

The mother of the merchant's son reproached herself.

Мать купеческого сына упрекала себя.

She had not tried to find a wife for his son.

Она не пыталась найти жену для своего сына.

She felt she should have thought of his marriage.

Она чувствовала, что ей следовало подумать о его браке.

And so she promptly replied to her son's message.

И поэтому она быстро ответила на сообщение сына.

She and her father were going to send out ghataks.

Они с отцом собирались разослать гхатаки.

The ghataks were going to go to different countries.

Гхатаки собирались отправиться в разные страны.

There they were going to look for suitable brides.

Там они собирались искать подходящих невест.

But the merchant's son said there would be no need.

Но сын купца сказал, что в этом нет необходимости.

He had secured himself a lovely young lady.

Он нашел себе прекрасную молодую девушку.

If they had no objection, he would introduce her to them.

Если они не возражают, он знакомит ее с ними.

And so the young lady was taken to the merchant's house.

И вот молодую девушку отвели в дом купца.

The merchant and his wife welcomed the stranger.

Купец и его жена радушно приняли незнакомца.

And they were also struck by her unmatched beauty.

И они также были поражены ее непревзойденной красотой.

The girl was of perfect loveliness and grace.

Девушка была совершенной красоты и грации.

The parents made no questions to her birth.

Родители не задавали никаких вопросов по поводу ее рождения.

And the nuptials were celebrated there and then.

И там же состоялась свадьба.

In the course of time the merchant's son had two sons.

Со временем у сына купца родилось двое сыновей.

The elder of the sons he named Swet.

Старшего из сыновей он назвал Свет.

And the younger son he named Basanta.

А младшего сына он назвал Басанта.

After the passing of more time the old merchant died.

Прошло еще немного времени, и старый купец умер.

So the merchant's son now became the merchant.

Итак, сын купца теперь стал купцом.

And after some time his mother died too.

А через некоторое время умерла и его мать.

Swet and Basanta grew up to be fine lads.

Свит и Басанта выросли славными ребятами.

And the elder son was in due time married.

А старший сын в положенное время женился.

Sometime after Swet's marriage his mother also died.

Через некоторое время после женитьбы Суэта умерла и его мать.

The girl from in the wall was no more.

Девочки из стены больше не было.

The widower lost no time in marrying again.

Вдовец не стал терять времени и снова женился.

And he had a new young and beautiful wife.

И у него появилась новая молодая и красивая жена.

Swet's wife was older than his stepmother.

Жена Суэта была старше его мачехи.

So his wife became the mistress of the house.

Так его жена стала хозяйкой дома.

The stepmother was like all stepmothers are.

Мачеха была как все мачехи.

She hated Swet and Basanta with a perfect hatred.

Она ненавидела Суэта и Басанту лютой ненавистью.

And the two ladies also couldn't stand each other.

И эти две дамы тоже терпеть не могли друг друга.

It so happened one day that a fisherman came.

Случилось так, что однажды пришёл рыбак.

The fisherman brought to the merchant a fish.

Рыбак принёс купцу рыбу.

This fish was of singular and remarkable beauty.

Эта рыба была необыкновенной и примечательной красоты.

It was unlike any other fish that had been seen.

Она не была похожа ни на одну другую виденную ранее рыбу.

And the fish had other qualities too.

Но у рыбы были и другие качества.

The fisherman explained the wonders of the fish.

Рыбак рассказал о чудесах, которые дарит эта рыба.

"Two things will happen if you eat this fish".

«Если вы съедите эту рыбу, произойдут две вещи».

"When you laugh maniks will drop from your mouth".

«Когда ты смеешься, изо рта у тебя выпадают маники».

"And when you weep pearls will drop from your eyes".

«И когда ты заплачешь, из глаз твоих посыплются жемчужины».

The merchant was astounded by what he had heard.

Купец был поражен услышанным.

And he wanted the wonderful properties of the fish.

И он хотел получить чудесные свойства этой рыбы.

And so he bought the fish at one thousand rupees.

И он купил рыбу за тысячу рупий.

And he put the fish into the hands of Swet's wife.

И он вложил рыбу в руки жены Света.

Because Swet's wife was the mistress of the house.

Потому что жена Суэта была хозяйкой в доме.

He strictly instructed her to cook the fish well.

Он строго приказал ей хорошо приготовить рыбу.

And he told her to give the fish to him alone to eat.

И он велел ей отдать рыбу ему одному.

The house-mother however knew the fish's secret.

Однако хозяйка дома знала тайну рыбы.

She had overheard what the fisherman had said.

Она услышала, что сказал рыбак.

Secretly she made a different plan in her mind.

Втайне она строила в уме другой план.

She was going to cook the fish for her husband.

Она собиралась приготовить рыбу для своего мужа.

And she was going to share the fish with his brother.

И она собиралась поделиться рыбой с его братом.

For her father-in-law she was going to prepare a frog.

Для своего свекра она собиралась приготовить лягушку.

Soon she had finished cooking the marvelous fish.

Вскоре она закончила готовить эту чудесную рыбу.

And she had finished cooking a frog too.

И она тоже закончила готовить лягушку.

But from the kitchen she could hear a squabble.

Но из кухни до нее доносилась перебранка.

She could hear who it was that was arguing.

Она слышала, кто спорил.

Her stepmother-in-law and her husband's brother.

Ее мачеха и брат ее мужа.

And she understood the cause of the argument.

И она поняла причину ссоры.

Basanta was still but a young lad.

Басанта был еще совсем молодым парнем.
But he was passionately fond of his pigeons.
Но он страстно любил своих голубей.
And he tamed his pigeons very well.
И он очень хорошо приручил своих голубей.
Nonetheless, one of his pigeons had escaped.
Тем не менее, один из его голубей сбежал.
And the pigeon flew into his stepmother's room.
И голубь прилетел в комнату мачехи.
His stepmother hid the pigeon in her clothes.
Его мачеха спрятала голубя в своей одежде.
Basanta rushed after the pigeon into the room.
Басанта бросился вслед за голубем в комнату.
And he loudly demanded to have the pigeon back.
И он громко потребовал вернуть голубя.
His stepmother denied having the pigeon.
Его мачеха отрицала, что у нее есть голубь.
Swet, however, did know she had the pigeon.
Однако Суит знала, что голубь у нее.
And the older brother forcibly took the bird.
И старший брат силой забрал птицу.
And he freed the pigeon from her clothes.
И он освободил голубку из ее одежды.
And he gave the pigeon back to his brother.
И он вернул голубя брату.
The stepmother cursed and swore, and added;
Мачеха ругалась и божилась и прибавляла:
"Wait until the head of the house comes home".
«Подожди, пока глава семьи вернется домой».
"He will get no water till he sheds your blood".
«Он не получит воды, пока не прольет твою кровь».
Swet's wife called her husband and said to him;
Жена Суэта позвала мужа и сказала ему:
"My dearest lord, that woman is a most wicked woman".
«Мой дорогой господин, эта женщина — самая порочная
женщина».
"And she has boundless influence over my father-in-law".

«И она имеет безграничное влияние на моего тестя».

"She will make him do what she has threatened".

«Она заставит его сделать то, что она ему угрожала».

"All our lives are in imminent danger".

«Жизни всех нас находятся в непосредственной опасности».

"But let us first eat a little," she added.

«Но давайте сначала немного поедим», — добавила она.

"And then let us all three run away from this place".

«А потом давайте все трое сбежим отсюда».

Swet forthwith called Basanta to him.

Свит тут же позвал к себе Басанту.

And he told him what he had heard from his wife.

И он рассказал ему то, что слышал от его жены.

They resolved to run away before nightfall.

Они решили бежать до наступления темноты.

The woman placed before her husband the fish.

Женщина положила перед мужем рыбу.

And her brother-in-law ate of the fish too.

И ее зять тоже ел рыбу.

And they ate of the fish heartily.

И они с удовольствием ели рыбу.

The woman packed up all her jewels in a box.

Женщина упаковала все свои драгоценности в коробку.

There was only one horse in the stables.

В конюшне была только одна лошадь.

But the horse was of uncommon fleetness.

Но конь оказался необыкновенно резвым.

They could all sit on the horse together.

Они все вместе могли сидеть на лошади.

Swet held the reins of the horse.

Свит держал поводья лошади.

The woman sat in the middle of the horse.

Женщина сидела посередине лошади.

And she had the jewel-box in her lap.

А на коленях у нее лежала шкатулка с драгоценностями.

And Basanta sat on the rear of the horse.

А Басанта сидел на заду коня.

The horse galloped with the utmost swiftness.

Лошадь поскакала с предельной быстротой.

They passed through many a plain and noted town.

Они проезжали через множество равнинных и известных городов.

After midnight they found themselves in a forest.

После полуночи они оказались в лесу.

And they were not far from the banks of a river.

И они находились недалеко от берега реки.

Here the most untoward event took place.

Здесь и произошло самое неприятное событие.

Swet's wife began to feel the pains of child-birth.

У жены Суэта начались родовые боли.

They dismounted from the horse without delay.

Они без промедления спешились.

And within an hour Swet's wife gave birth to a son.

А через час жена Суэта родила сына.

What were the two brothers to do in this forest?

Что же было делать двум братьям в этом лесу?

They knew that a fire had to be kindled.

Они знали, что необходимо разжечь огонь.

The mother and the new-born baby needed warmth.

Матери и новорожденному ребенку требовалось тепло.

But from where was there fire to be gotten?

Но где взять огонь?

There were no human habitations visible.

Никаких следов человеческого жилья не было видно.

Nonetheless, a fire had to be procured.

Тем не менее, огонь развести было необходимо.

And it was the winter month of December.

А это был зимний месяц декабрь.

The mother and the baby would certainly perish.

Мать и ребенок наверняка погибнут.

Swet told Basanta to sit beside his wife.

Свит велел Басанте сесть рядом с женой.

And he set out in the darkness of the night.

И он отправился в путь в ночной темноте.

And he went in search of wood to make a fire.

И он отправился на поиски дров, чтобы развести огонь.

Swet walked many a mile through the darkness.

Свит прошел много миль в темноте.

But despite the distance he saw no human habitations.

Но, несмотря на расстояние, он не увидел человеческого жилья.

But eventually his eyes were given some help.

Но в конце концов его глазам удалось помочь.

The genial light of Sukra somewhat illumined his path.

Лучистый свет Шукры немного осветил его путь.

And he saw at a distance what seemed a large city.

И он увидел вдали нечто, показавшееся ему большим городом.

He was congratulating himself on his journey's end.

Он поздравлял себя с окончанием своего путешествия.

And he congratulated himself for finding fire.

И он поздравил себя с тем, что нашел огонь.

The fire that was going to benefit his poor wife.

Пожар, который должен был принести пользу его бедной жене.

His wife that was lying cold in the forest.

Его жена, которая лежала замерзшая в лесу.

The fire that was going to save his new-born child.

Огонь, который должен был спасти его новорожденного ребенка.

The new-born baby born into the coldness.

Новорожденный младенец, родившийся в холоде.

Suddenly an elephant shot across his path.

Внезапно дорогу ему перебежал слон.

The elephant was gorgeously caparisoned.

Слон был великолепно украшен.

And the elephant gently picked him with his trunk.

И слон осторожно поднял его хоботом.

He placed him on the rich howdah on its back.

Он посадил его на спину богатого паланкина.

The elephant then walked rapidly towards the city.

Затем слон быстро направился к городу.

Swet was quite taken aback by the events.

Суит был совершенно ошеломлен произошедшим.

He did not understand the elephant's actions.

Он не понял действий слона.

And he wondered what was in store for him.

И он задался вопросом, что же его ждет.

A crown is that which was in store for him.

Его ждала корона.

He was being taken to the chief city of a kingdom.

Его везли в главный город королевства.

In this kingdom every morning a king was elected.

В этом королевстве каждое утро выбирали короля.

Because the kings of this city lasted but a day.

Потому что короли этого города просуществовали всего один день.

Every night the new king joined the queen in her room.

Каждый вечер новый король присоединялся к королеве в ее комнате.

And every morning the previous king was found dead.

И каждое утро предыдущего короля находили мертвым.

No one knew what caused the deaths of the kings.

Никто не знал, что стало причиной смерти королей.

Not even the queen knew what caused their death.

Даже королева не знала, что стало причиной их смерти.

So this kingdom had its own king-maker.

Таким образом, в этом королевстве был свой собственный создатель королей.

The elephant who suddenly took hold of Swet.

Слон, который внезапно схватил Свита.

Early in the morning the elephant roamed about.

Рано утром слон бродил.

Sometimes the elephant went to distant places.

Иногда слон отправлялся в далекие места.

And every evening the elephant returned with a man.

И каждый вечер слон возвращался с человеком.

The man on the elephant's became their king.
Человек на слоне стал их королем.
The elephant majestically marched through the streets.
Слон величественно шествовал по улицам.
A crowd of people welcomed their new king.
Толпа людей приветствовала нового короля.
But Swet did not yet understand their cheers.
Но Суэт еще не понимал их радости.
The elephant entered the kingdom's palace.
Слон вошел во дворец королевства.
And the elephant placed Swet on the throne.
И слон посадил Суэта на трон.
Amid much rejoicing he was proclaimed king.
Среди всеобщего ликования он был провозглашен
королем.
But there were lamentations in the crowd too.
Но в толпе раздавались и причитания.
In the course of the day he heard of the curse.
В течение дня он услышал о проклятии.
The nightly death of every newly elected king.
Ежемесячная смерть каждого новоизбранного короля.
But Swet was possessed of great discretion.
Но Суэт обладал большой осмотрительностью.
And he had the courage not to try an escape.
И у него хватило смелости не пытаться бежать.
He took every precaution that he could take.
Он принял все возможные меры предосторожности.
But he did not know how to avert the catastrophe.
Но он не знал, как предотвратить катастрофу.
And he knew not what expedients to adopt.
И он не знал, какие средства применить.
Because he didn't know the nature of the danger.
Потому что он не знал природу опасности.
He resolved, however, upon two things;
Однако он решился на две вещи:
He was going to go armed into the bedchamber.
Он собирался войти в спальню вооруженным.

And he was going to stay awake the whole night.
И он собирался не спать всю ночь.
The queen was young and of exquisite beauty.
Королева была молода и обладала исключительной красотой.
Guileless and benevolent was the expression of her face.
Выражение ее лица было простодушным и доброжелательным.
It was impossible to attribute her any malice.
Ей невозможно было приписать какой-либо злой умысел.
No one believed she caused all the kings' deaths.
Никто не верил, что она стала причиной смерти всех королей.
In the queen's chamber Swet spent an agreeable evening.
В покоях королевы Свит провел приятный вечер.
As the night advanced the queen fell asleep.
С наступлением ночи королева уснула.
But Swet kept awake, and was on the alert.
Но Суит не спал и был начеку.
He looked at every creek and corner of the room.
Он осмотрел каждую дырочку и угол комнаты.
And he expected every minute to be murdered.
И он каждую минуту ожидал, что его убьют.
But the queen did not rise to murder him.
Но королева не решилась убить его.
And no one entered the room to murder him either.
И никто не вошел в комнату, чтобы убить его.
Nor did he feel anything other than sleepiness.
Он не чувствовал ничего, кроме сонливости.
But in the dead of night he perceived something.
Но среди ночи он что-то заметил.
A thread was coming out the queen's nostril.
Из ноздри королевы выходила нить.
The thread was so thin that it was almost invisible.
Нить была настолько тонкой, что ее было почти не видно.
Slowly the thread reached several yards in length.
Постепенно нить достигла нескольких ярдов в длину.

And eventually all the thread came out.

И в конце концов вся нить вышла наружу.

Only then did the thread begin to grow thicker.

Только тогда нить начала становиться толще.

Soon the thread took on its real shape.

Вскоре нить приобрела свою настоящую форму.

The thread was in fact a huge serpent.

На самом деле нить представляла собой огромную змею.

Immediately Swet cut off the head of the serpent.

Свит тут же отсёк голову змею.

The body of the serpent wriggled violently.

Тело змеи яростно извивалось.

He sat quiet in the room, expecting other adventures.

Он тихо сидел в комнате, ожидая новых приключений.

But nothing else happened the rest of the night.

Но больше ничего не произошло в ту ночь.

The queen slept longer than usual.

Королева спала дольше обычного.

Because she had been relieved of the huge snake.

Потому что она избавилась от огромной змеи.

Early next morning the ministers came.

Рано утром следующего дня приехали министры.

They were expecting to hear of the king's death.

Они ожидали услышать о смерти короля.

The ladies of the bedchamber knocked at the door.

В дверь постучали камер-дамы.

But to their astonishment Swet come out.

Но к их удивлению Свит вышел.

The folk learned the mystery of all the kings' deaths.

Народ узнал тайну смерти всех королей.

And now the country rejoiced their permanent king.

И теперь страна ликовала перед своим бессменным королем.

There is a strange thing you probably noticed.

Вы, вероятно, заметили одну странную вещь.

Swet did not remember his wife he left behind.

Свит не помнил свою оставщуюся жену.

It is a strange thing, nevertheless it is true.
Это странно, но тем не менее это правда.
Nor did he remember the defenseless new-born babe.
Он также не помнил беззащитного новорожденного младенца.
And he did not remember his brother either.
И брата своего он тоже не помнил.
He had no time to remember when the elephant came.
У него не было времени вспомнить, когда пришел слон.
On the first night he had to worry for his own life.
В первую ночь ему пришлось беспокоиться за свою жизнь.
And now the crown brought on his forgetfulness.
И вот корона навлекла на него забывчивость.
But he had entrusted his wife and child to Basanta.
Но он доверил свою жену и ребенка Басанте.
And his brother sat waiting for many weary hours.
А его брат сидел в ожидании много томительных часов.
Every moment he expected to see Swet return with fire.
Каждую минуту он ожидал увидеть возвращение Суита с огнем.
But the whole night passed away without his return.
Но прошла вся ночь, а его не было.
At sunrise he went to the bank of the river.
На восходе солнца он вышел на берег реки.
There he anxiously looked about for his brother.
Там он с тревогой стал искать глазами своего брата.
But his waiting and searching were all in vain.
Но его ожидание и поиски были тщетны.
Distressed beyond measure, he wept at the riverside.
Несказанно огорченный, он плакал на берегу реки.
As he was weeping a boat was passing by.
Пока он плакал, мимо проплывала лодка.
In the boat a merchant was returning from business.
В лодке возвращался с торгов купец.
The boat was not far from the shore.
Лодка находилась недалеко от берега.
So the merchant could see Basanta weeping.

И торговец увидел, как Басанта плачет.

Something struck the attention of the merchant.

Что-то привлекло внимание торговца.

By the weeping man appeared to be a pile of pearls.

Возле плачущего человека виднелась груда жемчуга.

The merchant requested the boatman to halt.

Купец попросил лодочника остановиться.

And the merchant went to the weeping man.

И пошел купец к плачущему человеку.

By the weeping man was in fact a pile of pearls.

Возле плачущего человека на самом деле лежала куча жемчуга.

And the pearls were of the highest quality.

И жемчуг был высочайшего качества.

And another thing astonished the merchant.

И еще одна вещь поразила купца.

The pile of pearls grew larger every second.

Куча жемчужин становилась больше с каждой секундой.

Because the man was crying, but not tears.

Потому что мужчина плакал, но не слезами.

Because his tears turned to pearls on the ground.

Потому что его слёзы превратились в жемчужины на земле.

The merchant stowed away the pearls into his boat.

Купец спрятал жемчуг в своей лодке.

Then the merchant got his servants to help him.

Тогда купец позвал на помощь своих слуг.

And together they captured the crying man.

И вместе они поймали плачущего мужчину.

They put him on board of the vessel.

Его посадили на борт судна.

And he tied him to one of the ship's masts.

И он привязал его к одной из мачт корабля.

Basanta, of course, tried his best to resist.

Басанта, конечно, изо всех сил старался сопротивляться.

But what could he do against so many sailors?

Но что он мог сделать против такого количества моряков?

He thought of his brother who never returned.

Он подумал о своем брате, который так и не вернулся.

He thought of his sister-in-law in the forest.

Он подумал о своей невестке в лесу.

And he thought of his newly born niece.

И он подумал о своей новорожденной племяннице.

And he cried even more bitterly than before.

И он заплакал еще горше прежнего.

His weeping mightily pleased the merchant.

Его плач очень понравился купцу.

Because even more pearls were falling to the ground.

Потому что на землю падало еще больше жемчужин.

And the merchant became richer and richer.

И купец становился все богаче и богаче.

Eventually the merchant reached his native town.

Наконец купец добрался до своего родного города.

When they got there he confined Basanta in a room.

Когда они прибыли туда, он запер Басанту в комнате.

At stated hours every day he had him whipped.

Каждый день в установленное время он приказывал его пороть.

In order to make him shed yet more tears.

Чтобы заставить его пролить еще больше слез.

And every tear converted into a bright pearl.

И каждая слезинка превратилась в яркую жемчужину.

The merchant one day said to his servants;

Однажды купец сказал своим слугам:

"The fellow is making me rich by his weeping".

«Этот парень делает меня богатым своими слезами».

"Let us see what he gives me by laughing".

«Посмотрим, что он мне даст своим смехом».

Accordingly, he began to tickle his captive.

Соответственно, он начал щекотать свою пленницу.

Upon being tickled Basanta began to laugh.

Когда Басанта почувствовал щекотку, он начал смеяться.

Of course he was not laughing out of happiness.

Конечно, он смеялся не от счастья.

But none the less maniks dropped from his mouth.

Но тем не менее маники выпали у него изо рта.

After this Basanta was not just whipped anymore.

После этого Басанту перестали просто бить.

Now he was alternately whipped and tickled.

Теперь его попеременно били и щекотали.

All day and far into the night he was exploited.

Весь день и до поздней ночи его эксплуатировали.

The merchant's wealth increased day and night.

Богатство купца росло день и ночь.

Soon he became the wealthiest man in the land.

Вскоре он стал самым богатым человеком в стране.

But let us return to Basanta's subjugation later.

Но вернемся к покорению Басанты позже.

Now let us turn our attention to Swet's wife.

Теперь обратим внимание на жену Суэта.

Swet's abandoned wife was still in the forest.

Брошенная жена Суэта все еще была в лесу.

She had just given birth to her child.

Она только что родила ребенка.

But now she was alone in the forest.

Но теперь она осталась одна в лесу.

First her husband had abandoned her.

Сначала ее бросил муж.

And now her brother-in-law abandoned her too.

А теперь ее бросил и деверь.

Imagine how overwhelmed with grief she felt.

Представьте себе, насколько подавленной она себя чувствовала от горя.

Alone, and in a forest, far from civilization.

Один, в лесу, вдали от цивилизации.

Her case was indeed deserving of sympathy.

Ее случай действительно заслуживал сочувствия.

She wept rivers of sad and lonely tears.

Она пролила реки слез грусти и одиночества.

Excessive grief, however, brought her relief.

Однако чрезмерное горе принесло ей облегчение.
She fell asleep with the new-born in her arms.
Она уснула с новорожденным на руках.
While she was deep in sleep another tragedy took place.
Пока она крепко спала, произошла еще одна трагедия.
It so happened that the Kotwal was passing by.
Случилось так, что мимо проплывал Котвал.
He had recently suffered his own misfortune.
Недавно его постигло несчастье.
But his misfortune was of a different nature.
Но его несчастье было иного рода.
The children his wife bore died shortly after birth.
Дети, которых родила его жена, умерли вскоре после
рождения.
And he was now going to bury the last infant.
И теперь он собирался похоронить последнего младенца.
He was heading to the banks of the river.
Он направлялся к берегу реки.
The place where the other infants were buried.
Место, где были похоронены остальные младенцы.
But then he saw the woman sleeping in the forest.
Но затем он увидел спящую в лесу женщину.
And in her arms he saw her holding a baby.
И он увидел, что она держит на руках младенца.
The infant was a lively and beautiful boy.
Младенец был живым и красивым мальчиком.
His liveliness did not disturb his mother's sleep.
Его живость не мешала спать матери.
The Kotwal wanted the lovely infant very much.
Котвал очень хотел этого прекрасного младенца.
He quietly took the child from his mother.
Он тихо забрал ребенка у матери.
And in her arms he placed his own dead child.
И он положил ей на руки своего мертвого ребенка.
Of course this is not what he could tell his wife.
Конечно, это не то, что он мог рассказать своей жене.
"We both thought that our son had died".

«Мы оба думали, что наш сын умер».
"And I carried his body to the river bank".
«И я отнес его тело на берег реки».
"And that was when a miracle occurred".
«И вот тогда произошло чудо».
"Once more our son opened his young eyes".
«Наш сын снова открыл свои юные глаза».
"And now we have a beautiful and lively boy".
«И теперь у нас есть красивый и живой мальчик».
But Swet's wife did not know the true events.
Но жена Суэта не знала истинных событий.
When she woke she held the dead child in her arms.
Проснувшись, она держала на руках мертвого ребенка.
And she thought it was her child that had died.
И она подумала, что это ее ребенок умер.
The distress of her mind may easily be imagined.
Легко представить себе ее душевные страдания.
The whole world became dark to her.
Весь мир стал для нее темным.
She was distracted by the loss of her child.
Ее отвлекла потеря ребенка.
And in her distraction she formed a resolution.
И в растерянности она приняла решение.
She had resolved to take her own life.
Она решила покончить с собой.
The river was not far from where she had slept.
Река находилась недалеко от того места, где она спала.
And she determined to drown herself in the river.
И она решила утопиться в реке.
She took in her hand the bundle of jewels.
Она взяла в руки связку драгоценностей.
And then she proceeded to the river-side.
И затем она направилась к реке.
An old Brahman was at no great distance.
Неподалеку находился старый брахман.
The Brahman was performing his morning ablutions.
Брахман совершал утреннее омовение.

He noticed the woman going into the water.

Он заметил женщину, входящую в воду.

Naturally he thought that she was going to bathe.

Естественно, он подумал, что она пошла купаться.

But then he saw her going into the deep waters.

Но затем он увидел, как она уходит в глубокие воды.

Something akin to suspicion arose in his mind.

В его голове зародилось нечто похожее на подозрение.

The Brahman discontinued his devotions.

Брахман прекратил свои молитвы.

He too waded out towards the river's depth.

Он тоже пошёл вброд к глубине реки.

And he ordered the woman to come to him.

И он приказал женщине прийти к нему.

Swet's wife heard the old man calling her.

Жена Суэта услышала, как старик зовет ее.

So she retraced her steps to the old man.

И она пошла обратно к старику.

"What were your intentions?" asked the Braham.

«Каковы были твои намерения?» — спросил Брахам.

And the woman confirmed his suspicions.

И женщина подтвердила его подозрения.

"I was going to put an end to my life".

«Я собирался покончить жизнь самоубийством».

And she thanked the Brahman for saving her.

И она поблагодарила брахмана за спасение.

"Accept these jewels as a sign of appreciation".

«Примите эти драгоценности в знак признательности».

The Brahman accepted the sign of appreciation.

Брахман принял знак признательности.

But he was more interested in her story.

Но его больше интересовала ее история.

And at his request she related her story.

И по его просьбе она рассказала свою историю.

She had escaped from her stepmother in law.

Она сбежала от мачехи.

In the forest she gave birth to a child.

В лесу она родила ребенка.

First her husband went looking for fire.

Сначала ее муж отправился искать огонь.

But her husband never came back to her.

Но муж так и не вернулся к ней.

Then her brother-in-law looked for her husband.

Тогда ее зять отправился на поиски ее мужа.

But her brother-in-law did not return either.

Но и ее зять не вернулся.

Eventually she fell asleep with her child.

В конце концов она уснула вместе со своим ребенком.

But when she woke her child was dead.

Но когда она проснулась, ее ребенок был мертв.

And that's when she decided to drown herself.

И тогда она решила утопиться.

She felt the relieve of telling her fate.

Она почувствовала облегчение, узнав свою судьбу.

The Brahman invited the woman to his house.

Брахман пригласил женщину к себе домой.

And the woman was accepted into his family.

И женщину приняли в его семью.

The Brahman's wife treated her like a daughter.

Жена брахмана обращалась с ней как с дочерью.

And she spent years with her new family.

И она провела годы со своей новой семьей.

Swet spend those years in his kingdom.

Свит провел эти годы в своем королевстве.

Basanta spent those years being tortured.

Басанта провела эти годы, подвергаясь пыткам.

And the adopted son of the Kotwal grew up.

И вырос приемный сын Котвала.

The Brahman's house was not far from the Kotwal's.

Дом брахмана находился недалеко от дома Котвалов.

So the Kotwal's son met the Brahman's adopted daughter.

Так сын Котвала встретился с приемной дочерью брахмана.

And the lad thought he fell in love with her.

И юноша подумал, что влюбился в нее.
He spoke to his father about the woman.
Он рассказал своему отцу об этой женщине.
And the father spoke to the Brahman about the woman.
И отец рассказал брахману о женщине.
The Brahman's rage knew no bounds.
Ярость брахмана не знала границ.
"What is this insolence!" the Brahman protested.
«Что это за дерзость!» — запротестовал брахман.
"Your son is the son of an infidel".
«Твой сын — сын неверного».
"How can he aspire to the hand of a Brahman's daughter!?".
«Как он может претендовать на руку дочери брахмана!?».
"A dwarf may as well aspire to catch hold of the moon!".
«Карлик с таким же успехом может стремиться схватить луну!».
But the Kotwal's son determined to have her by force.
Однако сын Котвала решил заполучить ее силой.
One day he scaled the wall of the Brahman's house.
Однажды он перелез через стену дома брахмана.
He got upon the thatched roof of the cow-house.
Он забрался на соломенную крышу коровника.
And from that lofty position he reconnoitered.
И с этой высокой позиции он вел разведку.
And he saw two young calves below him.
И увидел он внизу двух молодых телят.
And he overheard the conversation of two young calves.
И он услышал разговор двух молодых телят.
"Men accuse us of brutish ignorance and immorality".
«Люди обвиняют нас в грубом невежестве и безнравственности».
"But in my opinion men are fifty times worse".
«Но, по моему мнению, мужчины в пятьдесят раз хуже».
"What makes you say so, brother?" the calf asked.
«Почему ты так думаешь, брат?» — спросил теленок.
"Have you witnessed instances of human depravity?".

«Вы были свидетелями проявлений человеческой развращенности?».

"Who is a greater monster than the Kotwal's son?".

«Кто больший монстр, чем сын Котвала?».

"The same lad standing on the thatched roof".

«Тот же парень, стоящий на соломенной крыше».

"The roof of this hut above our heads".

«Крыша этой хижины у нас над головами».

"I thought he was just the son of our Kotwal".

«Я думал, он просто сын нашего Котвала».

"I never heard that he was exceptionally vicious".

«Я никогда не слышал, чтобы он был особенно жестоким».

"You may have never heard of his wickedness".

«Возможно, вы никогда не слышали о его злодеяниях».

"But now you will hear of his wickedness from me".

«Но теперь вы услышите от меня о его злодеяниях».

"This wicked lad is now making immoral plans".

«Этот негодяй теперь строит безнравственные планы».

"He is trying get married to his own mother!".

«Он пытается жениться на собственной матери!».

The First Calf then related the whole story.

Затем Первый Теленок рассказал всю историю.

And the inquisitive Second Calf listened.

И любознательный Второй Теленок слушал.

And the calf told Swet's and Basanta's story.

И теленок рассказал историю Суэта и Басанты.

"A merchant built a house for his son"

«Купец построил дом для своего сына»

"In the garden of the house was a Toontooni bird"

«В саду дома жила птица Тунтуни».

"In the nest of the Toontooni bird was an egg"

«В гнезде птицы Тунтуни было яйцо».

"The merchant's son put the egg in an almirah"

«Сын торговца положил яйцо в альмиру»

"Out of the egg came a beautiful girl"

«Из яйца вышла прекрасная девочка»

"Eventually the merchant's son married this beautiful girl"

«В конце концов сын купца женился на этой прекрасной девушке».

"Together they had two children; Swet and Basanta"

«У них было двое детей: Суэт и Басанта».

"Some time later the grandfather of the children died"

«Некоторое время спустя дедушка детей умер».

"Some time later again their grandmother died too"

«Некоторое время спустя их бабушка тоже умерла».

"At the right time, the oldest son, Swet, got married"

«В нужное время старший сын, Свет, женился»

"His mother, the Toontooni woman, died sometime later"

«Его мать, женщина из племени Тунтуни, умерла некоторое время спустя».

"Soon after their father married a younger woman"

«Вскоре после того, как их отец женился на молодой женщине»

"But their new stepmother hated her stepsons"

«Но их новая мачеха ненавидела своих пасынков».

"And she also hated her new stepdaughter-in-law"

«И она также ненавидела свою новую падчерицу».

"One day a fisherman happened to visit the merchant"

«Однажды к купцу случайно зашёл рыбак»

"The Fisherman had sold the merchant a magical fish"

«Рыбак продал купцу волшебную рыбу».

"Whoever ate the fish would laugh maniks"

«Кто бы ни съел рыбу, он бы смеялся до упаду»

"And whoever ate the fish would weep pearls"

«И кто съест рыбу, тот будет плакать жемчугом»

"The same day there was an argument over some pigeons"

«В тот же день произошел спор из-за голубей».

"The stepmother was terribly vengeful to her stepsons"

«Мачеха была ужасно мстительна к своим пасынкам»

"And she swore revenge on her stepsons"

«И она поклялась отомстить своим пасынкам »

"That day Swet, his wife, and Basanta escaped"

«В тот день Свит, его жена и Басанта сбежали»

"But before leaving they ate the magical fish"

«Но перед тем, как уйти, они съели волшебную рыбу»
"On their journey Swet's wife gave birth to a baby boy"
«Во время путешествия жена Суэта родила мальчика».
"Swet went to look for wood to make a fire"
«Свит пошёл искать дрова, чтобы разжечь огонь»
"But he was carried away by an elephant"
«Но его унес слон»
"He was taken to a Queen haunted by a snake"
«Его отвезли к королеве, в которой обитала змея ».
"But he succeeded in killing the serpent"
«Но ему удалось убить змея»
"And so he became king of the land"
«И так он стал королём страны»
"Basanta went looking for his brother"
«Басанта отправился на поиски своего брата»
"But he was captured by a merchant"
«Но его схватил купец»
"And now he's flogged and tickled daily"
«А теперь его каждый день секут и щекочут»
"And he cries pearls and laughs maniks"
«И он плачет жемчугом и смеётся маник»
"The Kotwal's son had died that night"
«Сын Котвала умер той ночью»
"So the Kotwal exchanged the two babies"
«Итак, Котвал обменял двух младенцев»
"The mother couldn't bear the loss of her child"
«Мать не могла пережить потерю своего ребенка»
"So she made the decision to drown herself"
«Поэтому она приняла решение утопиться».
"But there was a Brahman that saved her life"
«Но нашелся брахман, который спас ей жизнь».
"And this Brahman took her into his home"
«И этот брахман взял ее в свой дом».
"The Kotwal's son grew up a hardy boy"
«Сын Котвалов вырос крепким мальчиком»
"And he fell in love with the woman"
«И он влюбился в женщину»

"And now he stands on the roof"

«И теперь он стоит на крыше»

"And he's intent on having the woman"

«И он намерен заполучить эту женщину»

All this the Kotwal's son heard.

Все это услышал сын Котвала.

And he was struck with horror.

И он был охвачен ужасом.

He forthwith got down from the thatch.

Он тотчас же слез с крыши.

And he went home to his father.

И он пошёл домой к отцу.

And he said he must speak with the king.

И он сказал, что должен поговорить с королем.

The father protested against the request.

Отец выразил протест против этой просьбы.

But he got an interview with the king.

Но ему удалось встретиться с королём.

He told the king about the two calves.

Он рассказал царю о двух телятах.

And he repeated the whole story.

И он повторил всю историю.

The king now remembered his poor wife.

Тут король вспомнил о своей бедной жене.

So a servant was sent to the Brahman.

Итак, к брахману был отправлен слуга.

And the Brahman was richly rewarded.

И брахман был щедро вознагражден.

And his wife was brought back to the palace.

А его жену вернули во дворец.

His wife was put in her proper position.

Его жена была поставлена в надлежащее ей положение.

And she became queen of the kingdom.

И она стала королевой королевства.

The reputed son of the Kotwal was readopted.

Предполагаемый сын Котвала был повторно усыновлен.

And he was proclaimed heir to the throne.

И он был провозглашен наследником престола.
Basanta was brought out of the dungeon.
Басанту вывели из темницы.
And the wicked merchant was buried alive.
И злой купец был погребен заживо.
And thorns were put in his burying-place.
И положили терние в место его погребения.
And all lived together happily for many years.
И все жили вместе счастливо много лет.
Swet, his wife and son, and Basantas.
Свит, его жена и сын, а также Басантас.

The Evil Eye of Sani
Дурной глаз Сани

Once upon a time Sani and Lakshmi fell out with each other.

Однажды Сани и Лакшми поссорились.

Sani, also known as Saturn, is the God of bad luck.

Сани, также известный как Сатурн, — бог неудачи.

And Lakshmi is the Goddess of good luck.

А Лакшми — богиня удачи.

And these two Gods fell out with each other in heaven.

И эти два Бога поссорились на небесах.

Sani said he was higher in rank than Lakshmi.

Сани сказал, что он выше по рангу, чем Лакшми.

And Lakshmi said she was higher in rank than Sani.

И Лакшми сказала, что она выше по рангу, чем Сани.

But there were just as many Gods as there were Goddesses.

Но Богов было столько же, сколько и Богинь.

Therefore the dispute could not be settled in heaven.

Поэтому спор не мог быть решен на небесах.

The contending deities agreed to refer the matter to humans.

Спорящие божества согласились передать это дело на
рассмотрение людей.

The humans had a name for wisdom and justice.

У людей было свое название для мудрости и
справедливости.

There lived at that time upon earth a man named Sribatsa.

В то время на земле жил человек по имени Шрибатса.

(Sri is another name of Lakshmi).

(Шри — другое имя Лакшми).

(And "batsa" is another word for child).

(А «батса» — это еще одно слово, обозначающее ребенка).

(so Sribatsa literally means "the child of fortune").

(поэтому Шрибатса буквально означает «дитя удачи»).

Sribatsa had as much wisdom as he had wealth.

Мудрости у Шрибатсы было столько же, сколько и
богатства.

And he was as fair as he was rich, too.

И он был столь же красив, сколь и богат.

He was therefore a good judge for the dispute.

Поэтому он был хорошим судьей в этом споре.

And the God and Goddess agreed he could judge their case.

И Бог и Богиня согласились, что он может рассудить их дело.

One day, accordingly, Sribatsa was contacted.

Однажды со Шрибатсой связались.

He was told that Sani and Lakshmi would come to him.

Ему сказали, что к нему придут Сани и Лакшми.

And he was told they wished for him to settle their dispute.

И ему сказали, что они хотят, чтобы он разрешил их спор.

This put Sribatsa in a delicate situation.

Это поставило Срибатсу в щекотливую ситуацию.

He could say Sani was higher in rank than Lakshmi.

Он мог бы сказать, что Сани была выше по рангу, чем Лакшми.

But then she would be angry with him and forsake him.

Но затем она рассердилась на него и бросила его.

He could say Lakshmi was higher in rank than Sani.

Он мог бы сказать, что Лакшми была выше по рангу, чем Сани.

But then Sani would cast his evil eye upon him.

Но затем Сани бросил на него свой дурной взгляд.

He made up his mind not to say anything directly.

Он решил ничего не говорить прямо.

The god and the goddess had to observe his actions.

Бог и богиня должны были наблюдать за его действиями.

And from his actions they could gather their opinions.

И на основе его действий они могли составить свое мнение.

Sribatsa ordered two chairs to be made.

Срибатса заказал изготовление двух стульев.

One of the chairs was made from gold.

Один из стульев был сделан из золота.

And the other chair was made from silver.

А другой стул был сделан из серебра.

And he placed the two chairs beside himself.
И он поставил два стула рядом с собой.
The day came when Sani and Lakshmi visited Sribatsa.
Настал день, когда Сани и Лакшми посетили Шрибатсу.
He told Sani to sit upon the silver chair.
Он велел Сани сесть на серебряный стул.
And he told Lakshmi to sit upon the gold chair.
И он велел Лакшми сесть на золотой стул.
Sani became mad with rage, and spoke angrily;
Сани обезумел от ярости и заговорил сердито:
"You consider me lower in rank than Lakshmi"
«Ты считаешь меня ниже по рангу, чем Лакшми»
"I will cast my eye on you for three years"
«Я буду присматривать за тобой три года»
"We shall see how you fare at the end of that period"
«Посмотрим, как вы справитесь в конце этого периода».
The god then went away in great anger.
Затем бог в великом гневе удалился.
Lakshmi, before she went away, said to Sribatsa;
Лакшми, прежде чем уйти, сказала Шрибатсе:
"My child, do not fear. I'll befriend you"
«Дитя моё, не бойся. Я подружусь с тобой».
The god and the goddess then went away.
Затем бог и богиня ушли.
Sribatsa spoke to his wife, Chantamani;
Шрибатса поговорил со своей женой Чантамани;
"Dearest, the evil eye of Sani will be upon me"
«Дорогая, на мне будет дурной глаз Сани»
"I had better go away from the house"
«Мне лучше уйти из дома»
"If I stay evil will befall you and me"
«Если я останусь, зло постигнет тебя и меня».
"But if I go, evil will overtake me only"
«А если пойду, то только зло меня постигнет»
Chintamani said, "it cannot be that way"
Чинтамани сказал: «Так быть не может».
"Wherever you go, I will go with you"

«Куда бы ты ни пошел, я пойду с тобой»

"Your good luck shall be my good luck"

«Твоя удача станет моей удачей»

"And your bad luck shall be my bad luck"

«И твое невезение станет моим невезением»

The husband tried hard to persuade his wife to stay.

Муж изо всех сил пытался уговорить жену остаться.

But all his efforts were of no use.

Но все его усилия оказались тщетными.

She refused to abandon her husband.

Она отказалась бросить мужа.

Sribatsa told his wife to make an opening in their mattress.

Срибатса велел жене сделать отверстие в матрасе.

And he told her to stow away all their money and jewels.

И он велел ей спрятать все их деньги и драгоценности.

On the eve of leaving their house, Sribatsa invoked Lakshmi.

Накануне отъезда из дома Шрибатса призвал Лакшми.

Upon being invoked, Lakshmi forthwith appeared.

После призывания Лакшми тотчас появилась.

"Mother Lakshmi, the evil eye of Sani is upon us"

«Мать Лакшми, на нас направлен дурной глаз Сани»

"We are going away into exile"

«Мы уезжаем в изгнание»

"Please befriend us, and take care of our property"

«Пожалуйста, подружитесь с нами и позаботьтесь о нашей собственности».

The goddess of good luck answered.

Богиня удачи ответила.

"Do not fear; I'll befriend you"

«Не бойся, я подружусь с тобой»

"In the end all will be right"

«В конце концов все будет хорошо»

They then set out on their journey.

Затем они отправились в путь.

Sribatsa rolled up the mattress and put it on his head.

Шрибатса скатал матрас и положил его себе на голову.

They had not gone many miles when they saw a river.

Они не прошли и нескольких миль, как увидели реку.

There was a canoe with a man sitting in it.

Там было каноэ, в котором сидел человек.

The travelers requested the ferryman to take them across.

Путешественники попросили паромщика перевезти их на другую сторону.

The ferryman said he could only take one at a time.

Паромщик сказал, что может взять с собой только одного человека за раз.

"Tere are three of you," he objected.

«Вас трое», — возразил он.

"There is you, your wife, and your mattress"

«Есть ты, твоя жена и твой матрас»

Sribatsa proposed in what order they should ferry over the river.

Срибатса предложил, в каком порядке следует переправляться через реку.

"First my wife should be taken across the river"

«Сначала мою жену нужно переправить через реку»

"After my wife, take the mattress across the river"

«После моей жены перевезите матрас через реку»

"And then you can take me across the river"

«А потом ты сможешь переправить меня через реку»

But the ferryman would not hear of it.

Но паромщик и слышать об этом не хотел.

"Only one at a time," he repeated.

«Только по одному», — повторил он.

"First let me take across the mattress"

«Сначала позвольте мне перенести матрас»

Sribatsa saw no reason to object to the proposal.

Срибатса не видел причин возражать против этого предложения.

The ferryman started taking the mattress across the river.

Паромщик начал перевозить матрас через реку.

He had reached halfway across the river.

Он уже преодолел половину реки.

But then, from nowhere, a fierce gale arose.

Но затем, откуда ни возьмись, поднялся свирепый шторм.

The ferryman lost control of his canoe.

Паромщик потерял управление каноэ.

The mattress was blown into the river.

Матрас унесло в реку.

The river carried everything away with it.

Река унесла все с собой.

And the ferrymen, canoe, and mattress were never seen again.

И больше никто не видел ни паромщиков, ни каноэ, ни матраса.

But that was not even the strangest events.

Но это еще не самые странные события.

Because the river also disappeared into thin air.

Потому что река тоже растворилась в воздухе.

Where there was water there was now dry ground.

Там, где была вода, теперь была сухая земля.

Sribatsa knew the evil eye of Sani had been watching.

Срибатса знал, что за ним наблюдает злой глаз Сани.

Sribatsa and his wife had not a pice in their pockets.

У Шрибатсы и его жены не было ни гроша в кармане.

Together, impoverished, they went to a nearby village.

Вместе, обедневшие, они отправились в ближайшую деревню.

The village was dwelt in mostly by wood-cutters.

В деревне жили в основном лесорубы.

At sunrise the woodcutters went to cut wood.

На рассвете дровосеки отправились рубить дрова.

And the wood they cut they sold in a faraway town.

А рубленую древесину они продавали в далеком городе.

Sribatsa asked to work with the wood-cutters.

Срибатса попросился поработать с лесорубами.

And the wood-cutters agreed to let him cut wood.

И дровосеки согласились разрешить ему рубить дрова.

He could fell trees as well as the best of them.

Он умел валить деревья не хуже лучших из них.
But Sribatsa was different from the wood-cutters.
Но Шрибатса отличался от дровосеков.
The wood-cutters cut any and every sort of wood.
Лесорубы рубят любую древесину.
But Sribatsa cut only the precious types of wood.
Но Шрибатса рубил только ценные породы дерева.
His efforts were focused on cutting down sandal-wood.
Его усилия были сосредоточены на рубке сандалового дерева.
The wood-cutters brought to market large loads of common wood.
Лесорубы вывозили на рынок большие партии обычной древесины.
Sribatsa brought only a few pieces of sandal-wood to the market.
Шрибатса привез на рынок лишь несколько кусков сандалового дерева.
He was paid a great deal more money than the others.
Ему платили гораздо больше денег, чем остальным.
Things went on this way for some days.
Так продолжалось несколько дней.
And the wood-cutters became jealous of Sribatsa.
И лесорубы стали завидовать Шрибатсе.
In their jealousy they plotted against Sribatsa.
В порыве зависти они замыслили заговор против Срибатсы.
And finally they drove Sribatsa and his wife from the village.
И в конце концов они выгнали Срибатсу и его жену из деревни.

Sribatsa and his wife made their way to another village.
Срибатса и его жена отправились в другую деревню.
In this village there were many women that weaved.
В этой деревне было много женщин, занимавшихся ткачеством.

Here Chintamani made herself useful by spinning cotton.
Здесь Чинтамани нашла себе применение, прядя хлопок.
Chintamani was an intelligent and skillful woman.
Чинтамани была умной и искусной женщиной.
So she spun finer thread than the other women.
Поэтому она пряла более тонкую нить, чем другие женщины.
And she got paid more money than the other women.
И ей платили больше денег, чем другим женщинам.
This roused the envy of the native women of the village.
Это вызвало зависть у местных женщин деревни.
But the envy of the other women was not all.
Но зависть других женщин — это еще не все.
Sribatsa wanted to gain the good grace of the weavers.
Срибатса хотел завоевать расположение ткачей.
So he invited the women that spun cotton to a feast.
Поэтому он пригласил женщин, которые пряли хлопок, на пир.
The dishes of the feat were all cooked by his wife.
Все блюда этого подвига были приготовлены его женой.
Chintamani was a good weaver, and an excellent in cook.
Чинтамани была хорошей ткачихой и превосходной кухаркой.
She placed the delicacies before the women.
Она поставила деликатесы перед женщинами.
And the barbarous weavers were quite charmed.
И варвары-ткачи были весьма очарованы.
The men went to their homes with their bellies full.
Мужчины разошлись по домам с полными животами.
But when they got home, they reproached their wives.
Но когда они вернулись домой, они стали упрекать своих жен.
"Why do you not cook like the wife of Sribatsa"
«Почему ты не готовишь, как жена Шрибатса?»
And the men called their wives good-for-nothing women.
А мужчины называли своих жен никчемными женщинами.

This made the women hate Chintamani the more.

Это заставило женщин еще больше ненавидеть
Чинтамани.

One day Chintamani went to the river-side.

Однажды Чинтамани пошла к реке.

**She wanted to bathe along with the other women of the
village.**

Она хотела искупаться вместе с другими женщинами
деревни.

A boat had been lying on the bank, stranded on the sand.

На берегу, севшая на песок, лежала лодка.

The boat had been stranded there for many days.

Лодка простояла там много дней.

They had tried to move the boat, but in vain.

Они попытались сдвинуть лодку с места, но тщетно.

It so happened that Chintamani touched the boat.

Случилось так, что Чинтамани прикоснулся к лодке.

It was an accident, for she did not mean to touch the boat.

Это был несчастный случай, поскольку она не хотела
касаться лодки.

But whether she meant to or not, the boat moved.

Но хотела она того или нет, лодка двинулась с места.

And soon the boat was heading off to the river.

И вскоре лодка направилась к реке.

The boatmen were astonished by what they had seen.

Лодочники были поражены увиденным.

They thought that the woman had uncommon power.

Они считали, что эта женщина обладает необычайной
силой.

And so they thought she might be useful in future.

И поэтому они подумали, что она может пригодиться в
будущем.

They therefore caught hold of her, against her will.

Поэтому они схватили ее против ее воли.

And they put her in the boat, and rowed off.

И они посадили ее в лодку и поплыли.

The women of the village were present for this kidnapping.

При похищении присутствовали женщины деревни.

But they did not offer Chintamani any assistance.

Но они не предложили Чинтамани никакой помощи.

Because Chintamani had put them in a bad light.

Потому что Чинтамани выставил их в плохом свете.

Sribatsa heard how his wife had been carried away by boatmen.

Срибатса услышал, как его жену увезли лодочники.

I will let you imagine how he became mad with grief.

Позвольте вам представить, как он обезумел от горя.

He left the village and went to the river-side.

Он покинул деревню и направился к реке.

And he resolved to follow the course of the stream.

И он решил следовать по течению ручья.

Along the stream he was sure to meet the kidnappers' boat.

По течению ручья он наверняка должен был встретить лодку похитителей.

He travelled on and on, along the side of the river.

Он шел все дальше и дальше вдоль берега реки.

And he travelled till it eventually became dark.

И он путешествовал до тех пор, пока не стемнело.

Where he was there were no huts to be seen.

Там, где он находился, не было видно ни одной хижины.

So he climbed into a tree to sleep for the night.

Поэтому он забрался на дерево, чтобы провести там ночь.

In the next morning he got down from the tree.

На следующее утро он слез с дерева.

At the foot of the tree he saw a Kapila-cow.

У подножия дерева он увидел корову Капилу.

A Kapila-cow never has any calves of her own.

У коровы-капилы никогда не бывает собственных телят.

But she can be milked at all hours of the day.

Но ее можно доить в любое время суток.

Sribatsa milked the cow without her objecting.

Шрибатса подоила корову, не возражая против ее действий.

And he drank the milk to his heart's content.

И он пил молоко вволю.

And then he noticed something else about the cow.

И тут он заметил еще кое-что в корове.

The dung of the cow was of a bright yellow color.

Коровий навоз был ярко-желтого цвета.

In fact, the dung of the cow was made of pure gold.

На самом деле коровий навоз состоял из чистого золота.

The golden cow dung was still in a soft state.

Золотистый коровий навоз все еще находился в мягком состоянии.

So he was able to write his name in the golden dung.

Поэтому он смог написать свое имя на золотом навозе.

During the course of the day the dung hardened.

В течение дня навоз затвердел.

And finally the dung looked like a brick of gold.

И в конце концов навоз стал похож на слиток золота.

The tree he had slept in grew on the river-side.

Дерево, на котором он спал, росло на берегу реки.

And the Kapila-cow supplied him with milk all day.

И корова Капила снабжала его молоком весь день.

So Sribatsa decided to wait there for the boat.

Поэтому Шрибатса решил дождаться лодки там.

In the morning the cow deposited the precious article.

Утром корова принесла драгоценную вещь.

And at night the cow deposited the precious article.

А ночью корова принесла драгоценную вещь.

So the gold bricks increased every day.

Таким образом, количество золотых слитков росло с каждым днем.

And on each golden brick he had engraved his name.

И на каждом золотом кирпиче он выгравировал свое имя.

He stacked the bricks on top of each other.

Он сложил кирпичи друг на друга.

From a distance it looked like a hillock of gold.

Издалека это было похоже на золотой холм.

But now we must leave Sribatsa to stack his gold.
Но теперь нам придется оставить Срибатсу собирать свое золото.
And we must turn our attention to Chintamani.
И мы должны обратить свое внимание на Чинтамани.
Chintamani was a graceful woman of great beauty.
Чинтамани была изящной женщиной необычайной красоты.
She had worried her beauty might be her ruin.
Она боялась, что ее красота может ее погубить.
So she offered a prayer as she was being kidnapped.
Поэтому она вознесла молитву, когда ее похищали.
"Lakshmi, O Mother Lakshmi! have pity upon me"
«Лакшми, о Мать Лакшми! Сжалься надо мной»
"Thou hast made me beautiful, you have"
«Ты сделал меня красивой, Ты сделал меня красивой»
"But now my beauty will undoubtedly be my ruin"
«Но теперь моя красота, несомненно, станет моей погибелью»
"I am bound to loss my honor and my chastity"
«Я неизбежно потеряю свою честь и целомудрие».
"I therefore beseech thee, gracious Mother;"
«Поэтому я умоляю тебя, милостивая Мать;»
"Take my beauty from me, and make me ugly"
«Отними у меня мою красоту и сделай меня уродливым»
"Cover my body with some loathsome disease"
«Покрой моё тело какой-нибудь отвратительной болезнью»
"That way the boatmen might not touch me"
«Так лодочники меня не тронут».
Chintamani was in the arms of the boatmen.
Чинтамани была на руках у лодочников.
But the Goddess of good fortune heard her prayer.
Но Богиня удачи услышала ее молитву.
In the twinkling of an eye her form changed.

В мгновение ока ее облик изменился.
Her naturally beautiful form faded away.
Ее естественная красота исчезла.
And she was turned into a vile carcass.
И она превратилась в отвратительную тушу.
The boatmen were putting her down in the boat.
Лодочники сажали ее в лодку.
They found her body was covered with loathsome sores.
Они обнаружили, что ее тело было покрыто
отвратительными язвами.
And the sores were giving out a disgusting stench.
А язвы источали отвратительный смрад.
They therefore threw her into the hold of the boat.
Поэтому они бросили ее в трюм лодки.
And they left her amongst the cargo of the ship.
И они оставили ее среди груза корабля.
Morning and evening they sent her some food.
Утром и вечером ей присылали еду.
A little boiled rice, and some water to drink.
Немного вареного риса и немного воды для питья.
Chintamani was miserable in the hull of the ship.
Чинтамани было очень тоскливо на корабле.
But she greatly preferred misery to the alternative.
Но она предпочла несчастье альтернативе.
She would rather be miserable than loss her chastity.
Она предпочла бы быть несчастной, чем потерять
целомудрие.

The boatmen had gone to some port to sell cargo.
Лодочники отправились в какой-то порт продавать груз.
While sailing back they caught sight something.
На обратном пути они что-то заметили.
By the river-side there seemed to be a hillock of gold.
На берегу реки, кажется, лежал холмик золота.
Sribatsa had been keeping watch by the river.
Срибатса дежурил у реки.
So he was delighted to see a boat approach him.

Поэтому он обрадовался, увидев приближающуюся к нему лодку.

Because he fondly imagined his wife might be on board.

Потому что он наивно полагал, что его жена может быть на борту.

The boatmen went greedily to the hillock of gold.

Лодочники с жадностью устремились к пригорку золота.

Of course Sribatsa told them the gold was his.

Конечно, Шрибатса сказал им, что золото принадлежит ему.

But that didn't help Sribatsa very much.

Но это не очень помогло Срибатсе.

The sailors took him prisoner on the boat.

Матросы взяли его в плен на лодке.

And they loaded the gold onto their vessel.

И они погрузили золото на свой корабль.

They happened to imprison him close to the ugly woman.

Случилось так, что его посадили в тюрьму рядом с уродливой женщиной.

Of course the husband and wife recognized each other.

Конечно, муж и жена узнали друг друга.

In spite of the change Chintamani had undergone.

Несмотря на перемены, произошедшие с Чинтамани.

And despite their excitement they kept their composure.

И, несмотря на волнение, они сохранили самообладание.

And they thought it prudent not to speak to each other.

И они посчитали благоразумным не разговаривать друг с другом.

Instead they communicated their ideas through gestures.

Вместо этого они передавали свои идеи посредством жестов.

There is something you should know about the boatmen.

Вам следует кое-что знать о лодочниках.

These boatmen were very fond of playing at dice.

Эти лодочники очень любили играть в кости.

Sribatsa appeared to them to be a respectable man.

Срибатса показался им почтенным человеком.

So they always asked him to join in the game.

Поэтому они всегда приглашали его присоединиться к игре.

Sribatsa happened to be an expert dice player.

Срибатса оказался искусным игроком в кости.

Despite their efforts he won almost every game.

Несмотря на их усилия, он выиграл почти каждую игру.

You can imagine how the sailors felt about losing.

Можно представить, что чувствовали моряки, потерпев поражение.

And in jealousy the boatmen threw him overboard.

И из зависти лодочники выбросили его за борт.

Chintamani saw the men throw her husband overboard.

Чинтамани видела, как мужчины выбросили ее мужа за борт.

Fortunately for Sribatsa, his wife had great presence of mind.

К счастью для Шрибатсы, его жена обладала большим присутствием духа.

The boatmen had allowed her a pillow to rest her head.

Лодочники дали ей подушку, чтобы она могла положить голову.

And she simultaneously threw this pillow into the water.

И она одновременно бросила эту подушку в воду.

Sribatsa was able to grab hold of the pillow.

Срибатса сумел ухватиться за подушку.

And the pillow helped him float down the stream.

И подушка помогла ему плыть по течению.

Up until nightfall the river carried him downstream.

До наступления темноты река несла его вниз по течению.

At nightfall he arrived at what seemed to be a garden.

С наступлением темноты он прибыл в место, похожее на сад.

Because it was dark there was nothing he could do.

Так как было темно, он ничего не мог сделать.

So all night he stayed in the garden, cold and wet.

Так что всю ночь он просидел в саду, замерзший и мокрый.

I should tell you who this garden belonged to.

Я должен рассказать вам, кому принадлежал этот сад.

This was the garden of an old widowed woman.

Это был сад старой вдовы.

This woman used to supply flowers for the king.

Эта женщина поставляла цветы королю.

But one day some blight had come over her garden.

Но однажды в ее сад пришла какая-то болезнь.

Almost all the trees and plants ceased flowering.

Почти все деревья и растения перестали цвести.

She had therefore given up the business she had.

Поэтому она отказалась от своего бизнеса.

And she was no longer the royal flower supplier.

И она больше не была королевским поставщиком цветов.

However, Sribatsa's arrival had rejuvenated her garden.

Однако приезд Шрибатсы оживил ее сад.

She could scarcely believe her eyes in the morning.

Утром она едва могла поверить своим глазам.

The whole garden was ablaze with flowers again.

Весь сад снова пылал цветами.

There was no plant that was not in bloom.

Не было ни одного растения, которое бы не цвело.

And every tree she had was begemmed with flowers.

И каждое дерево у нее было украшено цветами.

She had no way of knowing the cause of the miracle.

Она не могла знать причину чуда.

And so she took a walk through the garden.

И вот она пошла гулять по саду.

But she soon found the cause of all the flowers.

Но вскоре она нашла причину появления всех цветов.

At the edge of her garden was a cold, wet man.

На краю ее сада стоял замерзший, мокрый человек.

He was shivering and almost dead from hypothermia.

Он дрожал и был близок к смерти от переохлаждения.

She immediately brought the man into to her cottage.

Она тут же привела мужчину к себе в коттедж.
And she lighted a fire to give him some warmth.
И она развела огонь, чтобы согреть его.
She nursed him and showed him every attention.
Она ухаживала за ним и оказывала ему всяческое
внимание.
And she ascribed the miracle to his presence.
И она приписала чудо его присутствию.
She made him as comfortable as she could.
Она устроила его так удобно, как только могла.
And then she ran to the king's palace.
И тогда она побежала во дворец короля.
She asked to speak to the king's chief servant.
Она попросила позвать главного слугу короля.
And she told him the good fortune she had had.
И она рассказала ему о своей удаче.
"I can again supply the palace with flowers"
«Я снова могу снабжать дворец цветами»
Her flowers had been very much missed at the palace.
Во дворце очень не хватало ее цветов.
So she was immediately restored to her former position.
Поэтому ее немедленно восстановили в прежней
должности.
She was again the flower-woman of the royal household.
Она снова стала хранительницей цветов королевского
двора.

Sribatsa spent a few more days recovering his health.
Срибатса потратил еще несколько дней на восстановление
здоровья.
And eventually he had all his vitality back.
И в конце концов к нему вернулись все жизненные силы.
He asked the woman if he could speak with a minister.
Он спросил женщину, может ли он поговорить со
священником.
So the woman took him to the palace with her.
И женщина взяла его с собой во дворец.

One of the king's ministers gave him an appointment.

Один из министров короля назначил ему прием.

And he was at once found to be a man of intelligence.

И он сразу оказался человеком умным.

So was offered a position in the king's service.

Поэтому ему предложили должность на королевской службе.

In fact, he was allowed to choose what job he wanted.

Фактически ему разрешили выбирать, какую работу он хочет.

He asked to be collector of tolls on the river.

Он попросился стать сборщиком пошлин на реке.

The minister was happy to give Sribatsa the job.

Министр был рад дать Срибатсе эту работу.

The kingdom needed someone to collect river-tolls.

Королевству нужен был человек, который бы собирал пошлины за пользование реками.

And Sribatsa immediately started his new job.

И Шрибатса немедленно приступил к новой работе.

It wasn't long before his plan came to fruition.

Прошло немного времени, и его план осуществился.

The boat his wife was on was coming down the river.

Лодка, на которой находилась его жена, плыла по реке.

Under the king's authority he detained the boat.

По приказу короля он задержал лодку.

And he charged the boatmen with the theft of gold-bricks.

И он обвинил лодочников в краже золотых слитков.

The king liked the sound of a boat full of gold.

Королю понравился звук лодки, полной золота.

So the king himself came to the river-side.

И вот сам король пришёл к реке.

Even he was amazed by the quantity of gold they had.

Даже он был поражен количеством золота, которое у них было.

And every gold brick had Sribatsa's inscription.

И на каждом золотом кирпиче была надпись Шрибатсы.

At the same time he rescued his wife from the boatmen.

В то же время он спас свою жену от лодочников.
Back on dry land she returned to her previous beauty.
Вернувшись на сушу, она вновь обрела прежнюю красоту.
He told the king the story of their misfortune.
Он рассказал королю историю их несчастья.
And the king had them as a guest in his palace.
И царь приглашал их в свой дворец в качестве гостей.
The king gave them presents of horses and elephants.
Король подарил им лошадей и слонов.
And on the horses and elephants they rode to their country.
И на лошадях и слонах они поехали в свою страну.
The evil eye of Sani was now turned away from Sribatsa.
Дурной глаз Сани теперь отвернулся от Шрибатсы.
And he again became what he formerly was.
И он снова стал тем, кем был прежде.
He was again Sribatsa; the Child of Fortune.
Он снова стал Шрибатсой — Дитя Удачи.

The Boy whom Seven Mothers Suckled
Мальчик, которого вскормили семь матерей

Once on a time there reigned a king who had seven queens.

Когда-то давно правил король, и было у него семь королев.

He was very sad, for the seven queens were all barren.

Он был очень опечален, так как все семь королев оказались бесплодными.

One day, however, he met a holy mendicant.

Но однажды он встретил святого нищего монаха.

The holy mendicant told the king about a certain forest.

Святой нищий рассказал царю об одном лесу.

In this forest there grew a special kind of tree.

В этом лесу росло особое дерево.

On a branch of this tree hung seven mangoes.

На ветке этого дерева висело семь манго.

These mangos could restore the fertilities of his queens.

Эти манго могли бы восстановить плодовитость его королев.

But the king had to pluck the mangoes himself.

Но королю пришлось самому срывать манго.

The king followed the advice of the mendicant.

Король последовал совету нищего.

And he set off to go to the forest with the mango tree.

И он отправился в лес к манговому дереву.

Soon he had found the tree the mendicant spoke of.

Вскоре он нашел дерево, о котором говорил нищий.

And he plucked the seven mangoes that grew upon one branch.

И сорвал он семь плодов манго, росших на одной ветке.

He gave a mango to each of the queens to eat.

Он дал каждой из королев съесть по одному манго.

In a short time the king's heart was filled with joy.

Вскоре сердце царя наполнилось радостью.

He was told that the seven queens were all with child.

Ему сообщили, что все семь королев беременны.

One day the king was out hunting.

Однажды король отправился на охоту.

On his path he saw a young lady of peerless beauty.

На своем пути он увидел девушку несравненной красоты.

He instantly fell in love with the beautiful woman.

Он мгновенно влюбился в прекрасную женщину.

And he brought her to his palace, and married her.

И он привел ее в свой дворец и женился на ней.

This lady was, however, not a human being.

Однако эта дама не была человеком.

But what this woman was was a Rakshasi.

Но эта женщина была ракшаси.

But the king of course did not know this.

Но король, конечно, этого не знал.

The king became dotingly fond of her.

Король проникся к ней нежной любовью.

And he did whatever she told him to do.

И он сделал все, что она ему сказала.

One day she made a very particular request of the king.

Однажды она обратилась к королю с особой просьбой.

"You say that you love me more than anyone else"

«Ты говоришь, что любишь меня больше всех на свете»

"Let me see whether you really love me as much as you say"

«Дай мне посмотреть, любишь ли ты меня так сильно, как говоришь»

"If you love me, make your seven other queens blind"

«Если ты любишь меня, сделай так, чтобы семь других твоих королев ослепли»

"And once they are blind, let them be killed"

«А как только они ослепнут, пусть будут убиты»

The king became very sad at the terrible request.

Король очень опечалился, услышав эту ужасную просьбу.

He was especially sad because the queens were all pregnant.

Он был особенно опечален, поскольку все королевы были беременны.

But he had no choice but to comply with her request.

Но у него не было выбора, кроме как выполнить ее просьбу.

The eyes of the queens were plucked out of their sockets.

Глаза королев были вырваны из глазниц.

And the queens were delivered up to the chief minister.

И королевы были переданы главному министру.

It was up to the chief minister to destroy the queens.

Главному министру предстояло уничтожить королев.

But the chief minister was a merciful man.

Но главный министр был милосердным человеком.

In the side of the hill there was secret a cave.

В склоне холма находилась секретная пещера.

Instead of killing the queens, the minister hid them.

Вместо того чтобы убить королев, министр спрятал их.

In course of time the eldest of the seven queens gave birth.

Со временем старшая из семи королев родила.

"What shall I do with the child," said she.

«Что мне делать с ребенком?» — спросила она.

"We are blind and are dying for want of food."

«Мы слепы и умираем от недостатка еды».

"Let me kill the child," she proposed.

«Позволь мне убить ребенка», — предложила она.

"Let us all eat of the child's flesh," she added.

«Давайте все вкусим плоти этого ребенка», — добавила она.

Just as she said she would, she killed the infant.

Как она и обещала, она убила младенца.

She gave to each of her sister-queens a part of the child.

Она отдала каждой из своих сестер-королев часть ребенка.

And the sister queens ate their part of the child.

И сестры-королевы съели свою часть ребенка.

But the youngest queen did not eat her share.

Но младшая королева не съела свою долю.

Instead, she laid her part of the child beside her.

Вместо этого она положила свою часть ребенка рядом с собой.

In a few days the second queen also was delivered of a child.

Через несколько дней родила и вторая королева.

She did with her child as her eldest sister had done with hers.

Она поступила со своим ребенком так же, как ее старшая сестра поступила со своим.

So did the third, the fourth, the fifth, and the sixth queen.

То же сделали третья, четвертая, пятая и шестая королевы.

Eventually the seventh queen gave birth to a son.

В конце концов седьмая королева родила сына.

But she did not follow the example of her sister-queens.

Но она не последовала примеру своих сестер-королев.

Instead, she resolved to raise the child.

Вместо этого она решила вырастить ребенка сама.

The other queens demanded their portions of the newly-born.

Другие королевы потребовали свои доли новорожденного.

But she still had the portions she had not eaten.

Но у нее остались еще несъеденные порции.

And she gave her sister-queens back their children's parts.

И она вернула своим сестрам-королевам части их детей.

The other queens at once perceived that their portions were dry.

Остальные королевы сразу поняли, что их порции иссякли.

Therefore the parts could not be of the newly born child.

Следовательно, эти части не могли принадлежать новорожденному ребенку.

"I have decided not to kill me child," she explained.

«Я решила не убивать своего ребенка», — объяснила она.

"I will not eat him, but try to raise him instead"

«Я его не съем, а попробую его вырастить»

The others were glad to hear this news.

Остальные были рады услышать эту новость.

They all said that they would help her in nursing the child.

Они все сказали, что помогут ей ухаживать за ребенком.

And so the child was suckled by seven mothers.

И вот ребенка вскармливали семь матерей.

And the child became the hardiest and strongest boy that ever lived.

И ребенок стал самым выносливым и сильным мальчиком, который когда-либо жил.

In the meantime the Rakshasi-queen was doing infinite mischief.

Тем временем царица-ракшаси творила бесчисленные беды.

And she got the royal household into all sorts of trouble.

И она втянула королевскую семью во всевозможные неприятности.

What she ate at the royal table did not fill her capacious stomach.

То, что она ела за королевским столом, не наполняло ее вместительный желудок.

She therefore, in the darkness of night, went hunting.

Поэтому она, темной ночью, отправилась на охоту.

Gradually she ate up all the members of the royal family.

Постепенно она съела всех членов королевской семьи.

She ate all the king's servants, and his attendants.

Она съела всех слуг царя и его приближенных.

She ate all his horses, elephants, and cattle.

Она съела всех его лошадей, слонов и скот.

And eventually only her royal consort and the king were left.

И в конце концов остались только ее царственный супруг и король.

After that she used to go out in the evenings into the city.

После этого она стала по вечерам выходить в город.

And she ate up stray human beings wherever she found any.

И она съедала бродячих людей везде, где находила их.

The king was left without any servants.

Король остался без слуг.

There was no person left to cook for him.

Не осталось никого, кто мог бы ему готовить.

Because no one would accept this job.

Потому что никто не согласится на эту работу.

But at last someone volunteered their services.

Но наконец кто-то предложил свои услуги.

The boy who had been suckled by seven mothers.

Мальчик, которого вскормили грудью семь матерей.

He had now grown up to be a stalwart youth.

Теперь он вырос и стал стойким юношей.

He attended on the king and prepared his food.

Он прислуживал королю и готовил ему еду.

But he took every care while with the queen.

Но он проявил всю заботу, находясь рядом с королевой.

And he made sure that she did not swallow him up.

И он сделал так, чтобы она его не поглотила.

The Rakshasi-queen seized her victims only at night.

Королева ракшасов нападала на своих жертв только ночью.

So the boy he went home long before nightfall.

Итак, мальчик отправился домой задолго до наступления темноты.

So she had to find another way to get rid of the boy.

Поэтому ей пришлось найти другой способ избавиться от мальчика.

The boy always boasted that he could do any work.

Мальчик всегда хвастался, что может выполнить любую работу.

So the queen invented a disease for herself.

И вот королева придумала себе болезнь.

She said that there was a cure for her disease.

Она сказала, что от ее болезни есть лекарство.

But she said the cure was not easy to get.

Однако она отметила, что лекарство получить нелегко.

This made the boy even more interested in the task.

Это еще больше заинтересовало мальчика.

She said there was a melon which cured her disease.

Она сказала, что есть дыня, которая вылечила ее болезнь.

The melon was twelve cubits in length.

Длина дыни составляла двенадцать локтей.

But the stone of the lemon was thirteen cubits long.

Но косточка лимона была тринадцать локтей в длину.

The fruit could only be gotten from her mother.

Фрукты можно было получить только от ее матери.

And her mother lived on the other side of the ocean.

А ее мать жила по другую сторону океана.

She gave him a letter of introduction to her mother.

Она дала ему рекомендательное письмо к своей матери.

But actually the note told her to eat the boy.

Но на самом деле в записке ей было сказано съесть мальчика.

The boy had suspected there was some foul play.

Мальчик заподозрил, что тут замешан какой-то подвох.

So he tore up the letter and proceeded on his journey.

Поэтому он разорвал письмо и продолжил свое путешествие.

The dauntless youth passed through many lands.

Бесстрашный юноша прошел через многие земли.

After much travel he stood on the shore of the ocean.

После долгих странствий он остановился на берегу океана.

On the other side of the ocean was the country of the Rakshasis.

По другую сторону океана находилась страна ракшасов.

He then bawled as loud as he could, and said;

Затем он закричал так громко, как только мог, и сказал:

"Granny! granny! come and save your daughter"

«Бабушка! Бабушка! Приди и спаси свою дочь»

"Your daughter, my mother, is dangerously ill"

«Ваша дочь, моя мать, опасно больна»

On the other side of the ocean an old Rakshasi heard him.

На другой стороне океана его услышал старый ракшаси.

The old Rakshasi crossed the ocean to the boy.

Старый Ракшаси пересек океан и отправился к мальчику.

The boy told her the message of the queen.

Мальчик передал ей послание королевы.

And the Rakshasi took the boy on her back.

И Ракшаси взяла мальчика на свою спину.

She re-crossed the ocean to the land of the Rakshasi.

Она снова пересекла океан и прибыла в страну ракшасов.

And the boy was at once given the medicinal melon.

И мальчику тут же дали лечебную дыню.

The Rakshasi told him to hurry back to her daughter.

Ракшаси велела ему поспешить обратно к ее дочери.

But the boy said he was too tired to keep travelling.

Но мальчик сказал, что слишком устал, чтобы продолжать путешествие.

And he begged to be allowed to rest one day.

И он умолял позволить ему хотя бы один день отдохнуть.

The old Rakshasi consented to her grandson's wishes.

Старая Ракшаси согласилась на желание внука.

The boy noticed interesting things in the Rakshasi's room.

Мальчик заметил интересные вещи в комнате Ракшаси.

There was a stout club and a rope hanging in the room.

В комнате висела крепкая дубинка и веревка.

The boy inquired what the stout club and rope were for.

Мальчик поинтересовался, для чего нужны толстая дубинка и веревка.

"Child, with that club and rope I cross the ocean"

«Дитя, с этой дубинкой и веревкой я пересеку океан»

"One just has to take the club and the rope in his hands"

«Надо просто взять в руки клюшку и веревку»

"And then you have to say the following magical words:"

«А затем вам нужно произнести следующие волшебные слова:»

"O stout club! O strong rope!"

«О, крепкая дубинка! О, крепкая веревка!»

"Take me at once to the other side"

«Перевезите меня немедленно на другую сторону»

"Then they will take him to the other side of the ocean"

«Потом они переправят его на другую сторону океана».

The boy noticed another interesting thing in the room.

Мальчик заметил еще одну интересную вещь в комнате.
There was a bird in a cage in the corner of the room.
В углу комнаты стояла клетка с птицей.
The boy also wanted to know what this bird was for.
Мальчику также хотелось узнать, для чего нужна эта птица.
"The bird contains a secret, my child"
«Птица хранит тайну, дитя мое»
"But that secret must not be disclosed to mortals"
«Но эта тайна не должна быть раскрыта смертным».
"But how can I hide this secret from my own grandchild?"
«Но как я могу скрыть эту тайну от собственного внука?»
"That bird, child, contains the life of your mother.
«Эта птица, дитя, содержит в себе жизнь твоей матери.
"If the bird is killed, your mother will at once die"
«Если птицу убить, твоя мать сразу же умрет».
Armed with these secrets, the boy went to bed that night.
Вооруженный этими секретами, мальчик лег спать той ночью.

Next morning the old Rakshasi went to distant countries.
На следующее утро старый Ракшаси отправился в дальние страны.
Together with all the other Rakshasis, she went to forage.
Вместе со всеми остальными ракшасами она отправилась на поиски пропитания.
The boy took down the bird-cage from the ceiling.
Мальчик снял птичью клетку с потолка.
And the boy took the club and the rope.
И мальчик взял дубинку и веревку.
And then he spoke the magic words to the club and rope.
И затем он произнёс волшебные слова, обращаясь к клюшке и канату.
"O stout club! O strong rope!"
«О, крепкая дубинка! О, крепкая веревка!»
"Take me at once to the other side"
«Перевезите меня немедленно на другую сторону»

In the twinkling of an eye the boy was put on this side of the ocean.

В мгновение ока мальчик оказался по эту сторону океана.

He then retraced his steps, back to the queen.

Затем он вернулся тем же путем к королеве.

To her astonishment he really had the medicinal lemon.

К ее удивлению, у него действительно был лечебный лимон.

But the bird in the cage he kept carefully concealed.

Но птицу в клетке он держал тщательно спрятанной.

In the course of time the people of the city came to the king.

Со временем жители города пришли к королю.

And they told the king of their troubles.

И они рассказали царю о своих бедах.

"A monstrous bird comes from the palace every evening"

«Каждый вечер из дворца прилетает чудовищная птица»

"The bird seizes the people in the streets"

«Птица хватает людей на улицах»

"And the bird swallows the people up whole"

«И птица проглотит людей целиком»

"This has been going on for a long time"

«Это продолжается уже долгое время»

"And now the city has become almost desolate"

«И теперь город стал почти запустел»

The king did not know what this monstrous bird was.

Король не знал, что это за чудовищная птица.

But the king's servant, the boy, said he knew.

Но слуга короля, мальчик, сказал, что он знает.

"I will kill the monstrous bird," he offered.

«Я убью эту чудовищную птицу», — предложил он.

"But the queen has to stand beside us," he added.

«Но королева должна стоять рядом с нами», — добавил он.

The king saw no reason to object to the proposal.

Король не видел причин возражать против этого предложения.

And so the queen was made to stand beside the king.

И вот королеву поставили рядом с королем.

The boy then took the bird out from its cage.

Затем мальчик вынул птицу из клетки.

On seeing the bird she fell into a fainting fit.

Увидев птицу, она упала в обморок.

Then the boy turned to the king, and spoke.

Затем мальчик повернулся к королю и заговорил.

"King, you will soon perceive who the monstrous bird is"

«Король, ты скоро увидишь, кто эта чудовищная птица»

"You will see what devours your people every evening"

«Вы увидите, что пожирает ваш народ каждый вечер»

"I tear off each limb of this bird"

«Я отрываю каждую конечность этой птицы»

"The corresponding limb of the man-eater will fall off"

«Соответствующая конечность людоеда отвалится»

The boy then tore off one leg of the bird in his hand.

Затем мальчик оторвал одну ногу у птицы, которую держал в руке.

All assembled were astonished at what happened next.

Все собравшиеся были поражены тем, что произошло дальше.

One of the legs of the queen fell off.

Одна из ног королевы отвалилась.

Then the boy squeezed the throat of the bird.

Тогда мальчик сдавил горло птицы.

And as he squeezed the bird, the queen gave up the ghost.

И когда он сжал птицу, королева испустила дух.

The boy then retold his history to the king.

Затем мальчик пересказал свою историю королю.

"You used to have seven barren wives"

«У тебя было семь бесплодных жен»

"To treat their barrenness, you gave them each a mango"

«Чтобы излечиться от их бесплодия, ты дал каждому из них по манго»

"And each of your wives fell pregnant with a child"

«И каждая из ваших жен зачала младенца»

"However, you then married an eighth wife"
«Однако затем вы женились на восьмой жене»
"This wife ordered you to blind your other wives"
«Эта жена приказала тебе ослепить твоих других жен»
"And she ordered you to have your other wives killed"
«И она приказала тебе убить твоих других жен»
"Your minister blinded your seven wives"
«Твой министр ослепил твоих семерых жен»
"But he was too good hearted to kill your wives"
«Но он был слишком добр, чтобы убивать ваших жен».
"Your seven wives were taken to a hiding place"
«Ваши семь жен были увезены в укрытие»
"And in this hiding place they each gave birth"
«И в этом тайнике они рожали».
"But they were forced to eat their newly born children"
«Но их заставляли есть своих новорожденных детей»
"Only my mother did not let me be eaten"
«Только моя мать не дала меня съесть»
"Instead, I was suckled by seven mothers"
«Вместо этого меня вскормили семь матерей»
"And I grew up strong and capable"
«И я вырос сильным и способным»
"Eventually I came to work in your palace"
«В конце концов я пришел работать в ваш дворец»
"Your wife, my stepmother, sent me on a mission"
«Твоя жена, моя мачеха, отправила меня на задание»
"She sent me to her mother for a medicine"
«Она отправила меня к своей матери за лекарством»
"However, her mother was a Rakshasi"
«Однако ее мать была ракшаси»
"From her I found the secret of your wife's life"
«От нее я узнал тайну жизни твоей жены»
"And so I brought the bird that held your wife's life"
«И поэтому я принес птицу, которая держала жизнь твоей жены».
The king had listened to the story his son told him.
Король выслушал историю, которую рассказал ему сын.

The seven queens were brought back to the palace.

Семь королев были возвращены во дворец.

And their eyes were miraculously restored.

И их глаза чудесным образом восстановились.

The boy that was suckled by seven mothers was crowned.

Мальчик, вскормленный семью матерями, был коронован.

And he was recognized by the king as his rightful heir.

И король признал его своим законным наследником.

And they lived together happily.

И они жили вместе счастливо.

The Story of Prince Sobur
История принца Собура

Once upon a time there lived a merchant.

Жил-был купец.

This merchant had seven daughters.

У этого купца было семь дочерей.

One day the merchant asked them a question.

Однажды торговец задал им вопрос.

"From whose fortune do you live?"

«За счет чьего состояния ты живешь?»

The eldest daughter answered first.

Первой ответила старшая дочь.

"Papa, I live from your fortune"

«Папа, я живу за счет твоего состояния»

The second daughter gave the same answer.

Вторая дочь дала тот же ответ.

The same answer was given by the third daughter.

Тот же ответ дала и третья дочь.

His fourth daughter also lived from his fortune.

Его четвертая дочь также жила за счет его состояния.

His fifth daughter was no different.

Его пятая дочь не была исключением.

And his sixth daughter was like the rest.

И его шестая дочь была такой же, как остальные.

But his youngest daughter surprised him.

Но младшая дочь его удивила.

She had a very different answer.

У нее был совсем другой ответ.

"I live from my own fortune"

«Я живу за счет своего состояния»

He did not like this answer.

Ему этот ответ не понравился.

Her answer made the merchant very angry.

Ее ответ очень рассердил торговца.

"You are very ungrateful," he told her.

«Ты очень неблагодарна», — сказал он ей.

"See how well you do on your own"

«Посмотрим, насколько хорошо вы справитесь самостоятельно»

"I am kicking you out of my house"

«Я выгоню тебя из моего дома»

"You will not have a rupee in your pocket"

«У тебя не будет ни рупии в кармане»

He called his palanquins to come.

Он позвал своих паланкинов.

And he ordered them to take the girl away.

И он приказал им увести девушку.

"Leave her in the midst of a forest"

«Оставьте ее посреди леса»

The girl begged to be allowed one thing.

Девочка умоляла разрешить ей одну вещь.

"Please let me take my work-box"

«Пожалуйста, позвольте мне взять мой рабочий ящик»

"In the box are my needles and threads"

«В коробке мои иголки и нитки»

Her father allowed her to take her box.

Отец разрешил ей взять свою коробку.

She got into the seat of the palanquins.

Она села в паланкин.

And the bearers lifted her up.

И носильщики подняли ее.

And they put her onto their shoulders.

И они взвалили ее себе на плечи.

As the bearers ran they chanted.

Носильщики бежали и скандировали лозунги.

"Hoon! Hoon! Hoon! Hoon! Hoon!"

«Хун! Хун! Хун! Хун! Хун!»

But they didn't get very far.

Но далеко им не удалось продвинуться.

An old woman stood in their way.

На их пути встала старушка.

She came up to the carriage.

Она подошла к карете.

"Where are you taking my daughter?"
«Куда вы везете мою дочь?»
She was the maid of the child.
Она была служанкой ребенка.
"We have been given orders by the merchant"
«Нам купец отдал приказ»
"He told us to take her away"
«Он сказал нам забрать ее»
"We will leave her in a forest"
«Мы оставим ее в лесу»
"We are going to do his bidding"
«Мы собираемся выполнить его приказ»
"I must go with her," said the old woman.
«Я должна пойти с ней», — сказала старушка.
But the bearers were not sure.
Но носильщики не были уверены.
Bearers run when they carry a sedan chair.
Носильщики бегут, когда несут портшез.
"How will you be able to keep pace with us?"
«Как вы сможете идти в ногу с нами?»
The old woman was not deterred.
Но старушку это не остановило.
"It does not matter how I do it"
«Неважно, как я это делаю »
"I must go where my daughter goes"
«Я должен идти туда, куда идет моя дочь»
The youngest daughter begged the bearers.
Младшая дочь умоляла носильщиков.
"Please carry my mother with me"
«Пожалуйста, заберите мою маму с собой»
And the bearers gracefully agreed.
И носильщики любезно согласились.
They carried mother and child to the forest.
Они отнесли мать и ребенка в лес.
"Hoon! Hoon! Hoon! Hoon! Hoon!"
«Хун! Хун! Хун! Хун! Хун!»
In the afternoon they reached a dense forest.

Днем они добрались до густого леса.

They went deeper and deeper into the forest.

Они заходили всё глубже и глубже в лес.

Towards sunset they reached their goal.

Ближе к закату они достигли своей цели.

They stopped at the foot of an old tree.

Они остановились у подножия старого дерева.

They lowered the girl and the old woman.

Они спустили девочку и старуху.

And they left them in the forest.

И они оставили их в лесу.

Then they retraced their steps home.

Затем они вернулись домой.

The merchant's youngest daughter looked around.

Младшая дочь купца огляделась.

You would not have wanted to be in her shoes.

Вы бы не хотели оказаться на ее месте.

Her situation was truly pitiable.

Ее положение было поистине плачевным.

She was hardly fourteen years old.

Ей едва исполнилось четырнадцать лет.

She had grown up in luxury.

Она выросла в роскоши.

But now there was no luxury for her.

Но теперь для нее не было никакой роскоши.

She was in the heart of a dark forest.

Она находилась в самом сердце темного леса.

She had not a rupee in her pocket.

У нее не было ни рупии в кармане.

And she had nothing for protection.

И у нее не было ничего для защиты.

Nothing except an old, decrepit, woman.

Ничего, кроме старой, дряхлой женщины.

Even the trees of the forest pitied her.

Даже деревья в лесу пожалели ее.

The young girl and old woman sat together.

Молодая девушка и старушка сидели вместе.
They were at the foot of an old tree.
Они находились у подножия старого дерева.
And together they cried over their situation.
И вместе они плакали из-за своей ситуации.
I should say this all happened long ago.
Я должен сказать, что все это произошло давно.
In these times the trees could talk.
В те времена деревья могли разговаривать.
And the old tree spoke to the girl.
И старое дерево заговорило с девушкой.
"Unhappy women, I much pity you"
«Несчастные женщины, мне вас очень жаль»
"There are wild beasts in this forest"
«В этом лесу водятся дикие звери»
"Soon they will come out of their lairs"
«Скоро они выйдут из своих логовищ»
"They will roam about for prey"
«Они будут бродить в поисках добычи»
"And they are sure to devour you two"
«И они обязательно сожрут вас двоих»
"But I can help you, if you want"
«Но я могу тебе помочь, если хочешь»
"I will make an opening for you"
«Я сделаю для тебя открытие»
"When you see the opening, go into it"
«Когда увидишь отверстие, иди в него»
"And then I will close the opening up"
«А потом я закрою отверстие»
"As long as you are in me you'll be safe"
«Пока ты во мне, ты в безопасности»
"This way the wild beasts can't touch you"
«Так дикие звери не смогут тебя тронуть»
And then the tree split itself in two.
И тут дерево раскололось надвое.
The two women went inside the tree.
Две женщины вошли внутрь дерева.

And the old tree resumed its natural shape.

И старое дерево обрело свою естественную форму.

The shade of night darkened the forest.

Ночная тень окутала лес.

Everything the tree had said was true.

Все, что сказало дерево, было правдой.

The wild beasts came out of their lairs.

Дикие звери вышли из своих логовищ.

The fierce tiger came out at night.

Ночью вышел свирепый тигр.

The wild bear left his lair.

Дикий медведь покинул свое логово.

The rhinoceros roamed the forest.

Носорог бродил по лесу.

The bushy bear was there that night.

В ту ночь там был пушистый медведь.

The great elephant could be heard.

Было слышно, как ревет большой слон.

And there was the horned buffalo.

И был рогатый буйвол.

They all growled as they circled the tree.

Они все рычали, кружа вокруг дерева.

They had gotten the scent of human blood.

Они учуяли запах человеческой крови.

They could hear the growls of the beasts.

Они слышали рычание зверей.

The beasts came dashing against the tree.

Звери бросились на дерево.

They broke the old tree's branches.

Они сломали ветви старого дерева.

Their horns pierced the tree's trunk.

Их рога пронзили ствол дерева.

They scratched its bark with their claws.

Они царапали кору своими когтями.

But all their efforts were in vain.

Но все их усилия оказались тщетными.

The girl and woman were safe in the tree.

Девочка и женщина были в безопасности на дереве.

Towards dawn the wild beasts went away.

Ближе к рассвету дикие звери ушли.

After sunrise the good tree spoke again.

После восхода солнца доброе дерево снова заговорило.

"The wild beasts have gone back"

«Дикие звери вернулись»

"They are in their lairs again"

«Они снова в своих логовах»

"But they did their best to torment me"

«Но они изо всех сил старались меня мучить»

"The sun has risen up again"

«Солнце снова взошло»

"So you can come out now"

«Так что можешь выходить сейчас»

The tree split itself into two again.

Дерево снова разделилось на две части.

The girl and the old woman came out.

Вышли девушка и старушка.

They saw the extent of the damage.

Они увидели масштабы ущерба.

The tree's branches had been broken off.

Ветви дерева были сломаны.

The tree's trunk had been pierced.

Ствол дерева был пробит.

The bark had been stripped off.

Кора была ободрана.

"Good mother, we thank you"

«Добрый маменька, благодарим тебя»

"You have been very kind to us"

«Вы были очень добры к нам»

"You gave us shelter from the beasts"

«Ты дал нам убежище от зверей»

"But it was at a great cost to yourself"

«Но это стоило вам очень дорого»

"You have many wounds from the wilds beasts"

«У тебя много ран от диких зверей».

"You must be in great pain?"

«Должно быть, вам очень больно?»

Close by there was a flowing river.

Рядом протекала река.

The young girl went to the river bank.

Молодая девушка пошла на берег реки.

At the bank of the river she found mud.

На берегу реки она нашла грязь.

She covered the tree with the mud.

Она обмазала дерево грязью.

She especially covered the damaged parts.

Она специально прикрыла поврежденные части.

The tree thanked her for the treatment.

Дерево поблагодарило ее за лечение.

"My good girl, I thank you"

«Моя хорошая девочка, я благодарю тебя»

"I am greatly relieved of my pain"

«Я значительно избавился от боли»

"I am, however, more concerned for you"

«Однако я больше беспокоюсь за тебя»

"You must be hungry"

«Вы, должно быть, голодны»

"You have not eaten since yesterday"

«Ты не ел со вчерашнего дня»

"But what can I give you?"

«Но что я могу тебе дать?»

"I have no fruit of my own"

«У меня нет своего плода»

"But I do have some advice"

«Но у меня есть совет»

"Give the old woman whatever money you have"

«Отдай старухе все деньги, которые у тебя есть»

"Let her go into the city"

«Отпустите ее в город»

"In the city she can buy some food"

«В городе она может купить немного еды»

They explained their situation to the tree.

Они объяснили свою ситуацию дереву.

"We have been sent out with no money"

«Нас послали без денег »

But she searched through her work-box anyway.

Но она все равно порылась в своей рабочей коробке.

And in the box she found five cowries.

А в коробке она нашла пять каури.

The tree continued to give its advice.

Дерево продолжало давать свои советы.

"Go with your cowries to the city"

«Отправляйтесь со своими каури в город»

"Use the cowries to buy some fried rice"

«Используйте каури, чтобы купить жареный рис»

So the old woman went to the city.

И пошла старушка в город.

Fortunately the city was not far away.

К счастью, город был недалеко.

She went to the first shopkeeper she found.

Она пошла к первому попавшемуся продавцу.

"Please give me five cowries worth of rice"

«Пожалуйста, дайте мне риса на пять каури»

The shopkeeper laughed at her.

Продавец посмеялся над ней.

"Where can rice be had for five cowries?"

«Где можно купить рис за пять каури?»

"Be off, you old hag," he told her.

«Уйди, старая карга», — сказал он ей.

So she tried to barter at another shop.

Поэтому она попыталась обменять товар в другом магазине.

This shopkeeper could see her distress.

Этот владелец магазина видел ее страдания.

And the shopkeeper took pity on her.

И продавец сжалился над ней.

She gave her a large quantity of rice.

Она дала ей большое количество риса.

The old woman returned with the rice.
Старушка вернулась с рисом.
And the tree gave further instructions.
И дерево дало дальнейшие указания.
"Eat less than half of the rice"
«Съешьте меньше половины риса»
"Go to the embankments of the river bank"
«Идите к набережным речного берега»
"Cast the remaining rice on the river bank"
«Выбросьте оставшийся рис на берег реки»
They did not understand the sense of it.
Они не поняли смысла этого.
"Why sow the riverbank with rice?"
«Зачем засеивать берега реки рисом?»
But they did as they were advised.
Но они сделали так, как им посоветовали.
And they threw their rice onto the ground.
И они бросили свой рис на землю.

They spent the day lamenting their fate.
Весь день они оплакивали свою судьбу.
Just as before the beasts came out at night.
Как и прежде, ночью выходили звери.
The tree housed them inside of its trunk again.
Дерево снова поместило их внутрь своего ствола.
Again they mutilated and tortured the tree.
Они снова изуродовали и истязали дерево.
But that night something else happened.
Но той ночью произошло кое-что еще.
The women only saw it the next day.
Женщины увидели его только на следующий день.
The rice had attracted hundreds of peacocks.
Рис привлек сотни павлинов.
The peacocks competed for the rice.
Павлины соревновались за рис.
And their feathers fell on the floor.
И их перья упали на пол.

The tree had known what would happen.
Дерево знало, что произойдет.
And the tree advised them what to do next.
И дерево подсказало им, что делать дальше.
"Go back to the bank of the river"
«Вернись на берег реки»
"Go to where you cast the rice"
«Иди туда, где бросаешь рис»
"There you will see many feathers"
«Там ты увидишь много перьев»
"Collect all the feathers you can find"
«Соберите все перья, которые сможете найти»
"Use the feathers to make a beautiful fan"
«Используйте перья, чтобы сделать красивый веер»
"And take the feather-fan to the city"
«И отнеси веер в город».
The two women did as they were advised.
Обе женщины сделали так, как им посоветовали.
It was good the girl had taken her work-box.
Хорошо, что девочка взяла с собой свою рабочую шкатулку.
In her work-box was some string.
В ее рабочей коробке была веревка.
The tied the feathers together.
Связали перья вместе.
And she had made a fan from the feathers.
И она сделала веер из перьев.
She took the feather fan to the city.
Она взяла веер из перьев с собой в город.
The son of the king happened to be there.
Там случайно оказался сын короля.
He admired the feathers greatly.
Он очень восхищался перьями.
He paid a large sum of money for the feathers.
Он заплатил за перья большую сумму денег.
Each morning a quantity of feathers was collected.
Каждое утро собирали определенное количество перьев.

And each day a feather fan was made and sold.

И каждый день изготавливался и продавался веер из перьев.

Within a short time the two women got rich.

За короткое время обе женщины разбогатели.

The tree then advised them to build a house.

Затем дерево посоветовало им построить дом.

"Employ men to burn bricks for you"

«Наймите людей, которые будут обжигать вам кирпичи»

"Get them to cut beams and rafters"

«Заставьте их рубить балки и стропила»

"Make them plaster the walls with lime"

«Заставьте их покрыть стены известью»

In a few months a stately house was built.

За несколько месяцев был построен величественный дом.

The tree was pleased for the women.

Дерево было радо за женщин.

"You should add a garden to your house"

«Вам следует добавить сад к своему дому»

"And you want to be able to store water"

«И вы хотите иметь возможность хранить воду»

"Dig a water tank in your garden"

«Выкопайте резервуар для воды в своем саду»

The girl had not had much time.

У девочки было мало времени.

So she didn't think of her family.

Поэтому она не думала о своей семье.

The merchant's luck had taken a turn.

Удача отвернулась от торговца.

The goddess of wealth frowned upon him.

Богиня богатства нахмурилась, глядя на него.

He was struck by a sudden misfortune.

Его постигла внезапная беда.

All at once he lost all of his money.

В одночасье он потерял все свои деньги.

He was forced to sell his house.

Он был вынужден продать свой дом.
But he made a great loss on the property.
Но он понес большие убытки из-за имущества.
He and his family were left penniless.
Он и его семья остались без гроша.
So they were forced to live elsewhere.
Поэтому они были вынуждены жить в другом месте.
They happened to move to a nearby village.
Случилось так, что они переехали в соседнюю деревню.
The palace was not far from their new house.
Дворец находился недалеко от их нового дома.
But the merchant was not rich anymore.
Но купец уже не был богат.
And he still had to support his family.
И ему все еще приходилось содержать свою семью.
He had been reduced to doing manual labor.
Ему пришлось заниматься лишь физическим трудом.
He applied for the job at the palace.
Он подал заявку на работу во дворце.
He was going to dig the hole for the water.
Он собирался вырыть яму для воды.
His wife also offered to work with him.
Его жена также предложила поработать с ним.
But they got there too late to work.
Но они прибыли туда слишком поздно, чтобы приступить
к работе.
The water tank had already been finished.
Резервуар для воды уже был готов.
And they did not know whose house it was.
И они не знали, чей это дом.
The merchant's daughter was looking out the window.
Дочь купца смотрела в окно.
She happened to see her parents in the garden.
Она случайно увидела своих родителей в саду.
She could see the rags they were wearing.
Она видела лохмотья, которые они носили.
Her eyes filled with tears at the sight.

При виде этого ее глаза наполнились слезами.
She could not believe what she saw.
Она не могла поверить своим глазам.
Her parents had come to her for work.
Родители приехали к ней на работу.
She immediately called her servants.
Она тут же позвала своих слуг.
"Outside in the garden are my parents"
«Там, в саду, мои родители».
"Please offer them these fine clothes"
«Пожалуйста, предложите им эту прекрасную одежду»
"And ask them to come into the palace"
«И попроси их прийти во дворец»
Her servants did as they were told.
Ее слуги сделали так, как им было велено.
But her parents were frightened beyond measure.
Но ее родители были напуганы сверх всякой меры.
They had seen that the tank was finished.
Они увидели, что танк готов.
There used to be a strange tradition.
Раньше существовала странная традиция.
In those days human sacrifices were offered.
В те времена приносились человеческие жертвы.
One of those occasions was after digging a pool.
Один из таких случаев произошел после рытья бассейна.
You can imagine her parents' fear.
Можете себе представить страх ее родителей.
They had come to dig the water tank.
Они пришли выкопать резервуар для воды.
But now servants were calling them.
Но теперь их звали слуги.
They thought they going to be sacrificed.
Они думали, что их принесут в жертву.
"Throw away your rags" they said.
«Выбрасывайте свои тряпки», — говорили они.
"Here, wear these fine clothes"
«Вот, надень эту красивую одежду»

And their fears increased even more.

И их страхи еще больше возросли.

But they did not have to fear for long.

Но им не пришлось долго бояться.

Their rich daughter came out to meet them.

Навстречу им вышла их богатая дочь.

She hugged and kissed her parents.

Она обняла и поцеловала своих родителей.

And she told them everything that had happened.

И она рассказала им все, что произошло.

The father felt that she had been right.

Отец считал, что она была права.

"You do live from your own fortune"

«Ты живешь на свое собственное состояние»

The daughter did not blame her father.

Дочь не винила отца.

And she gave him a large fortune.

И она дала ему большое состояние.

With the money he moved back to the city.

С деньгами он вернулся в город.

Soon he became a merchant again.

Вскоре он снова стал торговцем.

And he went to distant countries for trade.

И отправился он в дальние страны торговать.

One day he got ready for another business venture.

Однажды он собрался заняться очередным бизнесом.

But that day something strange happened.

Но в тот день произошло нечто странное.

The ship was ready to leave the port.

Корабль был готов покинуть порт.

But for some reason the ship did not move.

Но по какой-то причине корабль не двигался.

No one could explain what was happening.

Никто не мог объяснить, что происходит.

But the merchant had an idea.

Но у торговца была идея.

"Perhaps my daughters would like presents"

«Возможно, моим дочерям понравятся подарки»

"I need to ask them what they would like"

«Мне нужно спросить их, чего бы они хотели»

He went to see his daughters.

Он поехал навестить своих дочерей.

He asked them what they would like.

Он спросил их, чего бы они хотели.

And he promised to bring them presents.

И он обещал привезти им подарки.

But the ship would still not move.

Но корабль по-прежнему не двигался.

He had not asked all his daughters.

Он не опросил всех своих дочерей.

His youngest daughter was not there.

Его младшей дочери там не было.

She was living in a different city.

Она жила в другом городе.

So he ordered his servants go to her palace.

Поэтому он приказал своим слугам отправиться к ней во дворец.

The messenger came at the wrong time.

Посланник пришел не вовремя.

The young girl was engaged in devotions.

Молодая девушка была занята молитвами.

But the messenger asked her anyway.

Но посланник все равно спросил ее.

She just told him "sobur"

Она просто сказала ему «собур»

The meaning of this was "wait"

Значение этого было «ждать».

But the messenger didn't know this.

Но посланник этого не знал.

He thought she wanted something called "sobur"

Он думал, что она хочет что-то под названием «собур».

So he went back to the city of the merchant.

И он вернулся в город купца.

And he delivered the message he received.
И он передал полученное сообщение.
"Your daughter wants something called 'sobur'"
«Ваша дочь хочет что-то под названием «собур»»
This time the ship could move again.
На этот раз корабль снова смог двигаться.
So the merchant started on his travels.
Итак, купец отправился в путешествие.
He visited many ports on his journey.
Во время своего путешествия он посетил множество портов.
And he made good profits from his trades.
И он получил хорошую прибыль от своих сделок.
Finding the presents was not difficult.
Найти подарки было несложно.
He found everything his oldest daughters wanted.
Он нашел все, что хотели его старшие дочери.
But his youngest daughter's wish was difficult.
Но желание его младшей дочери оказалось трудным.
He could not find the thing called "sobur"
Он не смог найти вещь под названием «собур».
He asked at every port he came to.
Он спрашивал в каждом порту, в который приходил.
"Do you have something called 'sobur'?"
«У вас есть что-то под названием «собур»?»
But the merchants all shook their heads.
Но торговцы покачали головами.
"We've never heard of 'sobur'"
«Мы никогда не слышали о «собуре»»
His voyage had almost come to its end.
Его путешествие почти подошло к концу.
He was soon going to head back home.
Вскоре он собирался вернуться домой.
But he wanted "sobur" for his daughter.
Но он хотел «собур» для своей дочери.
So he went calling through the streets.
И он пошел кричать по улицам.

"Sobur, does anyone have sobur?!"
«Собур, у кого-нибудь есть собур?!»
The son of the King was in his castle.
Сын короля был в своем замке.
He happened to be looking out the window.
Он случайно посмотрел в окно.
And the calls attracted his attention.
И звонки привлекли его внимание.
Because his name happened to be Sobur.
Потому что его имя оказалось Собур.
He came to the merchant to speak with him.
Он пришел к купцу, чтобы поговорить с ним.
"I have the Sobur that you want"
«У меня есть тот Собур, который ты хочешь»
"Take this box, but be careful with it"
«Возьми эту коробку, но будь с ней осторожен»
"In the box is a magical feather fan and mirror"
«В коробке находятся волшебный веер из перьев и зеркало».
"This is the Sobur your daughter wishes for"
«Это тот Собур, о котором мечтает твоя дочь»
The merchant thanked the prince for the box.
Купец поблагодарил князя за шкатулку.
And he returned back to his country.
И он вернулся обратно в свою страну.

He gave the box to his daughter.
Он отдал коробку своей дочери.
But the daughter didn't think about it.
Но дочь об этом не думала.
She thought it was just a common box.
Она думала, что это просто обычная коробка.
She had forgotten about the messenger.
Она забыла о посланнике.
But one day she decided to open the box.
Но однажды она решила открыть коробку.
Inside the box she found a beautiful fan.

Внутри коробки она нашла красивый веер.

In the feather fan there was a beautiful mirror.

В веере из перьев висело красивое зеркало.

She waved the feather fan to cool herself.

Она помахала веером из перьев, чтобы охладиться.

And Prince Sobur appeared before her.

И предстал перед ней князь Собур.

"You called me, so here I am," he said.

«Вы позвали меня, и вот я здесь», — сказал он.

"What is it you wish for?" he asked.

«Чего ты желаешь?» — спросил он.

She was astonished at what she saw.

Она была поражена увиденным.

A handsome prince had suddenly appeared!

Внезапно появился прекрасный принц!

"Who are you?" she asked the prince.

«Кто ты?» — спросила она принца.

"And how did you suddenly appear?"

«А как вы вдруг появились?»

The prince explained what had happened.

Принц объяснил, что произошло.

"Your father was looking for 'sobur'"

«Твой отец искал «собур»»

"I am prince Sobur," he explained.

«Я — принц Собур», — объяснил он.

"I gave your father a box"

«Я дал твоему отцу коробку»

"In this box there is a feather fan and mirror"

«В этой коробке есть веер из перьев и зеркало».

"When you shake the feather fan I will appear"

«Когда ты потрясешь веером из перьев, я появлюсь»

She asked the prince to stay as a guest.

Она попросила принца остаться в качестве гостя.

And for two days the prince stayed with her.

И два дня принц пробыл у нее.

And she entertained him in her palace.

И она развлекала его у себя во дворце.

During that time the two fell in love.
В это время они влюбились друг в друга.
They made their vows to each.
Они дали друг другу клятвы.
And they became husband and wife.
И они стали мужем и женой.
After this the prince returned to his father.
После этого принц вернулся к отцу.
He told him that he had selected a wife.
Он сказал ему, что выбрал себе жену.
The day for the wedding was decided.
День свадьбы был назначен.
All the family was invited.
Была приглашена вся семья.
And they had a beautiful wedding.
И у них была прекрасная свадьба.

But there was a death in the marriage bed.
Но на супружеском ложе случилась смерть.
The six daughters of the merchant were envious.
Шесть дочерей купца позавидовали.
They were jealous of their sister's success.
Они завидовали успеху своей сестры.
So they decided to destroy her happiness.
Поэтому они решили разрушить ее счастье.
They broke several glass bottles.
Они разбили несколько стеклянных бутылок.
And they ground the glass into fine powder.
И они измельчали стекло в мелкий порошок.
Then they scattered the powder on the bed.
Затем они рассыпали порошок по кровати.
The prince suspected no danger.
Князь не подозревал никакой опасности.
He laid himself down in the bed.
Он лег в кровать.
Soon he felt an acute pain.
Вскоре он почувствовал острую боль.

All of his whole body ached.
Все его тело болело.
The powder had gone through his skin.
Порошок проник сквозь его кожу.
The prince became restless through pain.
Принц стал беспокойным из-за боли.
And he started to kick and scream.
И он начал брыкаться и кричать.
He was taken away to his own country.
Его увезли на родину.
The king and queen were very worried.
Король и королева были очень обеспокоены.
They consulted all the kingdom's physicians.
Они проконсультировались со всеми врачами королевства.
But their efforts were in vain.
Но их усилия оказались тщетными.
Day and night the young prince was screaming.
День и ночь юный принц кричал.
No one could ascertain the disease.
Никто не мог определить тип заболевания.
So they had no way of knowing the remedy.
Поэтому они не могли знать, как это исправить.
You can imagine the grief of his wife.
Можете себе представить горе его жены.
The marriage knot had only just been tied.
Брачный узел был завязан только что.
She thought a terrible disease had attacked him.
Она подумала, что его поразила страшная болезнь.
Then he was carried hundreds of miles away.
Затем его унесли на сотни миль отсюда.
She had never been to his country.
Она никогда не была в его стране.
But she was determined to go there.
Но она была полна решимости поехать туда.
And she was determined to nurse him better.
И она была полна решимости лучше за ним ухаживать.
She put on the garb of a Sannyasi.

Она надела одежду санньяси.

And she carried a dagger in her hand.

А в руке она держала кинжал.

And then she set out on her journey.

И затем она отправилась в путь.

The princess was still relatively young.

Принцесса была еще сравнительно молода.

She was unaccustomed to long journeys.

Она не привыкла к дальним путешествиям.

And she wasn't used to walking so far.

И она не привыкла ходить так далеко.

She soon got weary of walking.

Вскоре ей надоело идти.

So she sat under a tree to rest.

Поэтому она села под деревом, чтобы отдохнуть.

On the top of the tree there was a nest.

На вершине дерева находилось гнездо.

It was the nest of two divine birds.

Это было гнездо двух божественных птиц.

Bihangami and Bihangama lived here.

Здесь жили Бихангами и Бихангама.

They were not in their nest at the time.

В тот момент их не было в гнезде.

But two of their chicks were in the nest.

Но двое их птенцов были в гнезде.

Suddenly the chicks gave a scream.

Вдруг цыплята закричали.

This roused the half-drowsy princess.

Это разбудило полусонную принцессу.

The little birds had seen huge serpent.

Маленькие птички увидели огромную змею.

The snake was about to climb the tree.

Змея собиралась забраться на дерево.

This would have been the end of the birds.

Это был бы конец птицам.

But the Sannyasi took out her dagger.

Но санньяси выхватила кинжал.
And she cut the serpent in two.
И она рассекла змея надвое.
Of course even this frightened the young birds.
Конечно, даже это напугало молодых птиц.
And they flew from the nest screaming.
И они с криками вылетели из гнезда.
Bihangama and Bihangami were on their way back.
Бихангама и Бихангами возвращались обратно.
They came sailing through the air.
Они прилетели по воздуху.
They thought they already knew what had happened.
Они думали, что уже знают, что произошло.
"I don't expect to see our children"
«Я не ожидаю увидеть наших детей»
"The nest will be empty again"
«Гнездо снова опустеет»
"All our previous children were eaten"
«Всех наших предыдущих детей съели»
"They were eaten by our great enemy the serpent"
«Их съел наш великий враг — змей».
"They will have met the same fate"
«Их постигнет та же участь»
"I do not hear the cries of my young ones"
«Я не слышу криков моих детей»
The two birds got to their nest.
Две птицы добрались до своего гнезда.
And as predicted, the nest was empty.
И как и предполагалось, гнездо оказалось пустым.
This seemed to confirm their suspicions.
Это, похоже, подтвердило их подозрения.
But soon the young birds returned.
Но вскоре молодые птицы вернулись.
The divine birds were pleasantly surprised.
Божественные птицы были приятно удивлены.
The young birds told them what had happened.
Молодые птицы рассказали им, что произошло.

"There was a young Sannyasi under the tree"

«Под деревом сидел молодой санньяси».

"He destroyed the serpent"

«Он уничтожил змея»

"He cut the snake in two with his dagger"

«Он разрубил змею надвое своим кинжалом».

The parents went to foot of the tree.

Родители подошли к подножию дерева.

Two halves of the snake were still there.

Две половинки змеи все еще были там.

"The young Sannyasi has saved our offspring"

«Молодой санньяси спас наше потомство»

"I wish we could do him some service in return"

«Хотелось бы, чтобы мы могли оказать ему ответную услугу»

The divine bird Bihangama replied.

Ответила божественная птица Бихангама.

"We shall do our service to HER"

«Мы будем служить ЕЙ»

"The Sannyasi under the tree is not a man"

«Саньяси под деревом — не человек»

"The Sannyasi under the tree is a woman"

«Саньяси под деревом — женщина»

"Last night she got married to Prince Sobur"

«Вчера вечером она вышла замуж за принца Собура»

"Shortly after their marriage he was poisoned"

«Вскоре после их свадьбы он был отравлен».

"His skin was pierced with small shards of glass"

«Его кожа была пронзена мелкими осколками стекла».

"His sisters-in-law envied his wife"

«Его невестки завидовали его жене»

"Her sisters spread the powder over the bed"

«Ее сестры рассыпали порошок по кровати».

"He is still suffering from his pain"

«Он все еще страдает от своей боли»

"But he is in his native land"

«Но он на родине»

"And now he is at the point of death"
«И теперь он находится при смерти»
"Beneath the tree is his heroic bride"
«Под деревом — его героическая невеста»
"She is wearing the garb of a Sannyasi"
«Она носит одежду санньяси»
"And she is going to nurse him"
«И она будет его кормить грудью»
The Bihangami asked the Bihangama.
Бихангами спросил Бихангаму.
"Is there no cure for the prince?"
«Неужели нет лекарства для принца?»
"Yes, there is a cure" replied the Bihangama.
«Да, лекарство есть», — ответил Бихангама.
"There is hardened dung lying on the ground"
«На земле лежит затвердевший навоз».
"She must take this hardened dung"
«Она должна принять этот затвердевший навоз»
"Then she must reduce the dung to powder"
«Затем она должна превратить навоз в порошок».
"And then she must bathe the prince"
«А потом она должна искупать принца»
"She must bathe him in seven jars of water"
«Она должна искупать его в семи кувшинах воды»
"Then she must bathe him in seven jars of milk"
«Потом она должна искупать его в семи кувшинах молока
».
"Then she must apply the powder to his body"
«Затем она должна нанести порошок на его тело».
"After this Prince Sobur will get well"
«После этого принц Собур выздоровеет»
"I have no doubts about this remedy"
«У меня нет никаких сомнений относительно этого
средства»
The Bihangami saw a problem though.
Однако Бихангами увидел проблему.
"The princess is but a young girl"

«Принцесса — всего лишь молодая девушка»
"She cannot walk such a distance"
«Она не может пройти такое расстояние»
"The journey would take her many days"
«Путь занял бы у нее много дней»
"By that time the poor prince will have died"
«К тому времени бедный принц уже умрет».
"I can," replied the Bihangama.
«Могу», — ответил Бихангама.
"I will take the young lady on my back"
«Я понесу молодую леди на спине»
"I will fly her to Prince Sobur's city"
«Я доставлю ее в город принца Собура»
"If she takes no presents, I will fly her back"
«Если она не возьмет подарков, я отправлю ее обратно»
The merchant's daughter heard this conversation.
Дочь купца услышала этот разговор.
She begged the Bihangama to take her on his back.
Она умоляла Бихангаму взять ее на спину.
And of course the bird willingly consented.
И, конечно же, птица охотно согласилась.
First she gathered some of the bird's dung.
Сначала она собрала немного птичьего помета.
And then she reduced the dung to fine powder.
А затем она измельчила навоз в мелкий порошок.
She was armed with this potent medicine.
Она была вооружена этим сильнодействующим
лекарством.
And she got on the back of the kind bird.
И она села на спину доброй птицы.

The Bihangama flew as fast as lightning.
Бихангама летела со скоростью молнии.
They soon reached Prince Sobur's city.
Вскоре они достигли города князя Собура.
The young Sannyasi went up to the palace.
Молодой санньяси отправился во дворец.

And she spoke to the guards at the gate.

И она обратилась к стражникам у ворот.

"Send word to the king that I have a medicine"

«Передай королю, что у меня есть лекарство».

"This medicine will save the prince's life"

«Это лекарство спасет жизнь принца»

"Within hours I will have cured the prince"

«Через несколько часов я вылечу принца»

The king had tried all the best doctors.

Король перепробовал всех лучших врачей.

But no doctor had been able to cure his son.

Но ни один врач не смог вылечить его сына.

So he didn't believe the Sannyasi's words.

Поэтому он не поверил словам санньяси.

But his councilors advised him otherwise.

Однако его советники отсоветовали ему поступить иначе.

The Sannyasi ordered for seven jars of water.

Санньяси заказал семь кувшинов воды.

And seven jars of milk were ordered.

И заказали семь банок молока.

He poured a jar of water on the prince.

Он вылил на принца кувшин воды.

And he poured a jar of milk on the prince.

И он вылил на принца кувшин молока.

He had a feather from the divine bird.

У него было перо божественной птицы.

And he used the feather to apply the powder.

И он использовал перо, чтобы нанести пудру.

All of the prince's body was covered.

Все тело принца было прикрыто.

This was repeated another six times.

Это повторилось еще шесть раз.

The last treatment did the magic.

Последнее лечение сотворило чудо.

The prince started to feel well again.

Принц снова почувствовал себя хорошо.

The king was happier than words can describe.

Король был счастливее, чем можно описать словами.
"Give the Sannyasi the finest treasures"
«Дайте санньяси лучшие сокровища»
But the Sannyasi refused to take presents.
Но санньяси отказался принять подарки.
"Let me have the ring on the prince's finger"
«Позволь мне надеть кольцо на палец принца»
The king and the prince were happy.
Король и принц были счастливы.
And they gave him what he wanted.
И они дали ему то, что он хотел.
The merchant's daughter hastened back.
Дочь купца поспешила назад.
The Bihangama was waiting at the sea-shore.
Бихангама ждала на берегу моря.
They reached the tree of the divine birds.
Они достигли дерева божественных птиц.
The young bride walked back to her palace.
Молодая невеста вернулась во дворец.

The following day she shook the magical feather fan.
На следующий день она потрясла волшебным веером из перьев.
Just as before, her husband appeared.
Как и прежде, появился ее муж.
Of course he was happy to see his wife.
Конечно, он был рад видеть свою жену.
But he was infinitely surprised.
Но он был бесконечно удивлен.
She had his ring on her finger.
На ее пальце было его кольцо.
His own wife was his doctor.
Его жена была его врачом.
It was his wife that had cured him!
Его вылечила жена!
The prince took his bride to his palace.
Принц отвез невесту к себе во дворец.

He forgave his sisters-in-law.
Он простил своих невесток.
They lived happily for many years.
Они прожили счастливо много лет.
And they were blessed with children.
И им повезло иметь детей.

The Origins of Opium
Происхождение опиума

Once upon on a time there lived a Rishi.
Жил-был Риши.
He lived on the banks of the holy Ganges.
Он жил на берегах священной реки Ганг.
This Rishi was a very religious man.
Этот Риши был очень религиозным человеком.
He spent his days performing religious rites.
Он проводил дни, совершая религиозные обряды.
From sunrise to sunset he sat on the river bank.
От восхода до заката он сидел на берегу реки.
For the whole time he sat engaged in devotion.
Все это время он сидел, погруженный в молитву.
At night he took shelter in his hut.
Ночью он укрылся в своей хижине.
His hut was made from palm-leaves.
Его хижина была сделана из пальмовых листьев.
The palms he had grown from saplings.
Пальмы, которые он вырастил из саженцев.
There was no one around for miles.
На много миль вокруг не было ни души.
However, in the hut there was a mouse.
Однако в избушке оказалась мышь.
She lived from what the Rishi left for her.
Она жила за счет того, что оставил ей Риши.
The Rishi was a kind-hearted man.
Риши был добросердечным человеком.
He would not hurt any living thing.
Он не причинит вреда ни одному живому существу.
So our mouse never ran away from him.
Так что наша мышка так и не убежала от него.
In fact, our mouse went to him.
На самом деле наша мышка пошла к нему.
She touched his feet when he was sitting.
Она коснулась его ног, когда он сидел.

And she enjoyed playing with him.
И ей нравилось играть с ним.
The Rishi also liked the little mouse.
Риши тоже понравился мышонок.
So he wanted to be kind to her.
Поэтому он хотел быть к ней добрым.
And he wanted someone to talk to.
И ему хотелось с кем-то поговорить.
So he gave her the power of speech.
Поэтому он дал ей дар речи.

One night the mouse stood up.
Однажды ночью мышь встала.
She got onto her hind legs.
Она встала на задние лапы.
And she stood in front of the Rishi.
И она встала перед Риши.
And she put her front paws together.
И она сложила передние лапы вместе.
"Holy Sage, you have been kind to me"
«Святой мудрец, ты был добр ко мне»
"And you have given me human language"
«И ты дал мне человеческий язык»
"I hope it doesn't displease your reverence"
«Надеюсь, это не огорчит Ваше преподобие»
"But I have one more boon to ask"
«Но у меня есть еще одна просьба»
The Rishi listened to his mouse.
Риши послушал свою мышь.
"What is it?" asked the Rishi.
«Что это?» — спросил Риши.
"Say what you want, little mouse"
«Говори, что хочешь, мышонок»
The mouse answered the Rishi.
Мышь ответила Риши.
"By day your reverence goes to the river"
«Днем ваше почтение идет к реке ».

"And there you practice your devotions"
«И там вы практикуете свои молитвы»
"During this time a cat comes to the hut"
«В это время к избе приходит кот»
"This cat has been trying to catch me"
«Этот кот пытался меня поймать»
"She still has some fear of your reverence"
«Она все еще немного боится вашего преподобия»
"Otherwise she would have eaten me long ago"
«Иначе она бы меня давно съела»
"But I fear the cat will eat me someday"
«Но я боюсь, что однажды меня съест кошка»
"So I have one prayer to ask of you"
«Поэтому я хочу попросить тебя об одной молитве»
"Please may I be changed into a cat!"
«Пожалуйста, позвольте мне превратиться в кошку!»
"Then I would be a match for my foe"
«Тогда я был бы ровней моему врагу»
The Rishi understood the mouse's plight.
Риши понял бедственное положение мыши.
He threw some holy water on the mouse.
Он плеснул на мышь святой водой.
And the mouse instantly turned into a cat.
И мышь мгновенно превратилась в кошку.

She had lived as a cat for some days.
Несколько дней она жила как кошка.
One night she went to the Rishi again.
Однажды ночью она снова пошла к Риши.
And the Rishi spoke to his pet.
И Риши обратился к своему любимцу.
"Well, little kitty, how are you!"
«Ну, котик, как дела!»
"How do you like your present life!"
«Как тебе нравится твоя нынешняя жизнь!»
The cat thought about what to say.
Кот думал, что сказать.

But she didn't have to say anything.

Но ей не нужно было ничего говорить.

The Rishi could tell by her expression.

Риши понял это по выражению ее лица.

"Why don't you like it?" asked the sage.

«Почему тебе это не нравится?» — спросил мудрец.

"Are you not as strong as the other cats!"

«Ты не такой сильный, как другие коты!»

"Yes, I am strong enough," answered the cat.

«Да, я достаточно силён», — ответил кот.

"Your reverence has made me a strong cat"

«Ваше преподобие сделало меня сильным котом»

"As strong as any cat in the world"

«Сильный, как любой кот в мире»

"Now I do not fear cats anymore"

«Теперь я больше не боюсь кошек»

"But now I have got a new foe"

«Но теперь у меня появился новый враг»

"By day your reverence goes to the river"

«Днем ваше почтение идет к реке»

"During this time dogs come to the hut"

«В это время к хижине приходят собаки»

"These dogs have been barking at me"

«Эти собаки лаяли на меня»

"And I have been frightened for my life"

«И я испугался за свою жизнь»

"So I have one more prayer to ask of you"

«Поэтому я хочу попросить тебя еще об одной молитве»

"Please may I be changed into a dog!"

«Пожалуйста, пусть я превращусь в собаку!»

The Rishi understood the cat's plight.

Риши понял бедственное положение кошки.

He threw some holy water on the cat.

Он вылил на кота немного святой воды.

And the cat instantly became a dog.

И кот мгновенно превратился в собаку.

She lived as a dog for some days.

Несколько дней она жила как собака.

But one night she spoke to the Rishi.

Но однажды ночью она заговорила с Риши.

"I cannot thank your reverence enough"

«Я не могу в полной мере выразить свою благодарность вашему преподобию»

"You have been most kind to me"

«Вы были очень добры ко мне»

"I was but a poor mouse"

«Я был всего лишь бедной мышкой»

"You not only gave me speech"

«Ты не только дал мне речь»

"But you also turned me into a cat"

«Но ты также превратил меня в кошку»

"And your kindness didn't end there"

«И твоя доброта на этом не закончилась»

"Then you changed me into a dog"

«Потом ты превратил меня в собаку»

"As a dog, however, I suffer greatly"

«Как собака, я, однако, очень страдаю»

"I do not get enough to eat"

«Мне не хватает еды»

"My only food is what you leave me"

«Моя единственная еда — это то, что ты мне оставляешь»

"That was fine when I was a mouse"

«Это было прекрасно, когда я был мышкой »

"But you have made me much larger"

«Но ты сделал меня намного больше»

"And it is not enough to fill my mouth"

«И этого недостаточно, чтобы набить мой рот»

"OH your reverence, how I envy those monkeys"

«О, ваше преподобие, как я завидую этим обезьянам»

"They jump about from tree to tree"

«Они прыгают с дерева на дерево»

"They eat all sorts of delicious fruits!"

«Они едят всевозможные вкусные фрукты!»

"Please may reverence not get angry"
«Пожалуйста, пусть почтение не сердится»
"I pray to be changed into a monkey"
«Я молюсь, чтобы меня превратили в обезьяну»
The sage was a very understanding man.
Мудрец был очень понимающим человеком.
His heart was filled with patience.
Его сердце было полно терпения.
He was happy to grant his pet's wish.
Он был рад исполнить желание своего питомца.
He threw some holy water on the dog.
Он вылил на собаку немного святой воды.
And the dog instantly became a monkey.
И собака мгновенно превратилась в обезьяну.

Our monkey was at first wild with joy.
Наша обезьянка сначала была вне себя от радости.
She leaped from one tree to another.
Она прыгала с одного дерева на другое.
She sucked every luscious fruit.
Она сосала все сочные фрукты.
But her joy was short-lived again.
Но радость ее снова оказалась недолгой.
Summer had brought with it its drought.
Лето принесло с собой засуху.
Monkeys find it hard to climb down.
Обезьянам трудно спускаться.
So she couldn't drink from the river.
Поэтому она не могла пить из реки.
She saw how the wild boars lived.
Она увидела, как живут дикие кабаны.
All day they splashed in the water.
Весь день они плескались в воде.
She envied their life now.
Теперь она завидовала их жизни.
"Oh how happy those wild boars are!"
«О, как счастливы эти кабаны!»

"All day their bodies are cooled"

«Весь день их тела охлаждаются»

"All day they are refreshed by water"

«Весь день они освежаются водой»

"How I wish I were a wild boar"

«Как бы я хотел быть диким кабаном»

That night she went to the Rishi.

В ту ночь она пошла к Риши.

She recounted her troubles to him.

Она рассказала ему о своих бедах.

She told him all about the wild boars.

Она рассказала ему все о диких кабанах.

"Oh how pleasant their lives must be"

«О, как приятной должна быть их жизнь»

And she begged to be changed again.

И она снова умоляла, чтобы ее изменили.

"I pray to be changed into a wild boar"

«Я молюсь, чтобы превратиться в дикого кабана»

The sage's kindness knew no bounds.

Доброта мудреца не знала границ.

and he complied with his pet's request.

и он выполнил просьбу своего питомца.

He threw some holy water on the monkey.

Он плеснул на обезьяну святой водой.

And the monkey instantly became a wild boar.

И обезьяна мгновенно превратилась в кабана.

Our boar was now very content.

Наш кабан теперь был очень доволен.

She kept her body soaking wet.

Ее тело оставалось мокрым насквозь.

Every day she went to the river.

Каждый день она ходила на реку.

She splashed about in her favorite element.

Она плескалась в своей любимой стихии.

But life is not safe for wild boars.

Но жизнь диких кабанов небезопасна.

One day the king was out hunting.
Однажды король отправился на охоту.
He was riding on an adorned elephant.
Он ехал верхом на украшенном слоне.
Only by luck did our wild boar escape.
Лишь по счастливой случайности нашему кабану удалось
спастись.
She thought a lot about her experience.
Она много размышляла о своем опыте.
She dwelt on the dangers of her life.
Она размышляла об опасностях своей жизни.
And she envied the stately elephant.
И она позавидовала величественному слону.
The elephant was more fortunate than her.
Слону повезло больше, чем ей.
He got to carry the king on his back.
Ему пришлось нести короля на своей спине.
Now she longed to be an elephant.
Теперь ей захотелось стать слонихой.
And at night she besought the Rishi.
А ночью она взмолилась к Риши.

Our elephant was roaming the wilderness.
Наш слон бродил по пустыне.
On her adventures she saw the king.
Во время своих приключений она увидела короля.
Our elephant went towards the king's suite.
Наш слон направился к королевским покоям.
She had every intention of being caught.
Она намеревалась быть пойманной.
The king saw the elephant from a distance.
Король увидел слона издалека.
He couldn't help but admire her beauty.
Он не мог не восхищаться ее красотой.
He gave his orders to his servants.
Он отдал приказы своим слугам.
"Catch and tame this elephant"

«Поймай и приручи этого слона»
Our elephant was easily caught.
Нашего слона легко поймали.
She was taken into the royal stables.
Ее отвели в королевские конюшни.
And she was tamed without any trouble.
И ее без всяких проблем приручили.

One day the queen had a wish.
Однажды у королевы было желание.
She wished to go to the holy Ganges.
Она хотела отправиться к священной Ганге.
She wished to bathe in the holy waters.
Она хотела искупаться в святых водах.
The king wanted to accompany his wife.
Король хотел сопровождать свою жену.
So he made his orders to his servants.
И он отдал приказ своим слугам.
"Bring us the newly caught elephant"
«Приведите нам недавно пойманного слона»
The king and queen mounted on her back.
Король и королева сели ей на спину.
Our elephant had gotten her wish.
Наша слониха получила желаемое.
Well... she seemed to have gotten her wish.
Ну... кажется, ее желание сбылось.
The king had mounted on her back.
Король сел ей на спину.
But no, the elephant didn't get her wish.
Но нет, слониха не получила желаемого.
She looked upon herself as a lordly beast.
Она считала себя властным животным.
She could not a woman riding on her back.
Она не могла, чтобы женщина сидела у нее на спине.
It wasn't enough that she was a queen.
Ей было недостаточно того, что она была королевой.
She could not bear the idea of it.

Она не могла вынести этой мысли.
She felt she had been degraded.
Она чувствовала, что ее унизили.
She jumped up as violently as elephants can.
Она подпрыгнула так резко, как только могут слоны.
Both the king and queen fell to the ground.
Король и королева упали на землю.
The king carefully picked up the queen.
Король осторожно поднял королеву.
He took the queen in his arms.
Он взял королеву на руки.
He asked her whether she had been hurt.
Он спросил ее, пострадала ли она.
He wiped off the dust from her clothes.
Он вытер пыль с ее одежды.
And he tenderly kissed her a hundred times.
И он нежно поцеловал ее сто раз.
Our elephant witnessed the king's caresses.
Наш слон стал свидетелем ласк короля.
And she scampered off to the woods.
И она побежала в лес.
She ran as fast as her legs could carry her.
Она бежала так быстро, как только могли нести ее ноги.
As she ran, she thought within herself;
Пока она бежала, она думала про себя:
"I have experienced many different lives"
«Я прожил много разных жизней»
"And I have experienced different happiness"
«И я испытал другое счастье»
"But those lives cannot be compared"
«Но эти жизни нельзя сравнивать»
"A queen is the happiest creature of all"
«Королева — самое счастливое существо на свете»
"Of what infinite regard is she the object of!"
«Объектом какого бесконечного уважения она является!»
"The king lifted her off the ground"
«Король поднял ее над землей»

"And he carefully took her in his arms"
«И он бережно взял ее на руки».
"He made many tender inquiries to her"
«Он задал ей много нежных вопросов»
"And he wiped off the dust from her clothes"
«И он вытер пыль с ее одежды ».
"And he kissed her a hundred times!"
«И он поцеловал ее сто раз!»
"Oh, the happiness of being a queen!"
«О, счастье быть королевой!»
"I must ask the Rishi to make me a queen!"
«Я должна попросить Риши сделать меня королевой!»

The sun was just about to set.
Солнце уже собиралось сесть.
Our elephant made it back to the hut.
Наш слон добрался обратно до хижины.
The Rishi had just finished his devotions.
Риши только что закончил свои молитвы.
She fell on the ground at his feet.
Она упала на землю к его ногам.
She was still the little mouse.
Она все еще была маленькой мышкой.
And he was still the holy sage.
И он все еще был святым мудрецом.
"What's the news?" inquired the Rishi.
«Какие новости?» — спросил Риши.
"Why have you left the king's palace!"
«Почему ты покинул дворец короля!»
Our elephant thought about her words.
Наш слон задумался над ее словами.
"What shall I say to your reverence!"
«Что мне сказать вашему преподобию!»
"You have been very kind to me"
«Вы были очень добры ко мне»
"You have granted every wish of mine"
«Ты исполнил все мои желания»

"I was a mouse and you gave me speech"
«Я была мышкой, и ты дал мне речь»
"But as a mouse my life was in danger"
«Но моя жизнь, как мыши, была в опасности».
"You saved me by turning me into a cat"
«Ты спас меня, превратив в кошку»
"But as a cat my life was no safer"
«Но, будучи кошкой, моя жизнь не стала безопаснее»
"And you helped me become a dog"
«И ты помог мне стать собакой»
"But as a dog I had not enough to eat"
«Но, будучи собакой, я не имел достаточно еды»
"You provided for me again"
«Ты снова меня обеспечила»
"And you turned my into a monkey"
«И ты превратил меня в обезьяну»
"I had all I could wish to eat"
«У меня было все, что я мог пожелать съесть»
"But I had no way of cooling my body"
«Но у меня не было возможности охладить свое тело»
"You helped me with this too"
«Ты мне тоже в этом помог»
"And you turned me into a wild boar"
«И ты превратил меня в кабана»
"Wild boars have a comfortable life"
«У диких кабанов комфортная жизнь»
"But they don't live without danger"
«Но они не живут без опасности»
"And again you protected me"
«И снова ты защитил меня»
"And you turned me into an elephant"
«И ты превратил меня в слона»
"Being an elephant has increased my bulk"
«Стать слоном увеличило мою массу»
"But being an elephant has not increased my happiness"
«Но то, что я слон, не прибавило мне счастья»
"I have one more boon to ask of you"

«У меня есть еще одна просьба к тебе»
"It will be the last boon I ask for"
«Это будет последнее благо, о котором я прошу»
"I see now who the happiest creature is"
«Теперь я вижу, кто самое счастливое существо»
"A queen is the happiest in the world"
«Королева — самая счастливая на свете»
"Holy father, please make me a queen"
«Святой отец, пожалуйста, сделай меня королевой»
"Silly child," answered the Rishi.
«Глупый ребенок», — ответил Риши.
"How can I make you a queen!"
«Как я могу сделать тебя королевой!»
"Where can I get a kingdom for you!"
«Где я могу достать для тебя королевство!»
"Where would I find a royal husband!"
«Где бы мне найти мужа-королевы!»
But the Rishi was still patient.
Но Риши все еще был терпелив.
"There is one thing I can do for you"
«Есть одна вещь, которую я могу для тебя сделать»
"I can change you into a beautiful girl"
«Я могу превратить тебя в красивую девушку»
"You will be as beautiful as a queen"
«Ты будешь прекрасна, как королева»
"You will possess all the charms you need"
«Ты будешь обладать всеми необходимыми тебе чарами»
"Your charms can captivate a prince's heart"
«Твои чары способны пленить сердце принца»
"But you must wait for what the gods decide"
«Но ты должен дождаться решения богов».
"They will grant you an interview"
«Они предоставят вам интервью »
"Tou will have your chance with a prince!"
«У тебя будет шанс встретиться с принцем!»
Our elephant agreed to the change.
Наш слон согласился на изменения.

The beast was transformed by the Rishi.
Зверь был преобразован Риши.
And now she was a beautiful young lady.
И теперь она стала прекрасной молодой леди.
The holy sage named her Postomani.
Святой мудрец назвал ее Постомани.
Her name meant 'the poppy-seed lady'.
Ее имя означало «дама с маком».

Postomani lived in the Rishi's hut.
Постомани жил в хижине Риши.
She spent her time tending the flowers.
Она проводила время, ухаживая за цветами.
And she watered the plants in the garden.
И она поливала растения в саду.
One day she was sitting at the hut.
Однажды она сидела в хижине.
The Rishi was at the holy Ganges.
Риши был у священной реки Ганга.
A richly dressed man came towards the cottage.
К коттеджу подошел богато одетый мужчина.
She stood up to welcome the man.
Она встала, чтобы поприветствовать мужчину.
And she asked the stranger who he was.
И она спросила незнакомца, кто он.
"What have you come for?" she asked.
«Зачем ты пришел?» — спросила она.
"I have been on a hunt"
«Я был на охоте»
"But we chased the deer in vain"
«Но мы тщетно гнались за оленем»
"Now I am thirsty from the heat"
«Теперь я хочу пить от жары»
"I thought that a Rishi lives here"
«Я думал, что здесь живет Риши»
"I had come to ask him for water"
«Я пришел попросить у него воды».

"But now I see you live here"

«Но теперь я вижу, что ты живешь здесь»

Postomani answered the stranger.

Постомани ответил незнакомцу.

"Look upon this hut as your own"

«Смотри на эту хижину как на свою собственную»

"I am sorry, but we are poor"

«Мне жаль, но мы бедны»

"We cannot offer you any entertainment"

«Мы не можем предложить вам никаких развлечений»

"But let me make your visit comfortable"

«Но позвольте мне сделать ваш визит комфортным»

"Because, I believe you are a king"

«Потому что я верю, что ты король»

"If I am not mistaken," she added.

«Если я не ошибаюсь», — добавила она.

The stranger smiled in recognition.

Незнакомец улыбнулся в знак узнавания.

Postomani then brought a pot of water.

Затем Постомани принес кувшин с водой.

She went to wash her royal guest's feet.

Она пошла омыть ноги своему королевскому гостю.

But the visitor did not let her do this.

Но гость не позволил ей этого сделать.

"Holy maid, do not touch my feet"

«Святая дева, не прикасайся к моим ногам»

"I am only a Kshatriya," he confessed.

«Я всего лишь кшатрий», — признался он.

"And you are the daughter of a holy sage"

«А ты — дочь святого мудреца»

"Noble sir;" Postomani begun to confess.

«Благородный господин», — начал признаваться
Постомани.

"I am not the daughter of the Rishi"

«Я не дочь Риши»

"And am I not a Brahmani girl either"

«И разве я тоже не девушка-брахманка?»

"There is no harm in me touching your feet"

«Нет ничего плохого в том, что я прикоснусь к твоим ногам»

"Besides, you are my guest"

«Кроме того, ты мой гость»

"And I am bound to wash your feet"

«И я обязан омыть твои ноги»

"Forgive my impertinence," the king wished.

«Простите мою дерзость», — пожелал король.

"What caste do you belong to?" he asked.

«К какой касте ты принадлежишь?» — спросил он.

"I only know what the sage told me"

«Я знаю только то, что сказал мне мудрец»

"I heard my parents were Kshatriyas"

«Я слышал, что мои родители были кшатриями»

The stranger wanted to know more.

Незнакомец захотел узнать больше.

"May I ask whether your father was a king!"

«Могу ли я спросить, был ли ваш отец королем?»

"You have an uncommon beauty," he said.

«У вас необыкновенная красота», — сказал он.

"And you possess a stately demeanor"

«И у тебя величественная манера поведения»

"These qualities cannot be worked for"

«Эти качества невозможно выработать»

"It shows that you were born a princess"

«Это показывает, что ты родилась принцессой».

Postomani avoided answering the question.

Постомани уклонился от ответа на вопрос.

Instead she went inside the hut.

Вместо этого она вошла в хижину.

She brought out a tray of delicious fruits.

Она вынесла поднос с вкусными фруктами.

And she set the fruits before the king.

И она поставила плоды перед царем.

The king, however, did not touch the fruits.

Однако король не притронулся к плодам.

He waited until his question was answered.

Он подождал, пока на его вопрос ответят.

"I only know what the holy sage says"

«Я знаю только то, что говорит святой мудрец»

"He says that my father was a king"

«Он говорит, что мой отец был королём»

"But he was overcome in a battle"

«Но он был побеждён в битве»

"So he, with my mother, fled into the woods"

«И вот он с моей матерью убежал в лес».

"My poor father was eaten by a tiger"

«Моего бедного отца съел тигр»

"My mother closed her eyes as I opened mine"

«Моя мама закрыла глаза, когда я открыл свои».

"There was a bee-hive on the tree"

«На дереве был улей».

"I lay at the foot of that tree"

«Я лежал у подножия того дерева»

"Drops of honey fell into my mouth"

«Капли меда упали мне в рот»

"The honey maintained the spark inside me"

«Мед поддерживал во мне искру»

"And then the kind Rishi found me"

«И тогда добрый Риши нашел меня»

"The holy sage brought me into his hut"

«Святой мудрец привел меня в свою хижину»

"This is the simple story of this wretched girl"

«Вот простая история этой несчастной девушки»

"The girl who now stands before the king"

«Девушка, которая сейчас стоит перед королём»

"Call not yourself wretched," replied the king.

«Не называй себя несчастным», — ответил король.

"You are the most beautiful of women"

«Ты самая красивая из женщин»

"And you are the loveliest of women"

«И ты прекраснейшая из женщин»

"You would adorn the grandest palaces"
«Ты украсил бы самые величественные дворцы»

Postomani had gotten her interview.
Постомани получила свое интервью.
She fell in love with the king.
Она влюбилась в короля.
And the king fell in love with her.
И король влюбился в нее.
The Rishi joined them in marriage.
Риши соединил их в браке.
Postomani became the king's favourite queen.
Постомани стала любимой королевой короля.
And the former queen was in disgrace.
А бывшая королева оказалась в опале.
But Postomani's happiness was short-lived.
Однако счастье Постомани было недолгим.
One day as she was standing by a well.
Однажды она стояла у колодца.
She was overcome by a moment of giddiness.
На мгновение ее охватило головокружение.
Fortune had her fall into the water.
По воле судьбы она упала в воду.
And she died in the water of the well.
И она умерла в воде колодца.
The Rishi then came to the king.
Затем Риши пришел к царю.
"O king, grieve not over the past"
«О царь, не печалься о прошлом»
"What is fixed by fate must come to pass"
«Что предначертано судьбой, то и должно сбыться»
"The queen drowned in your well"
«Королева утонула в твоем колодце»
"But she was not of royal blood"
«Но она не была королевской крови»
"She was born to a family of mice"
«Она родилась в семье мышей»

"Each evening she came to my hut"

«Каждый вечер она приходила в мою хижину»

"And I gave her the power of speech"

«И я дал ей дар речи»

"With speech she could express her wishes"

«С помощью речи она могла выражать свои желания»

"I changed her according to her wishes"

«Я изменил ее согласно ее желанию»

"As a mouse she feared the cat"

«Как мышь, она боялась кошки»

"And so I changed her into a cat"

«И поэтому я превратил ее в кошку»

"As a cat she feared the dogs"

«Будучи кошкой, она боялась собак » .

"And so I changed her into a dog"

«И поэтому я превратил ее в собаку»

"As a dog she had not enough to eat"

«Как собака, она не имела достаточно еды»

"And so I changed her into a monkey"

«И поэтому я превратил ее в обезьяну»

"As a monkey she couldn't bear the heat"

«Она, как обезьяна, не могла переносить жару».

"And so I changed her into a wild boar"

«И поэтому я превратил ее в кабана».

"As a boar her life was not safe"

«Её жизнь, как у кабана, была небезопасной».

"And so I changed her into an elephant"

«И поэтому я превратил ее в слона»

"That was the elephant you caught"

«Это был слон, которого ты поймал»

"But as an elephant she was not loved"

«Но как слониху ее не любили».

"And so I changed her one last time"

«И вот я изменил ее в последний раз»

"I changed her into a beautiful girl"

«Я превратил ее в красивую девушку»

"That is the girl that you married"

«Это та девушка, на которой ты женился».
"And that is the girl that drowned"
«А это та девушка, которая утонула»
"Take into favor your former queen"
«Возьми в милость свою бывшую королеву»
"And don't worry for my daughter"
«И не волнуйтесь за мою дочь»
"I will make her name immortal"
«Я сделаю ее имя бессмертным»
"Let her body remain in the well"
«Пусть ее тело останется в колодце»
"Fill the well up with earth"
«Засыпьте колодец землей»
"In her flesh there is a seed"
«В ее плоти есть семя»
"From her bones a tree will grow"
«Из ее костей вырастет дерево»
"We will name this tree after her"
«Мы назовем это дерево ее именем»
"The tree shall be called 'Posto'"
«Дерево будет называться „Посто“»
"This means 'the Poppy tree'"
«Это означает «маковое дерево»»
"From this tree there will come a drug"
«Из этого дерева выйдет наркотик»
"This drug will be called opium"
«Этот наркотик будет называться опиум»
"Opium will be a powerful drug"
«Опиум будет сильным наркотиком»
"People will consume opium in every epoch"
«Люди будут потреблять опиум в каждую эпоху»
"Opium will either be swallowed or smoked"
«Опиум либо глотают, либо курят»
"And opium will be a wonderful narcotic"
«И опиум будет прекрасным наркотиком»
"Opium will be used till the end of time"
«Опиум будет использоваться до конца времён»

"You will recognize the opium smoker"
«Вы узнаете курильщика опиума»
"He will have many different qualities"
«У него будет много разных качеств»
"One quality for each of the animals"
«Одно качество для каждого из животных»
"The animals which Postomani had lived as"
«Животные, в образе которых жили Постомани»
"He will be mischievous, like a mouse"
«Он будет озорным, как мышь»
"He will be fond of milk, like a cat"
«Он будет любить молоко, как кот».
"He will be quarrelsome, like a dog"
«Он будет сварлив, как собака»
"He will be filthy, like a monkey"
«Он будет грязным, как обезьяна»
"He will be savage, like a boar"
«Он будет диким, как кабан»
"He will be confident, like an elephant"
«Он будет уверен в себе, как слон»
"And he will be high-tempered, like a queen"
«И он будет вспыльчивым, как королева»

Strike, but Listen First
Бей, но сначала выслушай

There was once a king who had three sons.

Жил-был король, и было у него три сына.

His royal subjects came to him one day and said;

Однажды его королевские подданные пришли к нему и сказали:

"Oh incarnation of justice! hear our plea"

«О воплощение справедливости! Услышь нашу мольбу»

"The kingdom is infested with thieves and robbers"

«Королевство кишит ворами и разбойниками»

"Our property is not safe from their thievery"

«Наша собственность не защищена от их воровства»

"We pray your majesty to catch hold of these thieves"

«Мы молим Ваше Величество поймать этих воров».

"We beg you punish them to the full extent of the law"

«Мы просим вас наказать их по всей строгости закона»

The king said to his sons, "Oh, my sons, I am old"

Король сказал своим сыновьям: «О, дети мои, я стар».

"But you are all in the prime of manhood"

«Но вы все в расцвете сил»

"How is it that my kingdom is full of thieves?"

«Почему мое королевство полно воров?»

"I look to you to catch hold of these thieves"

«Я надеюсь, что ты поймаешь этих воров».

The three princes then made up their minds.

Затем три принца приняли решение.

They were going to patrol the city every night.

Они собирались патрулировать город каждую ночь.

They set up a watch out in the outskirts of the city.

Они выставили наблюдательный пункт на окраине города.

The early part of the night had arrived.

Наступило раннее утро.

So the eldest prince took on his duties.

Итак, старший принц принял на себя исполнение своих обязанностей.

He rode upon his horse through the whole city.

Он проскакал на коне по всему городу.

But did not see a single thief anywhere he looked.

Но, куда бы он ни посмотрел, не увидел ни одного вора.

He came back to the policing station.

Он вернулся в полицейский участок.

The middle part of the night had arrived.

Наступила середина ночи.

So the second prince took on his duties.

Итак, второй принц принял на себя его обязанности.

And he too rode through every part of the city.

И он тоже проехал по всем частям города.

But he did not see or hear of a single thief.

Но он не видел и не слышал ни об одном воре.

He came also back to the policing station.

Он также вернулся в полицейский участок.

The latter part of the night had arrived.

Наступила вторая половина ночи.

So the youngest prince took on his duties.

Итак, младший принц принял на себя исполнение своих обязанностей.

He went near the gate of his father's palace.

Он подошел к воротам дворца своего отца.

There he saw a beautiful woman leaving the palace.

Там он увидел прекрасную женщину, выходящую из дворца.

The prince asked the woman, "who are you?"

Принц спросил женщину: «Кто ты?»

"Where are you going at this hour of the night?"

«Куда ты идешь в такой час ночи?»

The woman answered the young prince.

Женщина ответила молодому принцу.

"I am Rajlakshmi, the guardian deity of this palace"

«Я — Раджлакшми, божество-хранительница этого дворца»

"The king will be killed this night"

«Король будет убит этой ночью»

"I am therefore not needed here"

«Поэтому я здесь не нужен»

"And that is why I am going away"

«Вот почему я ухожу»

The prince did not know what to make of this message.

Принц не знал, как истолковать это сообщение.

After a moment's reflection he said to the goddess;

Подумав немного, он сказал богине:

"But, suppose the king is not killed tonight"

«Но предположим, что короля сегодня не убьют»

"Have you any objection to return to the palace?"

«Вы не возражаете против возвращения во дворец?»

"I have no objection," replied the goddess.

«Я не возражаю», — ответила богиня.

The prince then begged the goddess to go back.

Тогда принц умолял богиню вернуться.

And he promised to do his best to protect the king.

И он пообещал сделать все возможное, чтобы защитить короля.

Then the goddess entered the palace again.

Затем богиня снова вошла во дворец.

Within a moment she disappeared into the palace.

Через мгновение она скрылась во дворце.

The prince went straight into the palace too.

Принц тоже направился прямиком во дворец.

And he went into the bedroom of his royal father.

И он вошел в спальню своего царственного отца.

There his father lay immersed in deep sleep.

Там его отец лежал, погруженный в глубокий сон.

The king had a second, younger wife.

У короля была вторая, более молодая жена.

This woman was the stepmother of our prince.

Эта женщина была мачехой нашего принца.

She was sleeping in another bed in the room.

Она спала на другой кровати в той же комнате.

There was a light that was burning dimly.

Там горел тусклый свет.

But then the prince saw something that surprised him!

Но тут принц увидел нечто, что его удивило!

A huge cobra going round and round the golden bedstead.

Огромная кобра кружит вокруг золотой кровати.

The bedstead on which his father was sleeping.

Кровать, на которой спал его отец.

The prince with his sword cut the serpent in two.

Принц мечом разрубил змея надвое.

But he was not satisfied with killing the cobra.

Но он не удовлетворился убийством кобры.

So he cut the cobra up into a hundred pieces.

И он разрубил кобру на сто частей.

And he put the pieces of the cobra inside a pan.

И он положил куски кобры в кастрюлю.

But while cutting the cobra a misfortune happened.

Но во время разделки кобры случилось несчастье.

A drop of blood fell on the breast of his stepmother.

Капля крови упала на грудь его мачехи.

The prince was in great distress by what had happened.

Принц был в глубоком огорчении из-за случившегося.

"I have saved my father, but killed my stepmother"

«Я спас отца, но убил мачеху»

How could he remove the drop of blood from her breast?

Как он мог удалить каплю крови из ее груди?

He wrapped round his tongue a piece of cloth sevenfold.

Он обмотал свой язык куском ткани, сложенным семь раз.

And with the cloth he licked up the drop of blood.

И тряпкой он слизал каплю крови.

But his stepmother's sleep was not so deep.

Но сон его мачехи не был таким крепким.

And in his attempt to save her he awoke her.

И, пытаясь спасти ее, он разбудил ее.

When opening her eyes she saw it was her stepson.

Открыв глаза, она увидела, что это ее пасынок.

The young prince rushed out of the room.

Молодой принц выбежал из комнаты.

The queen, hated her stepson, the youngest prince.
Королева ненавидела своего пасынка, младшего принца.
And she had every intention to ruin his reputation.
И у нее было полное намерение испортить его репутацию.
She called out to her husband, "My lord, my lord"
Она позвала мужа: «Мой господин, мой господин».
"Are you awake? are you awake? Rouse yourself up"
«Ты не спишь? Ты не спишь? Просыпайся!»
"Here is a nice piece of news for you"
«Вот вам хорошая новость»
The king on awaking inquired what the matter was.
Проснувшись, царь спросил, в чем дело.
"What the matter is, my lord, let me tell you"
«В чем дело, милорд, позвольте мне вам рассказать»
"Your worthy son was just here in this room"
«Ваш достойный сын только что был здесь, в этой комнате»
"The youngest prince, of whom you speak so highly"
«Самый младший принц, о котором вы так высоко отзываетесь»
"I caught him in the act of touching my breast"
«Я застала его за тем, как он трогал мою грудь»
"I don't doubt he came with wicked intents"
«Я не сомневаюсь, что он пришёл со злыми намерениями».
The king was horror-struck by what he heard.
Король был потрясен услышанным.
The prince went back to where his brothers kept watch.
Принц вернулся туда, где несли дозор его братья.
But he told them nothing of what had happened.
Но он ничего не рассказал им о том, что произошло.

Early in the morning the king called his eldest son.
Рано утром король позвал своего старшего сына.
"I entrust my life and my honor to men"
«Я доверяю свою жизнь и свою честь людям»
"But what if one of these men prove faithless?

«Но что, если один из этих людей окажется неверным?

"How should such a man be punished?"

«Как следует наказать такого человека?»

The eldest prince replied to his father, the king.

Старший принц ответил своему отцу, королю.

"Doubtless such a man's head should be cut off"

«Несомненно, такому человеку следует отрубить голову».

"But first you should establish the facts"

«Но сначала вы должны установить факты».

"You must see whether the man is really faithless"

«Вы должны увидеть, действительно ли этот человек неверен»

"What do you mean?" inquired the king.

«Что ты имеешь в виду?» — спросил король.

"Let your majesty be pleased to listen"

«Пусть Ваше Величество будет благосклонно выслушать»

Once upon on a time there lived a goldsmith.

Жил-был ювелир.

This goldsmith had a son who had a wife.

У этого ювелира был сын, у которого была жена.

His wife had the rare faculty of understanding beasts.

Его жена обладала редкой способностью понимать зверей.

But she never told anyone about her uncommon gift.

Но она никогда никому не рассказывала о своем необычном даре.

Not even her husband knew she could understand animals.

Даже ее муж не знал, что она умеет понимать животных.

One night she was lying in bed beside her husband.

Однажды ночью она лежала в постели рядом с мужем.

From the river by their house she heard a jackal howl.

Со стороны реки, протекающей возле их дома, она услышала вой шакала.

"There goes a carcass floating on the river"

«По реке плывет туша»

"There's a diamond ring on the dead man's finger"

«На пальце мертвеца бриллиантовое кольцо».

"Will anyone take the ring and give me the corpse?"

«Кто-нибудь возьмет кольцо и отдаст мне труп?»

The woman understood the jackal's language.

Женщина понимала язык шакала.

She got up from bed and went to the river-side.

Она встала с постели и пошла к реке.

The husband had not been in deep sleep.

Муж не спал глубоким сном.

So with his wife's movements he woke up too.

И вот, услышав движения жены, он тоже проснулся.

And he followed his wife to see where she went.

И он последовал за своей женой, чтобы увидеть, куда она пошла.

But he kept his distance, so that he could observe her.

Но он держался на расстоянии, чтобы иметь возможность наблюдать за ней.

The woman went into the water next to their house.

Женщина вошла в воду рядом с их домом.

She tugged the floating corpse towards the shore.

Она потянула плавающий труп к берегу.

And she saw the diamond ring on the finger.

И она увидела на пальце бриллиантовое кольцо.

She was unable to loosen the ring with her hand.

Она не смогла ослабить кольцо рукой.

Because the fingers of the dead body had swelled.

Потому что пальцы мертвого тела распухли.

So she bit off the finger with her teeth.

И она откусила палец зубами.

And she put the dead body upon land, for the jackal.

И она положила мертвое тело на землю, на съедение шакалу.

Then she returned to bed, where her husband already was.

Затем она вернулась в постель, где уже находился ее муж.

The young goldsmith lay almost petrified with fear.

Молодой ювелир лежал, почти окаменев от страха.

He was convinced he was lying next to a Rakshasi.

Он был убежден, что лежит рядом с ракшаси.

He spent the rest of the night tossing in his bed.

Остаток ночи он провел, ворочаясь в постели.
And early in the morning spoke to his father.
А рано утром поговорил с отцом.
"The woman thou hast given me is not a real woman"
«Женщина, которую ты мне дал, — не настоящая
женщина».
"The woman thou hast given me to wife is a Rakshasi"
«Женщина, которую ты дал мне в жены, — ракшаси».
"Last night I was lying in bed with her"
«Прошлой ночью я лежал с ней в постели»
"By the river I heard the howl of a jackal"
«У реки я услышал вой шакала»
"My wife too, heard the howl of the jackal"
«Моя жена тоже слышала вой шакала»
"Thinking I was asleep; she went towards the howl"
«Думая, что я сплю, она пошла на вой»
"I was surprised to see her go out of bed alone"
«Я был удивлен, увидев, что она встала с постели одна»
"Suspecting some sort of evil, I followed her outside"
«Заподозрив неладное, я последовал за ней на улицу».
"But she could not see that I had followed her"
«Но она не могла видеть, что я следил за ней».
"What did she do, do you think? O horror of horrors!"
«Что же она сделала, как ты думаешь? О ужас из ужасов!»
"From the stream she dragged a dead body out"
«Из ручья она вытащила труп».
"And what do you think she did with the dead body?"
«И что, по-вашему, она сделала с трупом?»
"She wasted no time devouring the dead man!"
«Она не теряла времени и сожрала мертвеца!»
"All this I had the misfortune to see with my own eyes"
«Все это я имел несчастье видеть собственными глазами»
"While she feasted on the carcass I went back to bed"
«Пока она пировала на туше, я вернулся в постель».
"In a few minutes she also returned to bed"
«Через несколько минут она тоже вернулась в постель»
"She bolted the door shut, and lay beside me"

«Она заперла дверь на засов и легла рядом со мной».

"Oh my father, how can I live with a Rakshasi?"

«О, отец мой, как я могу жить с ракшасом?»

"She will certainly kill me and eat me up one night"

«Однажды ночью она меня непременно убьёт и съест»

You can imagine the shock of the old goldsmith.

Можете себе представить шок старого ювелира.

Both father and son agreed about what should be done.

Отец и сын пришли к единому мнению относительно того, что следует делать.

The woman should be taken deep into the forest.

Женщину следует отвести в глубь леса.

And she should be left for wild beasts to devoured.

И ее следует оставить на съедение диким зверям.

Accordingly, the young goldsmith spoke to his wife.

Молодой ювелир поговорил со своей женой.

"My dear love," he said to his wife.

«Моя дорогая любовь», — сказал он своей жене.

"You had better not cook much this morning"

«Сегодня утром тебе лучше не готовить много»

"Boil a little rice and burn a brinjal"

«Сварите немного риса и сожгите баклажан»

"Because today we are going to see your parents"

«Потому что сегодня мы идем к твоим родителям»

"Your mother and father are dying to see you"

«Твои мать и отец умирают от желания увидеть тебя»

The woman was full of joy at the unexpected news.

Женщина была полна радости от неожиданной новости.

She loved returning to her father's house.

Она любила возвращаться в дом отца.

And she finished the cooking in no time.

И она закончила готовить в мгновение ока.

The husband and wife snatched a hasty breakfast.

Муж и жена наспех позавтракали.

And soon after breakfast they started their journey.

И вскоре после завтрака они отправились в путь.

The way to her father's house was through dense jungle.

Дорога к дому ее отца пролегала через густые джунгли.

It was the perfect place to abandon his wife.

Это было идеальное место, чтобы бросить жену.

She was bound to be eaten up by wild beasts there.

Там ее непременно должны были растерзать дикие звери.

But while they were walking the woman heard a snake.

Но пока они шли, женщина услышала змею.

"Oh passer-by, in yonder hole there is a frog"

«О, прохожий, вон в той дыре лягушка»

"How thankful I would be if you caught the frog"

«Как я был бы благодарен, если бы ты поймал лягушку»

"And the hole is full of gold and precious stones"

«И яма полна золота и драгоценных камней»

"Give me the frog, and take the treasure for yourself"

«Отдай мне лягушку, а сокровище забери себе»

The woman forthwith went to the frog's hole.

Женщина тотчас же пошла к лягушачьей норе.

And she began digging the hole with a stick.

И она начала копать яму палкой.

The young goldsmith was now quaking with fear.

Молодой ювелир теперь дрожал от страха.

He thought his Rakshasi-wife was about to kill him.

Он думал, что его жена-ракшаси собирается убить его.

And then his wife called for him to help her.

И тогда его жена позвала его на помощь.

"Take all this gold and these precious stones"

«Возьмите все это золото и эти драгоценные камни»

The goldsmith did not understand her request.

Ювелир не понял ее просьбу.

Timidly he went to where she had dug the hole.

Он робко подошел к месту, где она выкопала яму.

But he was infinitely surprised by what he saw.

Но он был бесконечно удивлен увиденным.

The hole was full of gold and precious stones.

Яма была полна золота и драгоценных камней.

"How did you know there was a treasure here?"

«Откуда вы знаете, что здесь есть сокровище?»

And finally his wife told him of her gift.

И вот наконец жена рассказала ему о своем даре.

"I can understand all the beasts in the forest"

«Я понимаю всех зверей в лесу»

"Just over there, there is a snake coiled up"

«Там, свернувшись кольцами, лежит змея».

"She had told me there was a treasure here"

«Она сказала мне, что здесь есть сокровище».

The husband now felt very blessed with his wife.

Теперь муж чувствовал себя очень счастливым со своей женой.

"My love, it has gotten very late today"

«Любовь моя, сегодня уже очень поздно»

"I don't think we will reach your father's house"

«Я не думаю, что мы доберемся до дома твоего отца».

"Nightfall will catch us before we get there"

«Сумерки застанут нас прежде, чем мы доберемся туда»

"If we stay we might be devoured by wild beasts"

«Если мы останемся, нас могут сожрать дикие звери».

"I propose therefore that we both return home"

«Поэтому я предлагаю нам обоим вернуться домой»

You can imagine the wife's disappointment.

Можете себе представить разочарование жены.

But she agreed with her husband's assessment.

Но она согласилась с оценкой мужа.

It took them a long time to reach home.

Им потребовалось много времени, чтобы добраться домой.

They were laden with a large quantity of gold.

Они были нагружены большим количеством золота.

And they were carrying many precious stones.

И несли они много драгоценных камней.

But eventually the got close to their home.

Но в конце концов они приблизились к их дому.

"My dear, go by the back door," said the goldsmith.

«Дорогая моя, иди через заднюю дверь», — сказал ювелир.

"I will go by the front door and see my father"

«Я пойду через парадную дверь и увижу своего отца».

"And I will show him all this treasure"

«И я покажу ему все эти сокровища»

So she entered the house by the back door.

Поэтому она вошла в дом через заднюю дверь.

But the old goldsmith had reason to be there too.

Но у старого ювелира тоже были причины быть там.

He had gone there to collect a hammer.

Он пошёл туда за молотком.

The old goldsmith saw his Rakshasi daughter-in-law.

Старый ювелир увидел свою невестку-ракшаси.

He concluded she had swallowed up his son.

Он пришел к выводу, что она поглотила его сына.

And he therefore struck her with the hammer.

И поэтому он ударил ее молотком.

The blow immediately killed his daughter-in-law.

Удар мгновенно убил его невестку.

At that moment the son came into the house.

В этот момент в дом вошел сын.

But it was too late for him to explain.

Но объяснять было уже поздно.

And so the eldest prince's story concluded.

На этом закончился рассказ старшего принца.

"You might have to cut a man's head off"

«Возможно, вам придется отрубить человеку голову»

"But first you should establish the facts"

«Но сначала вы должны установить факты».

"You must see whether the man is really faithless"

«Вы должны увидеть, действительно ли этот человек неверен»

The king then called his second son to him.

Тогда король позвал к себе своего второго сына.

"I entrust my life and my honor to men"

«Я доверяю свою жизнь и свою честь людям »

"But what if one of these men prove faithless?

«Но что, если один из этих людей окажется неверным?

"How should such a man be punished?"

«Как следует наказать такого человека?»

The second prince replied to his father, the king.

Второй принц ответил своему отцу, королю.

"Doubtless such a man's head should be cut off"

«Несомненно, такому человеку следует отрубить голову».

"But first you should establish the facts"

«Но сначала вы должны установить факты».

"What do you mean?" inquired the king.

«Что ты имеешь в виду?» — спросил король.

"Let your majesty be pleased to listen"

«Пусть Ваше Величество будет благосклонно выслушать»

Once upon a time there reigned a king.

Давным-давно правил король.

This king was very fond of going out hunting.

Этот король очень любил выходить на охоту.

One day his horse took him into a dense forest.

Однажды конь завез его в густой лес.

He went far from his followers, deep into the woods.

Он ушел далеко от своих последователей, в глубь леса.

He rode on and on through the endless, quiet forest.

Он ехал все дальше и дальше по бесконечному, тихому лесу.

He saw neither villages nor towns, only trees.

Он не увидел ни деревень, ни городов, только деревья.

On the long, lonely journey he became very thirsty.

Во время долгого одинокого путешествия его охватила сильная жажда.

He could see no pond, nor lake, nor stream.

Он не видел ни пруда, ни озера, ни ручья.

But then he saw something dripping from a tree.

Но затем он увидел, как с дерева что-то капает.

He concluded it was rainwater resting in a cavity.

Он пришел к выводу, что это дождевая вода, скапливающаяся в полости.

He stood on horseback beneath the tree, cup in hand.

Он стоял верхом под деревом с чашей в руке.

He caught the drops slowly dripping into the small cup.

Он поймал капли, медленно стекающие в маленькую чашку.

The water, however, was not rain from the sky.

Однако вода не была дождем с неба.

A huge cobra sat on top of the tall tree.

На вершине высокого дерева сидела огромная кобра.

The snake had struck the tree in rage with its sharp fangs.

Змея в ярости ударила дерево своими острыми клыками.

The snake's poison came out and fell downward in heavy drops.

Яд змеи вырвался наружу и тяжелыми каплями упал вниз.

The king thought the falling liquid was simple rainwater.

Король подумал, что падающая жидкость — это обычная дождевая вода.

The horse sensed the danger and tried to warn him.

Лошадь почувствовала опасность и попыталась предупредить его.

The cup was nearly filled with the deadly snake-poison.

Чаша была почти наполнена смертельным змеиным ядом.

The king raised the cup and prepared to drink.

Король поднял чашу и приготовился пить.

But the horse moved wildly, with the king on its back.

Но конь с королем на спине рванулся вперед.

The cup fell from his hand, and the poison spilled.

Чаша выпала из его рук, и яд вылился.

The king became angry and struck the horse's neck.

Король разгневался и ударил коня по шее.

The blow from the sword immediately killed his horse.

Удар меча мгновенно убил его коня.

And so the second prince's story concluded.

На этом история второго принца подошла к концу.

"You might have to cut a man's head off"

«Возможно, вам придется отрубить человеку голову»

"But first you should establish the facts"

«Но сначала вы должны установить факты».

"You must see whether the man is really faithless"

«Вы должны увидеть, действительно ли этот человек
неверен»

The king then called to him his third youngest son.
Затем король позвал к себе своего третьего младшего
сына.
"I entrust my life and my honor to men"
«Я доверяю свою жизнь и свою честь людям»
"But what if one of these men prove faithless?
«Но что, если один из этих людей окажется неверным?
"How should such a man be punished?"
«Как следует наказать такого человека?»
"Doubtless such a man's head should be cut off"
«Несомненно, такому человеку следует отрубить голову».
"But first you should establish the facts"
«Но сначала вы должны установить факты».
"What do you mean?" inquired the king.
«Что ты имеешь в виду?» — спросил король.
"Let your majesty be pleased to listen"
«Пусть Ваше Величество будет благосклонно выслушать»
Once long ago there reigned a wise and noble king.
Давным-давно правил мудрый и благородный король.
In his palace he kept a bird of Suka species.
У себя во дворце он держал птицу вида сука.
One day the bird went out flying into the fields.
Однажды птица полетела в поле.
There he saw his father and mother calling from above.
Там он увидел, как сверху зовут его отец и мать.
They asked him to come visit them in their nest.
Они попросили его приехать к ним в гнездо.
The nest was far away in a distant hidden land.
Гнездо находилось далеко-далеко, в далекой, скрытой
стране.
The Suka said, "I'll come if I get king's leave"
Сука сказал: «Я приду, если получу разрешение короля».
"I'll speak to the king today and return tomorrow"
«Я поговорю с королём сегодня и вернусь завтра».

"Please wait at this same spot in the morning"

«Пожалуйста, подождите на этом же месте утром».

That very day, Suka spoke with the gentle, kind king.

В тот же день Шука разговаривал с мягким и добрым королем.

The king gave permission for the bird to leave.

Король разрешил птице улететь.

Although he was sad to part with his bird.

Хотя ему было грустно расставаться со своей птицей.

The next morning, Suka met his parents again.

На следующее утро Сука снова встретился со своими родителями.

He flew with them to their nest on a tall tree.

Он полетел с ними в их гнездо на высоком дереве.

The three birds lived together happily in peaceful joy.

Три птицы жили вместе счастливо и мирно.

They stayed like this for a fortnight of lovely days.

Так они провели две прекрасные недели.

But even those quiet and pleasant days had to end.

Но даже этим тихим и приятным дням пришел конец.

Suka said, "Beloved parents, the king gave me two weeks"

Шука сказал: «Любимые родители, король дал мне две недели».

"That time is now over, so I must return tomorrow"

«Это время уже прошло, поэтому я должен вернуться завтра».

His father and mother agreed and blessed his decision.

Его отец и мать согласились и благословили его решение.

They told him to carry a gift for the king.

Ему велели отнести подарок королю.

After some talk, they chose some fruit as a gift.

Поговорив немного, они выбрали фрукты в качестве подарка.

The fruit had grown from the Immortality Tree.

Плод вырос на Древе Бессмертия.

Early the next morning, Suka went to the tree.

Рано утром следующего дня Сука пошёл к дереву.

And he plucked a magical glowing fruit.

И он сорвал волшебный светящийся плод.

He held the fruit gently in his beak, full of care.

Он бережно и заботливо держал плод в клюве.

The fruit was heavy and slowed his swift flying pace.

Плод был тяжелым и замедлил его быстрый полет.

He could not reach the city before night arrived.

Он не смог добраться до города до наступления ночи.

Suka stopped to rest in a tree along the way.

По пути Сука остановился отдохнуть на дереве.

He feared the fruit might drop while he slept.

Он боялся, что плод может упасть, пока он спит.

If he kept the fruit in his beak, it could fall.

Если бы он держал плод в клюве, он мог бы упасть.

But he saw a hole in the trunk of the tree.

Но он увидел дыру в стволе дерева.

He placed the fruit safely inside the dark tree.

Он надежно поместил плод внутрь темного дерева.

But inside the hole, there lived a poisonous black snake.

Но внутри ямы жила ядовитая черная змея.

In the night, the snake bit the fruit with venom.

Ночью змея укусила плод и впрыснула в него яд.

And the fruit became smeared with deadly poison.

И плод оказался пропитан смертельным ядом.

At dawn Suka took the fruit back in his beak.

На рассвете Сука взял плод обратно в клюв.

He flew again on his journey to the king's palace.

Он снова полетел в путь к королевскому дворцу.

As he reached the palace the king was sitting with ministers.

Когда он прибыл во дворец, король сидел с министрами.

The king was overjoyed to see Suka return once more.

Король был очень рад снова увидеть возвращение Шуки.

He greatly admired the beautiful, shining fruit gift.

Он был очень восхищен прекрасным, сияющим подарком
в виде фруктов.

The fruit was lovely to look at and admire.

На эти фрукты было приятно смотреть и любоваться ими.

It was the finest fruit found across the earth.

Это был самый лучший фрукт, который можно было найти на земле.

And anyone who ate the fruit was granted immortality.

И всякий, кто съедал этот плод, обретал бессмертие.

The king was about to eat the beautiful fruit.

Король собирался съесть прекрасный плод.

But his ministers warned him the fruit might be poisoned"

Но его министры предупредили его, что фрукты могут быть отравлены.

"It would be better to test the fruit before you eat it"

«Лучше попробовать фрукт, прежде чем его съесть»

He threw the fruit to a crow sitting on the wall.

Он бросил плод вороне, сидевшей на стене.

The crow ate from the fruit, and dropped dead instantly.

Ворона съела плод и тут же упала замертво.

The king, thinking Suka tried to kill him, grew furious.

Король, думая, что Шука пытается убить его, пришёл в ярость.

He seized the bird and killed him with his bare hands.

Он схватил птицу и голыми руками убил ее.

He ordered the seed to be planted outside the city.

Он приказал сажать семена за пределами города.

The seed became a tree with the same glowing fruit.

Семя превратилось в дерево с такими же светящимися плодами.

The king feared the fruit would bring more death.

Король опасался, что этот плод принесет еще больше смертей.

So he had the tree fenced off and guarded.

Поэтому он приказал огородить дерево и поставить его под охрану.

There lived in that city an old, poor Brahman man.

В этом городе жил старый и бедный брахман.

He and his wife survived only on the town's charity.

Он и его жена выжили только за счет благотворительности города.

One day the Brahman mourned his long, miserable, life.

Однажды брахман оплакивал свою долгую и несчастную жизнь.

He said, "Instead of begging, I will eat poison fruit."

Он сказал: «Вместо того, чтобы просить милостыню, я съем отравленный фрукт».

"I'll end my life beneath that deadly tree in silence."

«Я закончу свою жизнь под этим смертоносным деревом в тишине».

That very night, he rose quietly and left his home.

В ту же ночь он тихо встал и покинул свой дом.

His wife suspected and followed behind in silence.

Его жена заподозрила что-то неладное и молча последовала за ним.

She had decided to die too, alongside her sad husband.

Она тоже решила умереть вместе со своим печальным мужем.

She loved him deeply and didn't wish to stay behind.

Она любила его всем сердцем и не хотела оставаться.

The palace guard was asleep that night, unaware of visitors.

В ту ночь дворцовая стража спала, не подозревая о посетителях.

The Brahman reached the garden and plucked a hanging fruit.

Брахман добрался до сада и сорвал висящий плод.

He looked at it once and ate the entire fruit.

Он взглянул на него один раз и съел весь плод.

His wife cried, "If you die, my life becomes nothing"

Его жена плакала: «Если ты умрешь, моя жизнь станет ничем».

"I will also eat and die here with you now"

«Я тоже сейчас здесь с тобой поем и умру»

So saying she plucked a fruit and ate it.

Сказав это, она сорвала плод и съела его.

They thought the poison would act slowly through the night.

Они думали, что яд будет действовать медленно в течение ночи.

So they both went home and quietly lay down in bed.

Поэтому они оба вернулись домой и спокойно легли в постель.

They believed they would never again rise from sleep.

Они верили, что уже никогда не проснутся ото сна.

To their surprise, they woke up feeling full of life.

К их удивлению, они проснулись, чувствуя себя полными жизни.

Not only were they alive, but they were young again.

Они не только ожили, но и снова стали молодыми.

And they were strong and had new found energy.

И они были сильны и обрели новую энергию.

Neighbors hardly recognized them, so changed they looked.

Соседи едва узнавали их, настолько они изменились.

The old Brahman was now handsome and full of youth.

Старый брахман был теперь красив и полон молодости.

His grey hair vanished, and had colour again.

Его седые волосы исчезли и снова обрели цвет.

His wrinkled cheeks turned smooth, and his skin shone.

Его морщинистые щеки разгладились, а кожа засияла.

And as for his wife, she became extremely beautiful.

А что касается его жены, то она стала необыкновенно красивой.

She looked as beautiful as any lady of the kingdom.

Она выглядела так же красиво, как любая леди королевства.

The king heard of their miraculous transformation.

Король услышал об их чудесном преображении.

He asked his guards to send the Brahman to him.

Он попросил своих стражников прислать к нему брахмана.

And he asked the Brahman the source of his youth.

И он спросил брахмана об источнике его юности.

The Brahman told the king every detail of the story.

Брахман рассказал царю все подробности этой истории.

The king then wept for his poor, loyal pet bird.

Король заплакал по своей бедной верной птичке.

He deeply regretted killing his faithful bird.

Он глубоко сожалел об убийстве своей верной птицы.

And he wished he had known the bird's loyalty.

И ему хотелось бы знать, насколько преданна эта птица.

And so the second prince's story concluded.

На этом история второго принца подошла к концу.

"You might have to cut a man's head off"

«Возможно, вам придется отрубить человеку голову»

"But first you should establish the facts"

«Но сначала вы должны установить факты».

"You must see whether the man is really faithless"

«Вы должны увидеть, действительно ли этот человек неверен»

"I know Your Majesty suspects me of evil last night"

«Я знаю, что Ваше Величество подозревает меня в злых делах прошлой ночью»

"Please allow me to explain myself before punishing me"

«Пожалуйста, позвольте мне объясниться, прежде чем наказывать меня»

"While making rounds I saw a woman leave the palace"

«Во время обхода я увидел, как из дворца вышла женщина»

"I stopped her, and she said her name was Rajlakshmi"

«Я остановила ее, и она сказала, что ее зовут Раджлакшми».

"She claimed to be the guardian deity of the palace"

«Она утверждала, что является божеством-хранителем дворца»

"She said she was leaving because death was near"

«Она сказала, что уходит, потому что смерть близка».

"The king," she said, "would be killed later that night"

«Король, — сказала она, — будет убит позже той ночью».

"I begged her to go back into the palace"

«Я умолял ее вернуться во дворец»

"And I promised to do my best to protect you."

«И я обещал сделать все возможное, чтобы защитить тебя».

"I ran quickly into Your Majesty's chamber without delay."

«Я без промедления побежал в покои Вашего Величества».

"There I saw a cobra circling your golden bedstead."

«Там я увидел кобру, кружащую вокруг твоей золотой кровати».

"I fought the snake and killed it with my blade."

«Я сразился со змеей и убил ее своим клинком».

"I chopped the body into many exactly one hundred pieces."

«Я разрубил тело на множество, ровно сто частей».

"I placed those pieces inside the pan for proof."

«Я поместил эти кусочки в кастрюлю для доказательства».

"But something occurred as I was cutting up the snake."

« Но что-то произошло, когда я разделывал змею».

"A drop of blood fell onto the breast of your wife."

«Капля крови упала на грудь твоей жены».

"I feared I had saved my father, but killed my stepmother."

«Я боялся, что спас отца, но убил мачеху».

"I wrapped my tongue tightly with cloth seven times."

«Я семь раз туго обматывал свой язык тканью».

"Then I licked up the drop of venomous blood."

«Потом я слизнул каплю ядовитой крови».

"While I was licking the blood, my stepmother awoke."

«Пока я слизывал кровь, моя мачеха проснулась».

"She saw me and opened her eyes with confusion."

«Она увидела меня и в замешательстве открыла глаза».

"This is the truth of what I did last night."

«Это правда о том, что я сделал вчера вечером».

"If Your Majesty commands, then cut off my head now."

«Если Ваше Величество прикажете, то отрубите мне голову сейчас же».

The king, full of love and joy, embraced his son.

Царь, полный любви и радости, обнял сына.

From that moment, he loved him more than ever before.

С этого момента он полюбил его больше, чем когда-либо прежде.